UN AMOUR EN FRICHE

DAPHNE JAMES HUFF

Traduit de l'américain par
CÉCILE MIDY

Titre original : Houseplants and Hardcovers
Couverture : Melody Jeffries (Whim and Joy)
Correction & relecture de la version française : Camille Gallard

Aux amis virtuels, d'hier et d'aujourd'hui.

Chapitre 1

NOVEMBRE

JCEDITS

Salut ! Excuse-moi de te déranger. Les conseils que tu donnes dans les commentaires m'ont beaucoup aidée, mais je suis complètement dépassée par l'état de mes plantes ces derniers temps.

PLANTSGUY95

Quel est le problème ? De quelles plantes s'agit-il ?

JCEDITS

Alors… tout est devenu… très très marron. Et ce sont toutes des… plantes vertes ? C'est ma mère qui me les a offertes.

PLANTSGUY95

Aucun problème, c'est un plaisir de pouvoir aider les gens à prendre soin de leurs plantes.

On va trouver un moyen de redonner vie à tout ça en un rien de temps, ne t'en fais pas.

AVRIL

Martin, le *Maranta leuconeura* dépérissait lentement.

Si Juliet était honnête, elle savait qu'il se mourait depuis un bon moment. Au lieu d'agir, elle avait plongé dans le travail et, pendant quatre jours, n'avait rien fait d'autre que corriger des textes et dormir. À présent, la plupart de ses plantes paraissaient délaissées, tristement voûtées par-dessus le rebord de leurs pots, calés entre plusieurs piles de livres qui menaçaient de tomber. Mais le pauvre Martin était celui qui avait le plus souffert.

Juliet se pencha pour examiner ses feuilles à la lumière du jour qui perçait à travers les fenêtres de son bureau. Contrairement à Martin, Juliet s'était alimentée cette semaine grâce à sa mère qui lui avait fait livrer ses repas. Presque vingt ans après avoir quitté le nid familial, elle avait encore besoin de quelqu'un d'autre pour la nourrir et s'hydrater.

Une vibration provenant de son bureau détourna son attention de ses plantes. Son téléphone sonnait et elle n'avait pas besoin de regarder l'écran pour savoir qu'il s'agissait de sa mère. Elle était la seule à l'appeler, de toute façon.

— Tu as reçu la salade ?

— Bonjour à toi aussi.

Juliet ajusta la couverture qu'elle portait sur ses épaules et la resserra autour de son cou pour qu'elle tombe autour d'elle comme une cape.

— Oui, je l'ai bien reçue.

— Tu l'as mangée ?

— Oui.

Pas immédiatement, mais dans les douze heures qui avaient suivi la réception du colis. Ça comptait quand même comme déjeuner, non ?

Sa mère poussa un soupir comme si elle avait deviné les pensées de Juliet.

— Je ne devrais pas avoir autant de mal à maintenir en vie ma fille de trente-sept ans.

À l'autre bout du fil, Juliet entendit le gazouillis des oiseaux et le babillage d'un nourrisson.

— Ta sœur ne requiert pas autant d'attention. Ses enfants en bas âge en revanche, si, reprit sa mère.

— Arrête de me faire livrer des salades, dans ce cas. Je suis parfaitement capable de prendre soin de moi.

— Tu n'arrives même pas à garder tes plantes en vie.

À court d'arguments, Juliet fixa les cinq feuilles brunes desséchées de son *Maranta* qui semblait l'implorer d'abréger ses souffrances.

— Je te rappelle que les plantes étaient ton idée. C'est toi qui devrais t'en occuper.

L'amertume dans sa voix fit de nouveau soupirer sa mère, mais elle n'avait pas besoin qu'on lui rappelle une énième fois qu'elle était incapable de prendre sa vie en main.

— Je les arrose à chaque fois que je viens. Du moins à chaque fois que tu me laisses venir chez toi.

L'envie de retourner à son ordinateur et d'échapper à cette conversation démangeait Juliet, comme si un millier de fourmis agitées rampaient le long de ses bras. Face à une page remplie d'erreurs stylistiques et de fautes de frappe à corriger, Juliet était maîtresse de la situation. Lorsque des cyberréputations et des transactions financières pouvaient être compromises à jamais par une virgule mal placée, le choix du bon correcteur-relecteur devenait vital. La seule préoccupation de ses clients était de recevoir leurs manuscrits en parfait état et en un temps record, pas de savoir si elle pouvait garder une plante en vie.

Juliet tira doucement sur la feuille la plus mal en point de Martin et cette dernière se détacha de la tige comme si elle ne tenait plus qu'à un fil invisible. Le *Maranta* avait manifestement davantage besoin d'elle que ses clients.

Dieu merci, sa mère ne lui avait pas acheté un chat.

— Tu peux venir ce soir si tu veux, répondit Juliet en quittant Martin des yeux pour consulter le calendrier au-dessus de son bureau. Je viens de terminer un projet, je n'ai pas beaucoup de travail dans les jours à venir.

— Ça va devoir attendre, ma chérie. Allison a besoin que je garde les garçons ce soir.

Juliet se sentit rejetée, même encore après toutes ces années. Sa mère lui reprochait de ne jamais l'inviter chez elle, mais était toujours trop occupée quand elle faisait le premier pas. La jeune femme prit une grande inspiration. La douleur dans sa poitrine s'atténua, mais ne disparut pas totalement.

— Tu viendras quand tu auras le temps, dans ce cas. Je suis toujours à la maison de toute façon, dit-elle.

— C'est ce qui m'inquiète le plus. Tu devrais sortir un peu plus.

— Maman, je travaille depuis chez moi.

— C'est bien ça le problème. Tu ne sors jamais.

Un cri strident se fit entendre à l'autre bout du fil, indiquant qu'un des enfants avait dû apercevoir un chien ou quelque chose de tout aussi intéressant.

— Le mari d'Allison vient tout juste de boucler son troisième Ironman cette semaine. Il a failli se qualifier pour les championnats du monde.

— Je sais, j'ai vu les photos.

Juliet se laissa tomber sur son siège de bureau, ramena ses jambes contre sa poitrine et tira la couverture sur elle.

— Tu aurais pu venir le soutenir.

— J'avais une échéance à respecter, répondit la jeune femme.

Qui plus est, il lui aurait fallu trois heures de route pour se rendre dans la petite ville de montagne où se déroulait la course de Tony. Elle n'en aurait jamais été capable, quand bien même aurait-elle possédé une voiture.

— J'aurais pu t'y emmener.

Sa mère semblait deviner une nouvelle fois les mots que Juliet gardait pour elle. Si seulement elle pouvait aussi percevoir l'envie de sa fille de mettre fin à leur appel et de revenir à son cataclysme végétal.

— Ce sera pour une prochaine fois. Je dois y aller. Je t'appelle d'ici quelques jours.

Après avoir dit au revoir à sa mère, Juliet raccrocha et bondit sur ses pieds en laissant la couverture tomber par terre. Plutôt que se confronter aux émotions qu'un coup de fil de cinq minutes avait suscitées en elle, elle ouvrit l'appareil photo de son téléphone pour capturer sa plante à l'article de la mort. Ensuite, elle n'eut qu'à faire glisser son pouce et tapoter son écran pour ouvrir le réseau social où elle postait habituellement les disponibilités de son agenda de correctrice-relectrice. Elle accéda à sa messagerie privée pour envoyer la photo qu'elle venait de prendre à la seule personne en mesure de l'aider.

Plantsguy95.

Un message l'attendait déjà : un émoji rieur en réaction à un mème qu'elle lui avait envoyé quelques jours auparavant. Depuis ce tout premier message, il y a quelques mois − quand sa mère avait déposé cinq plantes à son domicile et qu'elles avaient toutes dépéri en l'espace d'une semaine −, une amitié virtuelle avait germé entre eux.

Germé. Elle faillit laisser échapper un grognement en pensant à ce jeu de mots botanique. Plantsguy95 déteignait indubitablement sur elle. Il avait un don pour manier les mots, un sens de la répartie qu'elle ne pourrait jamais égaler sans plusieurs heures de réflexion préalable.

Le petit point vert à côté de sa photo de profil − un ficus verdoyant et feuillu − indiqua à Juliet qu'il était en ligne. Elle envoya la photo de Martin sur son lit de mort et reçut presque immédiatement une réponse.

PLANTSGUY95

Qu'est-ce qui s'est passé ?

JCEDITS

J'ai été prise par mon travail.

PLANTSGUY95

Les Marantas ont besoin d'humidité. Il n'était pas censé être dans la salle de bains, comme je te l'avais conseillé ?

Tu n'as pas été dans ta salle de bains de toute la semaine ?

JCEDITS

Je fais usage de mon droit au silence.

PLANTSGUY95

JC, oublie les plantes et concentre-toi un peu plus sur toi.

Juliet laissa échapper un petit rire. Elle ne partageait jamais sa véritable identité sur les réseaux sociaux, sauf lorsqu'il s'agissait d'un client. Plantsguy95 ne la connaissait donc que sous le nom de JCEdits, son pseudonyme, qu'il avait fini par abréger en JC avec le temps.

JCEDITS

Je prends une capture d'écran pour montrer à tes 15 millions de followers ce que tu viens d'écrire.

PLANTSGUY95

15 millions ?

Waouh, j'ai dû en gagner 14 999 000 depuis hier. Impressionnant.

Pour quelqu'un qui avoisinait les vingt mille followers, Plantsguy95 avait une posture très détachée vis-à-vis de son compte, posture que Juliet trouvait déconcertante. Ce n'était pas la première fois qu'elle se demandait ce qu'il faisait réellement dans la vie… ou quel était son vrai prénom. Ni l'un ni l'autre n'ayant jamais posté de photos personnelles en ligne, elle ne savait donc même pas à quoi il ressemblait. L'intégralité de ses clichés présentait des plantes, parfois avec des mains qu'elle présumait être les siennes, parfois avec son ombre. Le compte de Juliet, quant à lui, ne comprenait que des astuces d'édition et des mèmes, et son image de profil représentait un stylo rouge stylisé.

Elle savait que Plantsguy95 était un homme grâce aux pronoms dans sa bio, mais le reste de son compte était plus que rudimentaire – au grand dam de Juliet – et plus anonyme encore que celui de la correctrice-relectrice. Au moins, son profil à elle annonçait au monde entier ce qu'elle faisait dans la vie et indiquait comment la contacter. Tout ce que disait le sien était : « *je suis un type qui aime les plantes, je réponds à vos questions sur le hashtag #SOSplantesvertes tous les mercredis.* » Pas d'emplacement géographique, pas de lien vers un site internet, ni même vers une collecte de fonds.

Juliet refusait en général de travailler sur des publications destinées aux réseaux sociaux puisqu'elle facturait au mot et que ce n'était donc pas la façon la plus rentable d'occuper son temps. Cependant, elle pouvait bien faire une exception face à une situation aussi désespérée. Quelques minutes plus tard, il lui envoya une liste de tout ce qu'elle devait faire, quasiment heure par heure, pour assurer la survie de Martin. Rassurée par la méthode précise et organisée que lui avait fournie Plantsguy95, Juliet sentit s'évaporer la tension qui s'était accumulée sur ses épaules durant les quatre derniers jours. Maintenant qu'elle avait l'impression d'avoir l'aspect botanique de sa vie bien en main, elle pouvait enfin se remettre au travail.

Lucas était au beau milieu de sa journée de travail au magasin de bricolage quand il reçut des nouvelles de JC concernant le *Maranta* qu'elle avait laissé mourir de soif. Même une semaine après lui avoir expliqué comment la sauver, la plante était toujours mal en point, mais, comme elle était *« techniquement encore en vie »*, la correctrice l'avait autorisé à lui envoyer les publications qu'il souhaitait qu'elle rédige.

Un sourire plus grand encore que les scies à métaux qu'il était en train d'étiqueter se dessina sur son visage quand il tapa sa réponse.

PLANTSGUY95

T'es sûre que ton Maranta n'a pas des pulsions suicidaires ?

JCEDITS

L'idée m'a traversé l'esprit. J'étais persuadée d'être une bonne colocataire, pourtant.

Pas de plaintes de la part des autres en revanche.

PLANTSGUY95

Combien tu en as ?

JCEDITS

Des colocataires ou des plantes ?

PLANTSGUY95

Je sais déjà combien de plantes tu as, vu que c'est moi qui ai dû les sauver de ta négligence.

JCEDITS

Combien du coup ?

PLANTSGUY95

10.

JCEDITS

Ha ! Raté, j'en ai 12.

J'ai réussi à m'occuper des aloès toute seule.

PLANTSGUY95

J'ai jamais été aussi fier de toi.

JCEDITS

Ne t'emballe pas trop, le Maranta n'est pas encore tiré d'affaire.

Elle avait esquivé la question sur ses colocataires, et son silence, intentionnel ou pas, lui rappela que JC n'était pas ce genre d'amie virtuelle. Ils partageaient très peu de détails sur leurs vies personnelles et n'abordaient que très rarement leur famille ou leurs amis respectifs. Elle ne faisait allusion à son travail que lorsqu'il l'empêchait de s'occuper de ses plantes.

Lucas s'adossa à une étagère chargée de boîtes de clous et passa la main dans ses cheveux. Il fixa l'écran de son téléphone comme s'il pouvait hypnotiser l'appareil et lui soutirer les informations qu'il souhaitait obtenir.

Internet était un endroit formidable. On pouvait y trouver la réponse à n'importe quelle question, comme Lucas adorait le rappeler à sa famille lorsque cette dernière l'appelait à trois heures du matin pour des demandes farfelues. Sa grand-mère avait au moins la décence d'attendre le lever du soleil, c'était déjà ça.

Toutefois, même le web ne parvenait pas à répondre à la question qui le taraudait depuis des mois, en dépit du nombre très embarrassant d'heures qu'il avait consacré à ses investigations.

Qui était JCEdits ?

La seule information dont il était absolument certain, c'était qu'elle était correctrice-relectrice. Il y a quelques années, il aurait échangé toutes ses astuces botaniques pour des posts rédigés et révisés par un professionnel. Ce qui avait débuté comme un petit boulot raté s'était transformé en un moyen inattendu de faire la connaissance d'autres mains vertes en dehors de sa petite ville. Il ne faisait pas cela pour gagner de l'argent ou devenir célèbre, du moins plus maintenant. Plus depuis que son ex-petite amie – pour qui il avait créé son compte – ne faisait plus partie de sa vie. À présent, il voulait juste discuter de plantes avec les gens et les aider à en apprendre plus sur le sujet.

Il y a quelques mois à peine, JC était une parfaite incapable. Elle était encore pire que Marigold, la cousine de Lucas, qui avait réussi l'exploit de tuer un cactus en deux jours en confondant la bouteille d'eau salée qu'elle utilisait pour sa routine beauté avec… À vrai dire, cela n'avait pas vraiment d'importance, puisqu'il lui avait dit au moins cinq fois que les succulentes n'avaient pas besoin d'être arrosées tous les jours.

JC, quant à elle, apprenait vite. Et comme Lucas adorait par-dessus tout répondre à des questions sur ses sujets préférés, ils discutaient plusieurs fois par semaine depuis le premier message qu'elle lui avait envoyé pour lui demander son aide concernant les jeunes pousses qu'elle venait d'acquérir.

D'un certain côté, il appréciait d'entretenir quelque chose de léger et sans pression. Sa relation avec JC était à l'opposé de ce qu'il vivait au quotidien avec les membres de sa grande famille, qui versaient dans le mélodrame comme s'ils auditionnaient pour devenir les prochaines stars de la téléréalité.

Et pourtant… Il voulait vraiment savoir si JC vivait seule ou avec quelqu'un.

Au lieu d'insister et de lui poser une nouvelle fois la question, il redressa la tête pour s'assurer qu'il était toujours seul dans l'allée du magasin et rédigea sa réponse sur les plantes comme il était supposé le faire.

PLANTSGUY95

Pourquoi tu n'irais pas faire un tour à ton association horticole locale ?

JCEDITS

Pardon, mon association, quoi ?

> J'ai l'air d'une héroïne romantique du XIXe siècle qui n'a rien d'autre à faire que d'attendre que son prétendant vienne lui rendre visite ?

PLANTSGUY95

> Bon, ton club de jardinage si tu préfères.

JCEDITS

> Je ne suis pas non plus une femme au foyer des années cinquante qui attend que son mari rentre du travail pour l'assommer avec un gigot d'agneau.

Lucas laissa échapper un gloussement qui attira l'attention de son supérieur. En temps normal, Henry ne voyait pas d'inconvénient à ce que ses employés utilisent leurs téléphones pendant les heures de travail. Cependant, dès que le père de Henry – propriétaire du magasin – traînait dans les parages, les règles se durcissaient. Lucas fourra alors son portable dans sa poche arrière et retourna à l'étiquetage des boîtes de clous sous le regard attentif de son boss. Trois longues heures éprouvantes s'écoulèrent avant que Lucas ne puisse répondre au message de JC.

Sa journée enfin terminée, Lucas lança son tablier à Henry et quitta en trombe le magasin de bricolage. Il passa devant une rangée de petites boutiques avant de gagner le parking du personnel situé à l'arrière. La soirée était douce pour un début de printemps, et il inspira une bouffée d'air frais en s'appuyant contre son pick-up pour réfléchir à ce qu'il allait dire à JC. Parvenir à ne pas trop se dévoiler sans pour autant paraître artificiel était un véritable numéro d'équilibriste.

Son choix de ne jamais montrer son visage sur son profil lui assurait l'anonymat. Son compte était dédié aux plantes, non pas à qui il était, ni à ce qu'il faisait dans la vie. Son premier essai n'avait pas été un franc succès, comme le lui avait fait remarquer avant tant de générosité son ex-copine à travers ses critiques cinglantes.

De plus, Greenhaven était une ville plutôt petite. Huit kilomètres carrés, une adorable rue principale pavée et bordée de commerces qui rendrait fier Norman Rockwell, et un haut lieu de commérages qui ferait passer la presse people de Hollywood pour des amateurs. Lucas savait que les rumeurs iraient bon train s'il révélait son identité en ligne. *Tout le monde* aurait son mot à dire. C'était déjà suffisamment pénible d'entendre ses jeunes cousines se moquer des hashtags ringards qu'il utilisait.

Néanmoins, à cet instant précis, il aurait aimé parler à JC du club de jardinage de Greenhaven dont il était membre depuis qu'il était en âge de porter une bêche.

PLANTSGUY95

Cherche sur Google le nom de ta ville suivi de « association horticole » ou « club de jardinage » pour voir ce qui apparaît.

La plupart des villes en ont un, même s'il ne s'agit que de quelques personnes qui se rassemblent pour échanger des graines.

JCEDITS

« Échanger des graines » hein ?

C'est comme ça que disent les jeunes d'aujourd'hui ?

Lucas éclata de rire en lisant sa réponse et jeta un regard alentour pour s'assurer que personne ne l'avait vu. Rire tout seul sur un parking désert derrière Main Street, la rue principale de la ville, n'était pas tout à fait l'image qu'il voulait renvoyer. Sans compter que si Henry l'apercevait, il penserait probablement qu'il n'avait rien de prévu de sa soirée et lui demanderait de faire des heures supplémentaires.

Avant d'oublier, il rédigea le brouillon d'un post sur les clubs de jardinage à partager à ses abonnés, donnant quelques éléments historiques pour insister sur le rôle important qu'ils jouaient au sein des communautés. Il lui fallut un effort considérable pour ne pas inclure des détails spécifiques à sa ville, même s'il était convaincu que son club faisait partie des meilleurs de la région. Le travail qu'ils faisaient à Greenhaven était fantastique, et pas seulement parce que sa famille y avait beaucoup contribué.

Courant à présent le risque imminent de voir Henry sortir sur le parking et lui demander de l'aider à fermer la boutique, Lucas monta dans son pick-up – qu'il avait encore du mal à considérer comme autre chose que le pick-up de son grand-père, même plusieurs années après sa mort – pour se rendre chez sa grand-mère. En chemin, il passa devant la mairie et les jardinières colorées fraîchement plantées par le club. Alors que le soleil déclinait dans le ciel, deux personnes discutaient sur un banc non loin de là, ignorant les longs mois de collecte de fonds qu'il avait fallu au club pour installer les bacs à fleurs.

Comme d'habitude. Il soupira en tournant dans une rue latérale. *Personne n'apprécie jamais vraiment la beauté d'un bon jardin.*

Une famille traversait la rue pour se rendre à la bibliothèque, restée ouverte pour la soirée afin d'accueillir un événement. Lucas immobilisa alors son camion pour les laisser passer. Un peu plus loin, la voiture de sa cousine Flore était stationnée devant le club de jardinage, et Lucas remarqua qu'une lumière était allumée.

Leur grand-mère, toujours présidente du club de jardinage de Greenhaven, était tombée malade durant l'hiver. Mais c'était surtout le décès de sa meilleure amie quelque temps plus tard qui semblait avoir eu raison son envie de sortir et de rester active. Ils avaient donc prévu une élection lors de la prochaine réunion du club pour désigner un président par intérim. En attendant, les autres membres se partageaient les responsabilités à tour de rôle.

Seulement, Flore ne faisait pas vraiment partie du club. Elle faisait partie de la famille, et chez les Geis, on s'entraidait quoi qu'il advienne. Alors, sans hésiter une seule seconde, Lucas s'arrêta dans l'allée et se gara derrière sa voiture, mettant de côté ce qu'il avait prévu ce soir pour quelque chose de bien plus important.

Chapitre 2

Juliet avait profité de la douceur de la soirée en ce début de printemps pour se rendre à pied de son appartement à la bibliothèque pour une réunion, de dernière minute, des Amis de la Bibliothèque de Greenhaven.

Lorsqu'elle avait emménagé en ville, rejoindre l'association était la seule solution qui lui était venue à l'esprit pour que sa mère cesse de lui reprocher de ne jamais sortir et de ne pas s'impliquer dans sa communauté d'adoption. Si elle avait été surtout attirée par la possibilité d'accéder en avant-première aux livres de seconde main mis en vente par les Amis, le fait que la majorité des membres soient des retraités tout aussi introvertis qu'elle avait achevé de la convaincre : après tout, si elle travaillait à son compte, enfermée chez elle, et n'avait que des amis virtuels, ce n'était pas pour rien.

La réunion improvisée était entourée de mystère, car Denise Thomas, la présidente des Amis, était restée très évasive dans son e-mail. Au moins, l'association n'était pas très loin de chez elle, une raison supplémentaire pour s'investir dans celle-ci plutôt que dans une autre. En chemin, elle passa devant la vieille demeure victorienne référencée en ligne comme étant l'adresse du club de jardinage de la ville.

Elle avait suivi les conseils de Plantsguy95 et s'était renseignée sur le club. Ils ne se réunissaient qu'une seule fois par mois et leur dernière rencontre remontait à quelques jours. Elle devrait le tenir au courant de ses recherches et lui demander s'il avait d'autres suggestions pour l'aider à maintenir Martin en vie encore quelques semaines, le temps de la faire examiner par un expert en la matière.

L'édifice était sublime, avec ses délicates sculptures végétales qui couraient le long des immenses fenêtres et ses volutes de lierre taillées dans le bois des colonnes du porche qui entourait la maison. Une banderole suspendue sur la façade annonçait que leur prochaine vente de plantes se tiendrait ce week-end. Le soulagement envahit la poitrine de Juliet. En fin de compte, Martin n'aurait peut-être pas à attendre trois semaines.

Elle sortit son téléphone en arrivant devant la bibliothèque. Elle hésita quelques instants, puis cliqua sur l'icône de sa messagerie et se mordilla la lèvre inférieure en relisant son dernier échange avec Plantguy95 qui remontait à quelques jours. Avec le recul, elle trouvait sa plaisanterie sur l'échange de graines trop suggestive et très embarrassante. Elle ne pensait pas à lui de cette manière, du moins, pas sérieusement. Comment aurait-elle pu alors qu'elle ne connaissait même pas son vrai nom ?

Elle aimait le faire rire, ou du moins, le divertir suffisamment pour recevoir en retour un émoji rieur ; ce qui, cette fois-ci, ne s'était pas produit. Cependant, elle n'y accordait pas vraiment d'importance, car tout ce qu'elle recherchait en ce moment, c'était de l'amitié. La seule chose que son cœur brisé et meurtri pouvait supporter.

Elle décida alors de fermer la conversation pour ouvrir le nouveau message que lui avait envoyé Charlotte — nom d'utilisateur : EditsALottie — une des premières amies rencontrées sur internet lorsqu'elle avait lancé son entreprise dix ans plus tôt. Elles se voyaient même de temps à autre à l'occasion de conférences, où l'extravertie très avenante qu'était Charlotte réussissait chaque fois l'exploit de présenter Juliet à environ huit personnes en l'espace de douze minutes. Cette dernière était épuisée rien que d'y penser.

EDITSALOTTIE

Tu as vu ? Les inscriptions pour les TMC sont ouvertes.

Juliet vérifia l'heure en haut de son écran. La réunion commençait dans dix minutes, ce qui était amplement suffisant pour répondre à Charlotte.

JCEDITS

Déjà ? Tu comptes tenter ta chance cette année ?

EDITSALOTTIE

Je sais pas.

Je suis en plein dans la mise à jour d'un manuel technique, pas sûre d'avoir le temps de préparer quelque chose.

Toi, en revanche, tu devrais vraiment y participer.

JCEDITS

Rien de ce que j'ai fait ces derniers temps ne fait l'affaire. Ils récompensent toujours des travaux artistiques. Soit des catalogues d'exposition, soit un magazine.

Cette année, la plupart de mes projets ont été des revues universitaires.

Pourquoi tu ne soumettrais pas le roman sur lequel tu as bossé ? Il a été classé dans les meilleures ventes, non ?

EDITSALOTTIE

Mince, je viens de voir qu'ils ont changé les règles cette année.

Ils n'acceptent plus aucun projet pour des maisons d'édition.

À part les travaux universitaires, je n'ai fait que des projets pour des maisons d'édition…

Donc à moins que quelque chose ne se présente dans les jours à venir, j'ai bien l'impression que les TMC, ce sera sans moi cette année.

Tu viendras quand même à la conférence, j'espère ?

Deux jours remplis de fun avec moi. Pardon, je veux dire « remplis de sessions hautement instructives »

Je serai là, sauf si ma réunion d'anciens élèves tombe le même week-end. Ça se passe même dans ton état cette année.

Je ne sais pas encore… C'est à l'autre bout de l'état.

Je n'aime pas trop conduire.

En relisant son message, Juliet savait que son excuse sonnait faux, mais c'était tout ce qu'elle était disposée à révéler à Charlotte. Même si elle avait envie de revoir son amie, cela ne valait pas la peine de s'infliger le stress du voyage, puis de passer encore deux jours entiers à sourire et faire semblant d'être heureuse au milieu de tout ce chaos ambiant.

Cela dit, le voyage pourrait en valoir la peine si elle était en lice pour les TMC. Même si les Trophées des Meilleurs Correcteurs n'étaient pas, dans l'absolu, si importants. Juliet n'avait pas eu besoin d'une quelconque récompense pour constituer sa clientèle : les retours et les recommandations comptaient bien plus qu'un petit badge sur son site internet.

Juliet souhaitait gagner pour une raison bien plus mesquine qu'elle avait du mal à avouer, même à elle-même : une telle récompense la valoriserait aux yeux de sa mère. Pas autant qu'une médaille d'Ironman ou que le prestigieux poste à responsabilité de sa sœur, mais un prix restait un prix.

En attendant que ce scénario improbable se réalise, Juliet parvenait quand même à satisfaire sa mère en s'engageant bénévolement auprès d'associations communautaires locales. Elle poussa un soupir avant d'entrer dans la bibliothèque, sourit à Patrice qui se trouvait à l'accueil et, sur un coup de tête, lui adressa un signe de la main.

Le signe de main était de trop, se dit-elle en grimaçant intérieurement. L'homme aux cheveux blancs la regarda en plissant les yeux.

— Bonsoir, Patrice.

Elle ralentit l'allure et prit une grande respiration pour calmer son anxiété avant de reprendre la parole.

— Où se déroule la réunion de dernière minute des Amis de ce soir ?

Les yeux toujours plissés, le vieil homme agita une main pâle couverte de rides et de taches en direction de l'escalier.

— Les nouveaux membres doivent payer leur cotisation avant d'assister à leur première réunion.

Il a presque quatre-vingt-dix ans, se rappela Juliet avant de fermer les yeux pour retenir ses larmes. *Il doit avoir du mal à reconnaître certains visages.*

Avant qu'elle ne puisse trouver les mots pour le convaincre qu'elle faisait bien partie de l'association, Juliet entendit une voix depuis l'étage.

— Ah, Juliet, fantastique.

Elle leva la tête pour apercevoir les grands yeux bruns rieurs et le visage amical et éclatant de Denise, la présidente des Amis de la Bibliothèque, penchée par-dessus la rambarde. Depuis sa rencontre avec la quinquagénaire l'an dernier, Juliet ne l'avait pas vue une seule fois de mauvaise humeur.

— Vous êtes la dernière à arriver. Vous devriez vous dépêcher avant que Miss Elsie ne mange tous les cookies aux pépites de chocolat et qu'il ne reste que ceux aux raisins secs.

— Qui a apporté des cookies aux raisins secs ? demanda Juliet en écarquillant les yeux de manière volontairement dramatique.

— Mon épouse, répondit Patrice derrière elle.

Denise se contenta de secouer la tête et de laisser échapper un petit rire, mais Juliet sentit son estomac se nouer. Voilà pourquoi elle ne se risquait jamais à une blague improvisée. Avec un peu de chance, Patrice aurait oublié qui elle était lors de sa prochaine visite.

La petite salle de réunion à l'étage était encombrée de cartons de livres en tous genres et peuplée d'Amis en pleine conversation. Il flottait dans la pièce un air de mystère, car personne ne savait vraiment pourquoi ils avaient tous été convoqués par Denise au dernier moment. Quelques-uns se demandaient si on allait solliciter un volontaire pour prêter son garage ou son sous-sol. En effet, la petite pièce de stockage des Amis située au rez-de-chaussée débordait. Juliet adressa un sourire poli à l'assemblée avant d'enfourner un cookie. Elle avait déjà insulté quelqu'un ce soir, mieux valait ne pas aggraver son cas.

Pour autant, personne ne vint engager la conversation avec elle. En six mois, Denise avait été la seule membre de l'association à lui avoir adressé davantage qu'un simple *bonjour*. Les doigts de Juliet mouraient d'envie d'attraper son téléphone pour partager en ligne son malaise avec le premier connecté. N'importe qui, pourvu qu'elle n'ait pas à affronter le jugement dans son regard et qu'elle puisse récolter quelques paroles d'encouragement.

Denise tapa dans ses mains à deux reprises et les conversations se dissipèrent rapidement, en même temps que la dernière chance pour Juliet de filer en douce en emportant au passage quelques pâtisseries avec elle. Elle s'adossa contre un mur, entre deux piles de livres, et tourna la tête vers Denise.

— Merci à tous d'avoir fait le déplacement en urgence. Je vous enverrai tous les détails par mail, mais j'ai une très bonne nouvelle à vous annoncer et je voulais à tout prix avoir vos réactions en direct.

— Vous auriez pu les avoir tout aussi bien en appel vidéo, ronchonna quelqu'un derrière Juliet, *on ne peut plus d'accord.*

— Nous venons de recevoir une énorme donation, la plus importante dans l'histoire des Amis.

Les yeux de Denise pétillaient d'excitation en entendant le murmure de curiosité qui s'élevait dans la salle.

— Mon grand-père, George Thomas, a fondé les Amis en vendant sa propre collection de livres il y a plus de soixante ans, reprit-elle, mais cette nouvelle contribution est plus importante : Maude Pervenche, qui nous a quittés en fin d'année dernière, nous a légué dans son testament la Maison Pervenche, située sur Main Street.

La présidente de l'association était manifestement sur le point d'exploser de joie, mais conserva néanmoins le ton calme et mesuré approprié à la gravité qui accompagnait cette bonne nouvelle.

— Ce n'est pas là que le club de jardinage se réunit ? fit remarquer l'homme derrière Juliet qui conservait son air désagréable même lorsqu'il s'exprimait à voix haute. Ils occupent la Maison Pervenche depuis des dizaines d'années. Maude leur avait donné la permission de l'utiliser.

Juliet n'avait pas réalisé que l'énorme bâtisse jaune devant laquelle elle était passée tout à l'heure portait un nom. « Maison Pervenche » sonnait à son oreille comme un titre honorifique et distingué et cela correspondait parfaitement à l'image qu'elle se faisait d'un club de jardinage.

Un sourire figé aux lèvres, Denise cligna des yeux avant de répondre :

— Il semblerait que Mme Pervenche souhaite à présent qu'elle nous revienne. Le testament a été authentifié et ses volontés étaient très précises. Elle a laissé la maison aux Amis de la Bibliothèque pour qu'ils l'emploient, je cite : « au service de la communauté de Greenhaven ». Le club de jardinage n'a pas été mentionné dans le testament en ce qui concerne la propriété.

L'enthousiasme de Denise était contagieux et des murmures d'approbation s'élevèrent dans l'assemblée. Seul le bougon semblait toujours mécontent. Juliet tourna la tête en faisant mine de regarder les livres empilés à côté d'elle pour éviter d'éveiller les soupçons et jeta un coup d'œil dans sa direction. À en juger par ses sourcils froncés et ses bras croisés contre sa poitrine, l'homme aux cheveux poivre et sel était le seul ici présent à ne pas être pleinement enchanté par la nouvelle.

À vrai dire, l'annonce de Denise ne faisait ni chaud ni froid à Juliet. Elle n'était ni ravie ni contrariée et se situait dans une sorte de plaisante neutralité, son état favori. Le club de jardinage occuperait un autre local, les Amis auraient plus d'espace pour stocker les livres que les habitants leur donnaient et la vie de Juliet suivrait son cours habituel.

— L'héritage inclut aussi tout le mobilier de la maison qui n'a pas été spécifiquement légué à quelqu'un d'autre, nous devons donc la débarrasser avant de pouvoir investir les lieux.

La présence obligatoire à la réunion devint tout à coup limpide. Il était bien plus facile d'ignorer un appel à la générosité par e-mail qu'en soutenant le regard bienveillant de Denise.

Juliet mordit discrètement dans un autre cookie et baissa les yeux.

— Y aurait-il des volontaires pour consacrer quelques heures la semaine prochaine à faire le tri ?

Sans le voir, Juliet devina que Monsieur mécontent venait de lever la main. Denise haussa un sourcil de surprise.

— Stephen ? Vous voulez superviser cette initiative ?

— Tout à fait !

Un silence accueillit sa réplique, silence durant lequel Denise sembla attendre plus de détails concernant l'intérêt de Stephen pour ce qui paraissait être une tâche ardue et monotone. Pour être honnête, Juliet savait qu'on pensait la même chose de son activité de correctrice-relectrice. Peut-être que Stephen aimait simplement ranger les livres et remettre de l'ordre dans les papiers, tout comme Juliet appréciait la sensation d'affiner et de perfectionner des mots écrits par d'autres.

Denise se racla la gorge en comprenant qu'elle n'obtiendrait aucune explication supplémentaire de sa part.

— Parfait, nous trouverons un moment dans la semaine pour vous faire parvenir un double des clés, dit-elle avant de se tourner vers le reste du groupe. Alors, Mme Pervenche nous a aussi légué une immense quantité de livres, et j'ai pensé que nous pourrions avancer notre prochaine bourse aux livres à ce week-end. Qui est disponible parmi ceux qui s'étaient portés volontaires pour le mois prochain ?

Juliet n'avait même pas besoin d'y réfléchir. Elle n'avait jamais rien de prévu le week-end. En outre, les volontaires pouvaient faire leur sélection en avant-première avant le début de la vente. Elle leva la main, bientôt imitée par une douzaine d'autres personnes. Denise leur adressa à tous un grand sourire avant d'aborder les détails logistiques qu'impliquait le changement de date. La réunion prit fin une dizaine de minutes plus tard.

Lorsque Juliet quitta les lieux, Stephen et Denise semblaient plongés dans une conversation animée, et avaient tous deux le visage fermé. En son for intérieur, une bataille fit rage entre l'impression familière et désagréable d'être mise de côté et son envie de tranquillité. Mais peu importait la raison de leur petit différend, cela ne la regardait pas. Moins il y avait de perturbations dans sa vie, mieux elle se portait.

Chapitre 3

— Lucas, mon chéri, nous avons perdu la maison.

La panique s'empara de Lucas en entendant les mots de sa grand-mère. L'étiqueteuse qu'il tenait lui glissa des mains. Elle percuta le linoléum dans un bruit sourd. À l'autre bout du magasin, Henry interrompit la conversation qu'il avait avec son père pour lui adresser un regard noir.

— Geis, j'espère pour toi qu'elle n'est pas cassée.

Lucas balaya l'air de la main pour rassurer Henry et se pencha pour ramasser la machine, son autre main retenant toujours avec fermeté le portable contre son oreille.

— Et pas de téléphone pendant le service !

— C'est ma grand-mère, répondit-il d'une voix forte.

Le visage de Henry s'adoucit et il hocha la tête dans sa direction. Tout le monde appréciait Mamie Geis, par ici. Illustration même de la gentille vieille dame, elle apportait régulièrement des viennoiseries à son petit-fils sur son lieu de travail. Comme Lucas avait été employé dans la quasi-totalité des commerces de Greenhaven, Mamie était devenue la grand-mère de presque toute la ville. Elle offrait beaucoup aux autres, sans jamais rien réclamer en retour. Elle retenait chaque prénom et chaque détail qu'on voulait bien lui confier.

Sans compter qu'elle avait dû changer les couches de Henry à plusieurs reprises lorsqu'il était bébé, ce que Lucas ne manquerait pas de lui rappeler si nécessaire, pour le remettre à sa place.

— Le crédit de ta maison a été entièrement remboursé, Mamie. De quoi tu parles ?

Lucas rejoignit l'arrière-boutique en emportant avec lui l'étiqueteuse quelque peu tordue. Il posa l'appareil sur la petite table ronde de la salle du personnel, mais préféra rester debout plutôt que s'installer sur une des chaises en plastique grinçantes. Il était beaucoup trop agité pour s'asseoir, de toute manière.

— Pas ma maison, celle du club de jardinage, répondit Mamie alors que Lucas passa devant le panneau sur lequel étaient affichés le règlement et le planning. Maude Pervenche l'a léguée aux Amis de la Bibliothèque dans son testament.

—Je croyais qu'elle appartenait au club.

Arrivé devant la porte, le jeune homme effectua un demi-tour pour recommencer son circuit dans l'autre sens.

— Les réunions ont toujours eu lieu là-bas, reprit-il. Il y a même une photo de toi, Mamie, dans cette maison, quand tu as rejoint le club en… en 1960, c'est bien ça ?

— Nous nous en servons depuis la création du club, mais uniquement parce que Maude en était la première présidente.

— Alors pourquoi l'aurait-elle léguée aux Amis ? Ça ne rime à rien.

Lucas sentit la rage monter en lui. Il y était encore il y a quelques jours à peine avec Flore, et rien n'avait laissé présager quoi que ce soit.

— Tu devrais contester le testament.

—Je n'ai aucune raison de le faire, répondit sa grand-mère.

Elle n'avait pas l'air bouleversée par la nouvelle, mais simplement fatiguée. La colère de Lucas monta d'un cran. Mamie n'avait vraiment pas besoin de tout ce stress, pas après ce qu'elle avait traversé cet hiver. Dire adieu à Maude avait déjà été bien assez éprouvant, ils devaient maintenant dire au revoir à la maison.

— Maude ne nous a jamais formellement promis quoi que ce soit. Nous nous réunissions chez elle parce que c'était ce que nous avions toujours fait. Quand elle a été admise dans une maison de santé l'an dernier, elle m'a dit au téléphone que nous pouvions continuer d'utiliser la maison, mais elle n'a pas parlé de…

Sa voix s'étrangla sous l'émotion.

— De ce qu'elle voulait en faire après.

— Les Amis n'ont pas le droit de prendre possession d'une maison qui compte autant pour toi et pour le club, répondit Lucas, dont le cœur se serra.

— Les Amis ne prennent rien du tout. C'est un cadeau que Maude leur a fait.

— C'était ta meilleure amie. Ça n'a aucun sens.

— C'est justement parce que c'était ma meilleure amie que je me dois d'honorer ses dernières volontés.

Ayant cessé de faire les cent pas, Lucas se laissa tomber sur une chaise et se passa la main dans les cheveux.

— Tu viens d'apprendre la nouvelle ?

Un silence accueillit sa question à l'autre bout du fil. Lucas éloigna le téléphone de son oreille pour s'assurer qu'il était toujours en ligne.

— Mamie ?

— Je suis au courant depuis un moment, répondit-elle en soupirant. Mais j'attendais le bon moment pour te l'annoncer. Denise l'a dit aux Amis hier soir, toute la ville devrait donc en avoir entendu parler d'une façon ou d'une autre d'ici à la fin de la journée.

Ah ! La fameuse usine à ragots de Greenhaven, dirigée par le clan Geis, autrement connue comme les cousines de Lucas.

— Pourquoi ne m'as-tu rien dit ? Pourquoi n'as-tu rien dit au club ?

— Je ne voulais inquiéter personne, et toi encore moins. Je sais à quel point tu peux devenir… véhément, par moments. C'est inutile de t'en prendre aux Amis, ils n'y sont pour rien.

Lucas laissa échapper un ricanement ironique avant de répondre :

— Non, ils n'y sont pour rien. Ils héritent juste de la plus belle propriété de toute la ville sans aucune raison valable.

— Maude devait avoir ses raisons.

— Ou bien elle avait perdu la raison, répliqua Lucas tandis qu'une idée germait dans son esprit. Tu es sûre qu'elle était en pleine possession de ses facultés quand elle a rédigé le testament ?

— Oui, puisqu'elle l'a rédigé il y a dix ans.

— Et elle ne t'a jamais rien dit à propos de la maison ? Ça me semble bizarre.

Mamie poussa un nouveau soupir. Plus long. Qui signifiait que Lucas mettait sa patience à rude épreuve. Un sentiment de culpabilité l'envahit soudain : sa grand-mère n'avait vraiment pas besoin de tout *son* stress à lui.

— Excuse-moi, Mamie.

Il saisit l'étiqueteuse d'une main et serra la poignée, attribuant par accident à la table le prix de 5,99 $. Bien trop cher pour ce vieux formica tout cabossé.

—Je suis juste sous le choc, reprit-il.

— Eh bien, arrange-toi pour supporter ton choc calmement, je te prie. Si possible sans brandir des fourches et des torches. Rappelle-toi ce qui est arrivé quand tu as lancé cette pétition pour sauver Harvey's Hamburgers.

— Quelques petits rats sur le parking derrière le restaurant ne justifiaient pas de priver la ville d'une telle institution culinaire.

Mamie interrompit ce qui aurait pu se transformer en une diatribe interminable de Lucas et changea avec prudence de sujet.

— Tu devrais te remettre au travail. Tu viens dîner ce soir ? Marigold nous présente son nouveau petit ami.

Mamie n'étant pas dans la pièce pour le houspiller, il s'autorisa à lever les yeux au ciel.

—J'ai hâte.

Ils raccrochèrent quelques instants plus tard après s'être dit au revoir. S'il avait conscience qu'il devait retourner travailler, Lucas ne put s'empêcher d'envoyer une salve de SMS à ses cousines : les prémices d'un plan pour récupérer la Maison Pervenche se formaient déjà dans son esprit.

Sa grand-mère le connaissait bien : il était, pour lui, hors de question de rester les bras croisés sans rien faire. Mamie adorait cette maison. Le club l'utilisait depuis toujours. Il existait forcément une raison pour que Maude ait changé d'avis qu'elle leur retire le droit d'utiliser la Maison Pervenche.

Sans parler du fait que les Amis de la Bibliothèque semblaient constituer un choix tout à fait arbitraire. Greenhaven était une petite ville, et il était donc courant de voir une personne siéger à plusieurs conseils d'administration et faire partie de plusieurs associations en même temps, mais Maude avait toujours été membre du club de jardinage, et seulement du club de jardinage. Du moins, depuis aussi longtemps qu'il s'en souvenait.

Sa grand-mère était la seule à qui il n'en demanderait pas plus. Bien qu'elle ne fût pas une surprise, la mort de Maude l'avait profondément affectée. Sa voix était restée calme au téléphone, mais Lucas la connaissait aussi bien qu'elle le connaissait. Mamie souffrait en silence et porterait les séquelles de cette disparition jusqu'à son dernier souffle.

En voyant certains de ses cousins lui répondre avec la même indignation que lui, Lucas parvint à se calmer et ouvrit ses réseaux sociaux. En un an, son compte avait connu une croissance impressionnante, mais il ne pouvait en aucun cas s'en servir pour trouver la solution à son problème sans sacrifier son anonymat. Il fit défiler la longue liste de messages et s'arrêta sur celui que JCEdits lui avait envoyé. Il datait de quelques jours, mais était étrangement passé entre les mailles du filet.

JCEDITS

> J'ai trouvé un club de jardinage près de chez moi.
> Je crois que je vais aller à leur vente de plantes
> avec Martin.

Merci pour le conseil.

Il ne s'agissait que d'un simple message accompagné d'un GIF ridicule, mais il lui remonta tout de même le moral. Jusqu'à ce qu'il le relise et que ses yeux butent sur « Martin ».

Peut-être un cousin. Lucas en avait lui-même toute une ribambelle. Ou un frère. Mais cela pouvait tout aussi bien être une façon subtile de lui dire qu'elle avait un petit ami. Ou un mari. Cela n'aurait pas dû le déranger d'apprendre qu'elle était en couple. Il ne l'avait jamais vue, il ne savait pas à quoi elle ressemblait et pour autant qu'il sache, elle pouvait tout à fait habiter à l'autre bout du pays. Il n'avait aucune chance de la rencontrer un jour. Il ne connaissait même pas son prénom. Cela ne devrait donc pas avoir d'importance.

Le petit point vert lui indiqua qu'elle était en ligne. Au lieu de laisser son humeur massacrante empirer (et de se dégonfler), Lucas décida d'aborder directement le sujet.

PLANTSGUY95

Pas de souci.

J'espère que Martin et toi, vous trouverez une bonne affaire à la vente.

JCEDITS

Oui, il a besoin d'un nouvel ami.

J'ai dû couper toutes ses feuilles brunes, il ne lui en reste plus que deux.

Un soulagement frais et chaud comme une pluie d'été envahit la poitrine de Lucas.

. . .

PLANTSGUY95

Martin le Maranta ?

JCEDITS

Je sais que c'est stupide de donner des noms à ses plantes, mais ça me semblerait bizarre de pas le faire.

Elles sont vivantes, après tout, non ?

PLANTSGUY95

T'en fais pas, moi aussi je leur donne des noms. C'est ce que fait tout passionné de plantes qui se respecte.

JCEDITS

Tu dis ça juste pour être gentil.

PLANTSGUY95

Non, je te jure. En ce moment, j'ai Angela, Pamela, Sandra et Rita.

JCEDITS

Ce sont les paroles de « Mambo Number Five », je les reconnais.

PLANTSGUY95

Eh, j'ai jamais dit que je leur donnais des noms uniques et créatifs.

En revanche, Martin le Maranta, ça, c'est original.

JCEDITS

J'ai aussi Fergus le Ficus, Harrison l'Haworthia et Henry l'Hoya.

PLANTSGUY95

Arrête, je suis sûr que tu te moques de moi.

JCEDITS

Quoi ? J'aime les allitérations !

PLANTSGUY95

Et les plantes secrètes dont tu t'occupes toute seule ? Amanda et Archibald les Aloès ?

JCEDITS

Non, Artémis et Apollon.

Devant la réponse, le cœur de Lucas bondit dans sa poitrine, le laissant bouleversé. Peu importe qui elle était, peu importe, où elle se trouvait, JCEdits était sacrément adorable.

Chapitre 4

En chemin pour la bourse aux livres, Juliet était plongée dans une conversation animée avec Charlotte à propos de Plantsguy95, un sujet qui alimentait leurs échanges depuis le premier message que Juliet avait envoyé au sauveur de ses plantes. Le mystère entourant son identité était revenu plus d'une fois au cours des derniers mois.

Vivant chacune à l'autre bout des États-Unis, Juliet et Charlotte ne s'étaient vues en personne qu'à deux reprises depuis cette conférence à laquelle elles avaient assisté des années auparavant. Malgré tout, cette distance n'avait jamais entamé leur amitié. Juliet pensait même que l'éloignement avait facilité les choses. Avec une amitié virtuelle, elle ne courrait pas le risque d'inviter Charlotte à boire un verre le vendredi soir et qu'elle annule à la dernière minute, ni de se faire piquer son petit ami, ni tout autre coup tordu qui pourrait la décevoir.

Si elle était honnête, le vol de petit copain était un fait isolé causé par une amie particulièrement toxique que Juliet préférait oublier, tout comme l'Ex en question. Ce qu'ils lui avaient fait lui resterait au fond de la gorge pour toujours, et ce, même si elle avait banni leurs prénoms de son vocabulaire et les avait complètement rayés de sa vie.

Mais aujourd'hui, il ne s'agissait pas d'eux. Aujourd'hui, il s'agissait de Plantsguy95, et une fois de plus, Charlotte s'entêtait à lui expliquer pourquoi elle devait à tout prix lui poser davantage de questions personnelles.

EDITSALOTTIE

Je vis à Hollywood, donc moi non plus, je ne suis pas réelle moi, c'est ça ?

JCEDITS

Non, LOL. Tu es le fruit de mon imagination.

EDITSALOTTIE

J'imagine que je n'ai plus besoin de finir la correction du manuel d'ingénierie électrique dans ce cas ? Trop bien !

JCEDITS

Merci encore d'avoir pris ce client.

J'en pouvais plus de tous ces manuels, j'avais besoin d'un break.

EDITSALOTTIE

Je te comprends.

Et puis tu dois garder ton agenda ouvert pour un projet qui rentrerait dans les critères des TMC.

Juliet secoua la tête et rangea son téléphone en arrivant sur la pelouse de la bibliothèque. Compte tenu du nombre minimum de mots requis pour les Trophées des Meilleurs Correcteurs, elle devait vite se mettre au travail si elle voulait soumettre quelque chose avant la date limite des inscriptions qui tombait dans quelques semaines.

Elle ne pouvait rien y faire dans l'immédiat, et préférait donc consacrer son énergie à aider Denise et les Amis à tout installer. Les ventes de livres d'occasion attiraient toujours beaucoup de monde, mais grâce à la collection léguée par Maude, celle-ci promettait d'être la plus importante de l'histoire de l'association. La vente débutait officiellement à neuf heures, mais les voitures se garaient déjà sur le parking et plusieurs passionnés de littérature piétinaient avec impatience sur le trottoir.

Juliet se retint pour ne pas faire, tout de suite, sa propre sélection. Après la rupture, elle avait dû se séparer de beaucoup de livres, et près d'un an plus tard, ses étagères commençaient à peine à se remplir à nouveau d'ouvrages cornés et surlignés. Les réseaux sociaux pouvaient bien garder leurs couvertures brillantes et leurs reliures intactes, car pour Juliet, rien n'était aussi beau qu'un livre usé qui avait bien servi son propriétaire.

Une fois terminée la mise en place des tables surchargées de romans et autres volumes d'occasion, Juliet rejoignit Stephen derrière la caisse et lui adressa un léger sourire auquel, sans surprise, il ne répondit pas. Il lui tendit en revanche un cookie du stand de gâteaux.

Les ventes se succédèrent toute la matinée, agrémentées ici et là par ce qui se rapprochait le plus d'une conversation avec Stephen. Le rôle de Juliet se limitait à hocher la tête et à répondre un « ah » blasé de temps en temps, tandis que Stephen se plaignait comme à son habitude du temps, de la foule et du nombre de personnes qui préféraient payer par carte plutôt qu'en espèces. Deux heures plus tard, Denise fit une apparition en coup de vent pour leur annoncer que l'association avait déjà dépassé son objectif annuel de collecte de fonds.

Deux heures au milieu de la foule, c'était déjà deux heures de trop pour Juliet.

— J'ai besoin d'une pause. Je reviens dans un quart d'heure. Avez-vous besoin de quelque chose ?

Elle prit le grognement que Stephen lui adressa pour un non.

Malgré les plaintes de ce dernier, le temps était parfait en ce début d'après-midi de mai, avec un ciel sans nuage et une légère brise qui rendait la chaleur supportable. C'était une journée idéale pour jardiner et une vente de plantes avait d'ailleurs lieu en ce moment même un peu plus loin dans la rue principale. La bourse aux livres ayant été avancée, Juliet n'avait pas pu emporter Martin *le Maranta* au club de jardinage comme elle l'avait prévu. Pire encore, les Amis investiraient bientôt leur nouvelle demeure, et Juliet ne savait pas si le club de jardinage avait déjà trouvé un nouveau lieu pour se réunir. Son estomac se noua quand elle réalisa que Martin n'aurait peut-être jamais l'occasion d'être examiné par quelqu'un d'expérimenté.

— Ce n'est pas grave, se dit-elle. C'est juste une plante, après tout.

Pourtant, si cela avait vraiment été le cas, elle ne lui aurait pas donné un nom, n'est-ce pas ? Aussi idiot que cela puisse paraître, elle aimait être entourée de ses plantes. Et pas seulement parce que cela faisait plaisir à sa mère qui traitait le nouvel appartement de Juliet de « boîte de conserve ».

Alors qu'elle descendait la rue pour se diriger vers le petit espace ouvert devant la mairie, Juliet croisa une vingtaine de personnes qui avaient les bras chargés d'énormes pots débordant de feuilles et de fleurs. Dans l'autre sens, les passants défilaient quant à eux avec des sacs en papier remplis de livres. Rares étaient ceux qui avaient les deux à la fois.

Que le Larousse nous préserve ! Elle usa de toutes ses forces pour ne pas lever les yeux au ciel face à ce clivage évident entre les gens de Greenhaven.

Au cinéma ou dans la littérature, les rivalités dans les petites villes étaient comiques. Mais dans la vraie vie, elle avait perdu bien trop de temps à écouter sa mère se plaindre de tel comité qui avait effectué tel changement, qui avait ennuyé tel autre groupe, pour qu'elle trouve cela encore drôle. Greenhaven était heureusement trop grande pour que ses habitants se montrent aussi mesquins, et c'était d'ailleurs l'une des raisons pour lesquelles elle avait choisi de déménager ici plutôt que de retourner vivre dans sa petite ville natale près de sa mère. Au moins, ici, Juliet se fondait dans la masse et n'avait pas besoin de choisir un camp.

La commune était assez vaste pour abriter à la fois des amateurs de plantes et des passionnés de lecture. Comme elle aimait les deux, Juliet se retrouvait, encore une fois, au milieu, sans vraiment faire partie d'un groupe ou l'autre. Un entre-deux familier et confortable, même si elle s'y sentait parfois un peu seule.

La parcelle de terrain était délimitée par des cordes, qui permettaient de contrôler le flot de visiteurs et d'empêcher quiconque de partir sans payer. Juliet nota d'en parler à Denise en prévision de la prochaine bourse aux livres. Leur installation chaotique laissait à désirer et elle était persuadée que bon nombre de livres avaient disparu au fond des sacs, et pas seulement pour esquiver le caractère ronchon Stephen à la caisse.

Une fois passé le périmètre clôturé, Juliet eut l'impression d'entrer dans une serre. Partout autour d'elle, de grandes plantes feuillues ondulaient au gré du vent. Les conversations portaient sur les avantages d'un figuier à caoutchouc par rapport à un figuier pleureur, ou sur l'emplacement idéal pour planter sa glycine. Le parfum de la terre humide imprégna ses narines, et elle ferma les yeux pour inspirer profondément.

L'odeur était presque aussi envoûtante que celle d'un vieux livre. Martin serait peut-être heureux d'avoir quelques nouveaux amis. Elle regarda l'heure sur sa montre. Il lui restait assez de temps pour acheter une ou deux plantes et les déposer chez elle avant de revenir à son poste.

Juliet ne savait plus où donner de la tête. Elle aurait pu se sentir dépassée par la multitude de choix, mais grâce aux conseils de PlantGuy95 et ce qu'elle avait retenu de ses propres recherches, Juliet savait que son mode de vie et l'ensoleillement de son appartement ne convenaient pas à toutes les plantes. En d'autres termes, elle connaissait le type de végétaux capables de survivre avec beaucoup d'amour pour être ensuite oubliés un long moment. Ainsi, sa collection était surtout composée de succulentes et de palmiers d'intérieurs, à l'exception de Fergus et de Martin.

Même si elle savait qu'elle devait jeter un œil aux cactus, ses jambes la menèrent malgré elle vers une table chargée de *Marantas*. Leurs feuilles qui se refermaient à la nuit tombée leur donnaient un aspect plus vivant que les autres plantes et les rendaient fascinantes. Par ailleurs, Juliet appréciait beaucoup leur couleur violette.

De l'autre côté de la table se tenaient un homme et une femme du club de jardinage, reconnaissables au logo de l'association imprimé sur la poche avant de leurs tabliers. Sans les regarder, Juliet leur adressa un sourire poli avant de se pencher en avant pour examiner les plantes de plus près.

— Ils se moquent du monde, murmura l'homme assez fort pour être entendu. Ils étaient au courant pour la vente de plantes depuis des mois. Des mois ! Ils ne pouvaient pas trouver un autre week-end pour vendre leurs livres d'occasion ?

Juliet sentit sa nuque se raidir.

— Il fait un temps superbe et nous sommes déjà en mai. Je suis sûre qu'ils voulaient juste éviter la chaleur insupportable de l'été, répondit la femme.

— Se garer est un parcours du combattant dans cette partie de la ville. Tout le monde sait que les gens utilisent le parking de la bibliothèque quand il y a une vente de plantes parce que c'est le plus proche. Mais aujourd'hui, il est infesté de rats de bibliothèque...

Le ton acerbe de l'homme interpella Juliet. Il éveilla en elle quelque chose qu'elle n'avait jamais ressenti auparavant et qui pouvait presque s'apparenter à de la loyauté. Le visage toujours tourné vers les étiquettes des plantes, elle leva discrètement les yeux vers les deux membres du club de jardinage.

Celui qui se plaignait était très séduisant. Comme par hasard. Ses cheveux châtain clair en bataille, son chapeau en feutre marron, sa barbe mal rasée, ses joues hâlées et son short cargo rempli d'outils lui donnaient un air d'*Indiana Jones*. Juliet ne pouvait pas les voir depuis l'endroit où elle se trouvait, mais elle était prête à parier qu'il possédait les mêmes yeux bleu-vert qu'Harrison Ford. Un tatouage dépassait du col de sa chemise et un autre, représentant une plante, courait le long de son avant-bras particulièrement musclé. Le cliché du membre d'un club de jardinage avec des tatouages végétaux était presque *too much* pour Juliet. Sans réfléchir, elle passa les doigts sur son poignet, là où était encrée sa citation favorite.

Mais la magie de son charme s'évaporait chaque fois qu'il ouvrait la bouche, ce qui n'était pas pour lui déplaire :

— C'est notre levée de fonds la plus importante, aujourd'hui. Ça ne leur a pas suffi de nous voler la maison, ils doivent aussi nous voler nos donateurs ?

Le goût amer de l'indignation empêcha Juliet de respirer. N'avait-il pas remarqué son t-shirt aux couleurs des Amis ? Il faisait sans doute exprès dans le seul but de la provoquer. Juliet eut envie de lui rappeler que les Amis n'avaient pas demandé à Maude Pervenche de leur léguer sa maison. Renonçant à son principe de rester à l'écart des conflits locaux, elle se redressa, résolue à défendre les Amis.

— Je pense que les gens sont capables d'apprécier deux choses à la fois, Lucas. On peut aimer lire *et* jardiner.

La femme aux cheveux roux qui l'accompagnait devait être sa petite amie ou son épouse. Elle leva ses yeux verts au ciel d'un air las que Juliet connaissait très bien. Cette femme supportait manifestement depuis des semaines les jérémiades dudit Lucas à ce sujet.

— Vous trouvez ce dont vous avez besoin ?

Juliet sursauta et fit un pas en arrière quand la femme qu'elle écoutait en douce depuis quelques minutes lui adressa la parole.

— Oui, je jetais un œil à tous ces *Marantas*.

Juliet se racla la gorge et s'empara d'un pot comme pour dire : « *vous voyez, je suis là pour vous donner de l'argent, pas pour écouter votre mari déverser sa haine envers la bibliothèque.* »

— J'en ai une chez moi et…

— Avez-vous besoin de conseils concernant l'entretien ? l'interrompit Lucas, l'*Indiana Jones* tatoué, en se penchant par-dessus la table pour dévisager Juliet. On a vite fait de trop arroser ces plantes-là.

Erratum. Ses yeux n'étaient pas bleu-vert comme elle le pensait, mais d'un brun intense, riche et complexe, parsemé d'éclats lumineux, exactement comme la terre du pot qu'elle tenait à la main.

La curiosité sincère qu'elle y décela lui donna envie de le frapper. Il la trouvait intéressante tant qu'elle parlait de plantes, mais que dirait-il s'il savait qu'elle avait passé toute la matinée à la bourse aux livres ?

Mais à l'idée d'une confrontation en public, sa toute nouvelle loyauté retomba comme un soufflé. Elle se contenta alors de plisser les yeux et d'afficher l'expression la plus méprisante possible, bien qu'elle fût persuadée que son visage devait plus ressembler à une victime d'allergie au pollen environnant qu'à un affront.

— Je sais comment m'en occuper.

— Tss… Vous savez, beaucoup de gens pensent savoir, mais en réalité, tout est une question d'humidité. Il faut…

— Garder la terre constamment humide et asperger les feuilles plusieurs fois par jour, l'interrompit à son tour Juliet.

Les mots s'étaient échappés de sa bouche sur un ton plus tranchant qu'elle ne l'avait envisagé. Mais l'expression de surprise qu'affichait son interlocuteur l'encouragea à poursuivre sa tirade et à réciter tout ce que lui avait appris son gourou botanique virtuel.

— Il faut aussi fertiliser plusieurs fois par mois, du printemps à l'automne, éviter une exposition directe au soleil et rempoter quand les racines commencent à sortir par les petites ouvertures sous le pot.

— Je crois qu'elle va très bien s'en sortir, déclara la femme du jardinier en souriant.

Lucas se pencha davantage au-dessus de la table pour se rapprocher un peu plus de Juliet et haussa les sourcils.

— Pour votre information, les petites ouvertures dont vous parlez s'appellent des trous de drainage.

Juliet se sentit rougir. Elle déglutit avec difficulté avant de répondre :

— Merci, je suis au courant.

— Vous avez l'air de bien vous y connaître.

Ses mots ressemblaient à un compliment, mais le ton qu'il employait traduisait presque une certaine déception de ne pas pouvoir partager avec elle tout son savoir.

En fin de compte, il n'était pas aussi utile qu'il le pensait. Ce n'était pas ainsi qu'elle avait prévu de défendre Amis, mais Juliet avait, à sa manière, réussi à le remettre à sa place.

De l'autre côté de la table, la femme donna un coup de hanche à Lucas, qui se redressa en souriant et adressa un clin d'œil à Juliet.

— Merci d'être passée nous voir, lui dit la pépiniériste amatrice en lançant un regard à son voisin.

Elle paraissait sur le point d'éclater de rire.

— Suivez les flèches bleues pour arriver à la caisse, reprit-elle. Et n'oubliez pas de vous inscrire à la tombola en sortant.

Portée par un cocktail inédit d'adrénaline et de loyauté, Juliet adressa un sourire à la rousse, dévisagea Lucas de haut en bas avec mépris – tout en espérant ne pas donner l'impression de convoiter le mari d'une autre – et s'éloigna, sa nouvelle plante à la main.

Lucas avait fait quelque chose de mal, mais il ne comprenait pas quoi. Flore refusait de lui dire et se contentait de secouer la tête avant d'éclater de rire tandis que la sublime experte en botanique s'éloignait en furie, irradiant de colère comme du goudron brûlant en plein soleil.

— Qu'est-ce qui te fait rire, Flore ?

Les deux cousins se retournèrent pour découvrir leur grand-mère derrière eux, ses cheveux blancs clairsemés tressés en couronne. C'était le premier événement auquel elle assistait depuis des mois, et Lucas était ravi de la voir en dehors de chez elle, même s'il avait le cœur gros de la voir s'appuyer lourdement sur sa canne.

— Lucas a fait son monsieur « *je sais tout* », comme d'habitude, et quelqu'un n'a pas vraiment apprécié, répondit Flore en adressant un sourire malicieux à Lucas quand il lui tira la langue.

— Pour l'amour du ciel, reprenez-vous, tous les deux. Vous avez presque quarante ans.

Mamie leur donna une légère tape sur le bras avant de tourner la tête vers la silhouette de la femme qui s'éloignait, sa chevelure auburn flottant au milieu des arbres qui bordaient l'allée vers la caisse.

— Moi, tout ce que j'ai vu, c'est Lucas en train de flirter avec la jolie jeune femme de la bibliothèque, reprit-elle.

— Je n'étais pas en train de flirter, répondit ce dernier en enfouissant son visage dans ses mains avant d'interrompre son geste et de regarder sa grand-mère. Comment ça, « la jeune femme de la bibliothèque » ?

— Elle aide les Amis avec la vente de livres.

— Comment le sais-tu ?

Mamie haussa un fin sourcil blanc avant de lui répondre :

— Leur logo était imprimé sur son t-shirt.

— Oh, dit-il en faisant la moue. Je n'avais pas remarqué.

— Pas étonnant, répliqua Flore, tu étais bien trop occupé à flirter avec elle.

— Impossible, ce n'est pas mon genre.

Et il n'en était pas du tout question : pas avec quelqu'un de Greenhaven ; pas avec une femme qu'il continuerait de voir partout, même après l'avoir inévitablement déçue.

— C'est ça, tout comme tu ne pleures jamais devant les derniers épisodes de *The Bachelor*.

Lucas prit une grande inspiration et se rappela qu'il aimait sa famille plus que tout au monde. Ce qui ne voulait pas dire qu'il était obligé de l'apprécier en toutes circonstances.

—J'essayais juste de l'aider, mais elle n'était pas très réceptive, répondit-il en les fixant de sous son chapeau. Je n'étais pas en train de la draguer.

— Ce n'est rien, mon chéri, lui dit sa grand-mère en posant une main rassurante sur son bras avant d'adresser un signe de main à quelqu'un qui passait devant leur table. Nous connaissons ta passion pour les belles… plantes.

— C'est une façon très polie de dire que c'est un abruti, Mamie, lui fit remarquer Flore en ricanant.

—Je dirais plutôt que je suis un peu maladroit, objecta Lucas.

— Comment arrives-tu à être si éloquent sur internet et si empoté en personne ?

— Quelqu'un relit mes publications. Et je dois dire que tu ne m'as pas vraiment aidé à ne pas être empoté en personne, comme tu dis.

— Tous les regards en coin et les coups de coude que je t'ai envoyés n'étaient pas des indices suffisants ? demanda Flore avant de se tourner vers lui et de le regarder droit dans les yeux. Attends une minute, qui relit tes posts ? Ne me dis pas que c'est cette correctrice… JC quelque chose, celle dont tu n'arrêtes pas de parler ?

Il baissa un peu plus son chapeau et fit mine d'observer la foule en mouvement.

— C'est faux, je n'en parle pas autant que ça.

Le regard de sa cousine était sans équivoque. De toute évidence, il parlait très souvent de cette mystérieuse femme rencontrée sur internet.

— Quelle est la différence entre lui parler sur internet et parler à quelqu'un de vive voix ?

— Quand quelqu'un se présente devant moi pour me poser des questions concernant les plantes…

Surtout si ce quelqu'un a des cheveux couleur terracotta et des yeux aussi vert qu'un philodendron éclatant de santé.

— J'ai du mal à trouver les bons mots, reprit-il. Quand je suis derrière un écran, j'ai le temps de réfléchir à ce que j'écris.

— À vrai dire, elle ne t'a rien demandé. Elle a juste dit qu'elle avait un *Maranta* chez elle, et tu t'es lancé tout seul dans une explication en présumant d'emblée qu'elle n'y connaissait rien.

— En même temps, la plupart des gens n'y connaissent rien.

— Elle avait l'air de maîtriser son sujet, pourtant, répliqua Flore avec un grand sourire. Je te parie que c'est une grande lectrice.

— Ne recommence pas avec la bibliothèque. As-tu déjà passé un appel à la mairie ?

Lucas avait convaincu toutes ses cousines de faire parvenir quelques « avis de la communauté » à la ville. C'était la phase numéro un de son plan en cinq étapes pour récupérer la maison.

Première étape : s'assurer que la maire soit au courant du mécontentement général.

Il lui restait encore à trouver les quatre autres étapes, mais une fois que ses idées auraient pris racine, plus rien ne le détournerait de son objectif.

Flore poussa un soupir avant de répondre :

— Oui, mais je ne pense pas qu'un coup de fil changera quoi que ce soit. Maude a légué la maison aux Amis, elle n'a pas mentionné le club une seule fois : fin de l'histoire.

— En parlant des Amis, c'est la raison pour laquelle je suis venue vous trouver, tous les deux, intervint Mamie en les regardant avec de grands yeux enthousiastes. Denise est passée tout à l'heure pour me faire savoir qu'ils allaient commencer à débarrasser la maison la semaine prochaine. Elle a pensé que nous aimerions qu'un membre du club soit présent au cas où nous aimerions garder certaines choses.

— Comme c'est généreux de sa part, commenta Lucas d'un ton empreint de sarcasme.

— C'est *vraiment* généreux, lui répondit Mamie en lui jetant un regard appuyé dont elle seule avait le secret. L'intégralité du mobilier de la maison appartient techniquement aux Amis, désormais. Maude possédait quelques illustrations botaniques assez anciennes qui pourraient leur rapporter beaucoup d'argent, j'en suis sûre.

— Denise n'a pas le droit de les vendre. Elles sont inestimables.

— Ce n'est pas à nous d'en décider, Lucas.

Mamie avait usé de sa voix autoritaire, celle qu'elle utilisait déjà quand Lucas et ses cousines étaient enfants et qu'ils se glissaient en douce dans la cuisine pour piquer des cookies.

— Pour l'instant, j'ai juste besoin que l'un de vous soit présent sur place avec Stephen Liu pendant quelques jours la semaine prochaine. Vous devez vous souvenir de lui, il était enseignant au lycée.

— Sans moi, répondit Lucas en remuant la tête avec tant d'énergie que son chapeau manqua de tomber. Je ne veux rien avoir à faire avec ces voleurs.

— Même pas une certaine bénévole qui aime les *Marantas* ?

Lucas lança un regard noir à Flore, qui s'était déjà retournée pour secouer la tête en direction de leur grand-mère.

— Désolée, Mamie, j'aime beaucoup Stephen, mais la semaine des examens arrive à grands pas. Je vais avoir une tonne de copies à corriger.

— Et Oliver ?

— Il est en vacances avec sa nouvelle petite amie.

— Marigold, dans ce cas ?

Lucas poussa un soupir alors qu'il égrenait le nom de toutes ses cousines, en vain. Les amies de Mamie au club de jardinage n'étaient pas disponibles, sans quoi elle n'aurait pas sollicité l'aide de sa famille. Elle procédait toujours dans le même ordre, suivant une routine qui se répétait ainsi depuis des années. Étant le prochain sur la liste, Lucas savait très bien ce qui l'attendait, mais la fatalité ne rendait pas la situation plus facile à accepter pour autant.

— Lucas, on dirait que tu es le seul à être disponible, déclara Mamie en levant vers lui des yeux noisette suppliants. Pourrais-tu faire ça pour moi, s'il te plaît ?

Comment pouvait-il dire non à sa grand-mère, de toute façon ?

— Bon, d'accord. Mais dis à Stephen qu'il a intérêt à apporter des donuts. Ils ne méritent pas tes pâtisseries après nous avoir volé la maison.

— Merci, mon chéri.

Elle lui tapota le bras dans un geste affectueux.

— Il sera là mardi à onze heures. Ne sois pas en retard, dit-elle en s'éloignant et avant de s'immiscer dans une conversation sur les orchidées.

Malgré sa frustration d'avoir été embarqué dans une corvée qui promettait d'être aussi physique qu'émotionnelle, Lucas trouva une idée pour la suite de son plan. Maude n'était pas juste une collectionneuse d'ouvrages sur l'histoire de l'horticulture, elle était également une fervente adepte des journaux intimes. S'il pouvait les lire, Lucas y trouverait peut-être un indice qui expliquerait pourquoi elle avait décidé de laisser sa maison aux Amis… ou la preuve qu'elle avait été contrainte ou manipulée d'une quelconque manière.

À présent rassuré et certain de pouvoir reprendre ce qui leur avait été enlevé, il adressa un sourire à sa grand-mère, toujours appuyée sur sa canne.

— Je serai là, c'est promis.

Chapitre 5

Le chemin du retour fut plus long que prévu. Ce n'était pas à cause du poids du *Maranta* que Juliet tenait à la main, mais parce que tous les deux mètres, quelqu'un l'arrêtait pour lui dire combien sa plante était superbe.

C'était une expérience inédite de voir les habitants de Greenhaven engager poliment la conversation avec elle en pleine rue. Juliet ne trouvait pas cela désagréable, mais sentit néanmoins la frustration la gagner quand son trajet dura vingt minutes au lieu des dix habituelles. Ses réponses devinrent de plus en plus brèves et sèches, car elle s'inquiétait que l'animosité entre le club de jardinage et les Amis n'éclate au grand jour. Denise devait déjà être au courant du comportement grossier d'une bénévole de la bourse aux livres avec les passants de la rue principale.

Près d'une heure s'était écoulée quand Juliet arriva enfin à la bourse aux livres. Stephen était introuvable, et Denise, qui avait pris sa place à la caisse, semblait exténuée et débordée.

— Désolée, j'ai été retenue.

— Ce n'est rien, répondit Denise en balayant l'air de la main. Vous n'allez jamais croire ce qui s'est passé pendant votre absence.

Oh non, encore des commérages.

Juliet avait eu sa dose pour la journée, mais Denise semblait si impatiente de lui en parler qu'elle n'eut d'autre choix que de la relancer :

— Oh ?

— Stephen a fait un malaise.

Une douleur vive transperça la poitrine de Juliet.

— Est-ce qu'il va bien ?

Elle sentit la culpabilité la ronger de l'intérieur et se propager jusque dans ses veines. Au lieu d'être présente pour aider Stephen, elle s'était laissée retarder par Lucas, l'arrogant bibliophobe aux yeux noisette – ô combien magnifiques – qui avait étalé sa science sur les *Marantas*.

— Oui, oui, tout va bien. Son mari est venu le chercher.

Denise adressa un sourire à un petit groupe qui s'approchait de la table, les bras chargés de livres. En un éclair, elle engagea une discussion légère et joyeuse avec eux comme si elle avait fait cela toute sa vie. Apparemment, la fille de Denise gardait les enfants de l'un d'entre eux et faisait de la natation avec le fils d'un autre. La seule contribution de Juliet à la conversation fut de les remercier pour leur soutien à la bibliothèque.

Quand le dernier client s'éloigna, Denise se tourna vers elle et reprit :

— Il va s'en remettre, mais ce n'est pas sur Stephen que les gens vont vous poser des questions pendant tout l'après-midi, je préfère vous prévenir.

Un frisson désagréable parcourut Juliet. Malgré son aversion pour les ragots, c'était la première fois que la présidente des Amis se confiait autant à elle. L'idée d'être mise dans le secret était trop tentante pour y résister.

— Que s'est-il passé ?

— Pendant que tout le monde était rassemblé autour de Stephen, quelqu'un a essayé de voler la caisse, avoua Denise en écarquillant les yeux.

Juliet baissa les yeux vers la boîte métallique intacte posée sur la table pliante.

— Au moins, elle est revenue à sa place, saine et sauve.

— Le type l'a lâchée au sol quand il a vu qu'on le pourchassait. C'était tellement étrange. Ce n'était jamais arrivé pendant une bourse aux livres. Nous allons en entendre parler pendant un moment !

La poitrine de Juliet se serra sous l'effet de la nervosité et de l'inquiétude. Elle savait qu'un tel événement déchaînerait un flot intarissable de rumeurs et de bavardages. Sa mère parlait encore de l'épisode où quelques jeunes avaient volé vingt dollars et un pack de bière dans une supérette de sa petite ville. Il y a vingt-cinq ans.

Ne sachant pas comment répondre à Denise, Juliet se rappela soudain l'installation mise en place par le club de jardinage, un peu plus loin dans la rue.

— Vous savez, si nous faisions comme à la vente des plantes et que nous mettions des cordons de sécurité pour contrôler les entrées et les sorties des visiteurs…

— Oh non, pas le club de jardinage, s'il vous plaît, l'interrompit Denise en se massant les tempes du bout des doigts. Les gens ont passé la matinée à me dire à quel point ils nous en veulent d'avoir avancé notre vente.

— Qui vous l'a rapporté ?

Denise leva les yeux au ciel avant de répondre :

— Chaque personne à qui j'ai parlé. J'ai dû aller sur place et discuter avec leur présidente, Mme Geis. Nous avons trouvé un accord qui devrait satisfaire tout le monde.

Mais Denise n'avait pas l'air très satisfaite, ce qui, d'après ce que Juliet connaissait d'elle, ne lui ressemblait pas.

— Devons-nous arrêter la vente plus tôt que prévu ? conjectura Juliet.

— Non, c'est déjà trop tard. Je parlais de la maison. C'est bien là le fond du problème, après tout. La maire m'a dit qu'elle avait reçu au moins quinze appels pour lui demander comment j'avais fait pour convaincre Maude Pervenche de nous donner sa maison.

La voix de Denise tremblota, comme si elle retenait ses larmes.

— Je ne lui ai jamais demandé quoi que ce soit. J'ignore pourquoi elle l'a laissée aux Amis. Je connais Mme Geis depuis des années et mon grand-père disait toujours du bien d'elle. Elle, elle est adorable. C'est le reste du club de jardinage qui prend les choses un peu trop à cœur.

— Ça, c'est certain.

Denise lui adressa un sourire en guise de réponse, et Juliet l'imita en sentant naître en elle un nouvel élan de loyauté envers les Amis. Elle encaissa les dix dollars d'une cliente qui venait de poser une pile de fictions romantiques en format poche sur la table avant de se tourner de nouveau vers Denise.

— Quel accord avez-vous conclu avec Mme Geis ?

La présidente de l'association ne lui répondit pas tout de suite, trop occupée à complimenter la sélection de la cliente et lui suggérer un ordre de lecture. Juliet ayant déjà tous ces livres n'aurait pas recommandé ce sens, mais elle préféra éviter de contredire Denise afin de préserver le lien fragile qui se tissait entre elles. La femme s'éloigna avec le sourire, mais Denise fronçait les sourcils quand elle tourna la tête vers Juliet.

— Un membre du club de jardinage viendra récupérer tout ce qui a un lien avec les plantes pendant que nous débarrasserons la maison, souffla-t-elle, le visage marqué par le souci. Bien entendu, comme la plupart des livres et des papiers de Maude Pervenche concernent la botanique, l'Ami qui sera présent à ce moment-là devra s'assurer que le club ne prenne pas tout ce qui se trouve à portée de main.

— Comment ça, « l'Ami qui sera présent à ce moment-là » ? demanda Juliet en fronçant les sourcils à son tour. Je croyais que Stephen s'était porté volontaire.

Les deux femmes durent interrompre de nouveau leur conversation pour s'occuper de la nouvelle vague de clients venus régler leurs achats. Les tables qui, ce matin encore, débordaient de livres, semblaient à présent bien moins fournies. Juliet ressentit une immense fierté en pensant à toutes les bourses d'étude et activités que les Amis allaient pouvoir financer dans les six mois à venir.

D'abord la loyauté, ensuite la culpabilité et maintenant la fierté. Décidément, cette journée s'avérait bien plus chargée en émotion que Juliet n'aurait pu l'imaginer.

Mais son enthousiasme retomba lorsque Denise revint vers elle une fois les chalands partis. L'inquiétude se mêla à une crainte bien trop familière et qu'elle savait inévitable : Denise affichait la même expression que sa mère quand elle lui demandait si elle pouvait passer chez elle.

— Stephen s'est effectivement porté volontaire, mais c'était avant l'incident de cet après-midi, dit Denise en faisant mine d'arranger les marque-pages et les autocollants gratuits sur la table. Selon son mari, il s'agissait d'une crise liée à sa maladie auto-immune. Il va avoir besoin de repos pendant quelques semaines.

En écoutant Denise, un souvenir empreint de mélancolie frappa le cœur de Juliet : son père avait souffert lui aussi d'une maladie auto-immune. Elle se sentait moins coupable de s'être éclipsée pendant si longtemps, car même si Stephen lui en avait parlé, la présence de Juliet n'aurait rien changé aux événements. Ces crises arrivant sans prévenir, il n'était pas tombé d'épuisement après être resté seul à la caisse pendant une heure. Pour autant, elle aurait aimé être là. Ces incidents restaient déstabilisants et désagréables, et, avant le décès de ce dernier, elle était devenue douée pour rassurer son père lors de ses crises.

—Je vais avoir besoin d'un nouveau volontaire.

Ce n'était pas une question, mais Juliet avait quand même une réponse toute trouvée. Le mot « Non » se suffisait à lui-même, comme toutes les entrepreneuses qu'elle suivait sur les réseaux sociaux aimaient le répéter à travers leurs posts inspirants.

Et pourtant...

Elle n'avait aucun projet à venir et sa semaine était complètement libre. Elle pouvait toujours préparer les futures publications marketing de son compte, mais elle avait déjà plusieurs semaines d'avance.

Un profond sens du devoir résonna en son for intérieur. Il était presque aussi puissant que celui qui l'obligeait à répondre au téléphone si sa mère l'appelait deux fois de suite. Juliet ne faisait peut-être pas partie intégrante de cette ville, elle ne connaissait peut-être pas autant de monde que Denise, mais elle pouvait le faire. Elle pouvait aider les Amis, ne serait-ce qu'à sa petite échelle.

Avant qu'elle ne puisse répondre, Denise reprit la parole :

— Les mauvaises nouvelles n'arrêtent pas de tomber, aujourd'hui. Notre relectrice vient de me prévenir qu'elle avait une urgence familiale et qu'elle ne pourra pas envoyer ses corrections à l'impression dans les temps, dit-elle en adressant un regard plein d'incertitude à Juliet. Je suis prête à payer deux fois votre tarif habituel pour votre contribution au magazine littéraire de la bibliothèque.

Juliet ne pouvait tout simplement pas refuser. C'était l'occasion rêvée de participer aux TMC et voilà qui était bien plus important que la nouvelle solidarité qu'elle ressentait pour les Amis. Le devoir envers elle-même passait avant tout le reste : c'est ce qui lui permettait de tenir depuis un an.

— Je serais ravie de vous aider avec la maison et le magazine.

Le soulagement et la gratitude illuminèrent le visage de Denise.

— Fantastique ! Je vous enverrai tous les détails par e-mail une fois que nous en aurons terminé ici, dit-elle avant de jeter un regard alentour et de rire discrètement. Ça ne devrait plus tarder. Il ne reste plus grand-chose.

Juliet se mit à rire à son tour, ravie de la tournure que prenait cette journée. Une nouvelle plante, un projet pour les TMC et le sentiment agréable d'appartenir de plus en plus à la communauté.

Elle se montrerait ferme – tout en restant polie – avec la personne qui débarrasserait la maison avec elle, et d'ici une semaine ou deux, ce serait de l'histoire ancienne. Elle n'aurait même pas besoin de s'impliquer dans le conflit qui semblait prendre racine avec le club de jardinage.

Chapitre 6

PLANTSGUY95

Comment s'est passée la vente de plantes ?

Tu as emmené Martin avec toi ?

JCEDITS

Non, il est resté à la maison, mais je lui ai ramené un nouveau copain, malgré une altercation avec un M. Darcy des temps modernes.

PLANTSGUY95

M. Darcy ? C'est le même style que M. Bean ?

JCEDITS

J'ai du mal à savoir si tu plaisantes ou pas...

PLANTSGUY95

Attends une seconde, je vais aller voir sur Google.

JCEDITS

J'en reviens pas.

T'as vraiment besoin d'aller sur Google pour savoir qui est M. Darcy ?

Mais qu'est-ce qu'on enseigne aux jeunes aujourd'hui ?

PLANTSGUY95

Le lycée, c'était il y a longtemps, et j'étais pas en littérature renforcée comme toi, apparemment.

JCEDITS

Litté et Langues Vivantes renforcées, je te signale.

PLANTSGUY95

Ok, alors après trois secondes de recherches intensives, j'ai trouvé que M. Darcy est un enfoiré plein aux as qui se permet d'insulter les gens qu'il vient de rencontrer ?

JCEDITS

Alors, il est un peu plus complexe que ça, mais c'est l'idée.

PLANTSGUY95

Tu meurs d'envie de me donner un cours de littérature renforcée, là, n'est-ce pas ?

JCEDITS

Très bien, pas de cours, sujet suivant !

J'ai vu que tu étais toi aussi à une vente de plantes ce week-end ?

Plantsguy95

Ouais, c'est la saison. J'ai vu au moins cinq pancartes différentes pour des ventes près de chez moi le même jour.

On a récolté beaucoup d'argent pour le club.

JCEDITS

Que font les clubs de jardinage, au juste ?

Je veux dire à part vendre des plantes et aider les gens comme moi à les garder en vie ?

PLANTSGUY95

Tu as un peu de temps devant toi ? LOL.

JCEDITS

Tant que ça ?

Lucas s'arrêta au milieu du trottoir pour réfléchir à la réponse qu'il allait envoyer à JC. Il était déjà en retard pour rejoindre Flore chez elle et l'aider à planter quelques *Phlox* le long de l'allée qui menait à sa maison, même s'il se doutait que sa cousine cherchait surtout à le convaincre d'abandonner sa vendetta contre les Amis avant qu'il n'aille trop loin.

Il avait exprimé son mécontentement auprès de la maire Taylor, mais ses arguments manquant de clarté n'avaient pas suffi à la convaincre. Sur internet au moins, il pouvait écrire, effacer et recommencer jusqu'à identifier le meilleur moyen de transmettre son message sans bassiner qui que ce soit.

Ses publications du week-end expliquaient que les clubs de jardinage locaux étaient de véritables mines d'information pour ceux qui cherchaient à en apprendre davantage sur les plantes et sur l'écoresponsabilité. Dans le message qu'il rédigea pour JC, Lucas ajouta quelques détails supplémentaires sur le rôle que son club jouait au sein de sa communauté. Il lui parla également du mouvement pour la réimplantation des plantes indigènes que Lucas souhaitait mettre en avant, ne serait-ce qu'auprès de sa modeste audience en ligne.

Son message était structuré et fluide, l'exact opposé de ses prises de parole en public, comme l'avait prouvée son interaction catastrophique de ce week-end avec la bénévole de la bourse aux livres. Même si, contrairement à ce qu'il avait affirmé à sa cousine, son envie de faire bonne impression auprès de la « charmante jeune femme de la bibliothèque » comme l'avait surnommée Mamie, concernait plus son regard perçant que la botanique.

JC lui répondit au moment où il arriva chez Flore.

JCEDITS

Donc ça ne se résume pas qu'à s'asseoir dans un jardin et boire du thé ?

PLANTSGUY95

Oh, il y a un peu de ça, aussi.

Tu as l'intention de rejoindre le club local ?

Ce genre de structure est toujours à la recherche de bénévoles.

JCEDITS

Je me suis déjà engagée auprès d'une autre association, je ne veux pas trop m'éparpiller.

PLANTSGUY95

J'ai envie de faire une blague un peu nulle, mais je vais m'abstenir.

JCEDITS

Je suis quand même preneuse, je vais en avoir besoin cette semaine.

PLANTSGUY95

Il s'est passé quelque chose avec un client ?

JC ne parlait pas beaucoup de son travail, mais il connaissait des entrepreneurs comme elle et était conscient que la vie d'indépendant avait ses hauts et ses bas. Quand il la voyait poster plus souvent et proposer ses prestations à moitié prix, Lucas savait qu'elle était dans une période creuse.

JCEDITS

Non, c'est pas un client, c'est le groupe dont je fais partie. Ils ont besoin de moi pour un gros projet pendant une semaine ou deux.

C'est une situation délicate, j'ai pas envie de trop m'impliquer, mais je sais que je peux vraiment être utile.

PLANTSGUY95

C'est hyper vague, LOL, mais tu aides beaucoup de monde alors je ne m'inquiète pas trop pour toi.

JCEDITS

Quand tu dis « tu aides beaucoup de monde », tu veux surtout dire «tu m'aides à éviter les coquilles honteuses dans mes posts », c'est bien ça ?

PLANTSGUY95

Tu auras toujours le temps pour me corriger, j'espère ?

Je prépare toute une série sur les variétés de tomates « couilles de taureau » et « tétons de Vénus »…

Je sens déjà les problèmes arriver.

JCEDITS

Haha, merci. Tu as toujours le mot pour me faire rire.

Pour la centième fois, Lucas se rappela que sa relation avec JC n'était que virtuelle, et qu'elle n'avait rien de réel. Enfin, il y avait bien quelqu'un derrière ce compte, à moins qu'il ne discute avec le *bot* informatique le plus évolué au monde. Peu importait, car humain ou robot, leur relation était purement amicale. Il avait une tonne d'amis virtuels avec lesquels il échangeait des articles et des conseils. JC ne faisait pas exception.

Peut-être qu'à force de se le répéter, il finirait par y croire.

— Tu sais, Lucas, ce n'est pas parce que tu répètes cent fois la même chose que les gens finiront par y croire, dit Flore en brandissant sa bêche dans sa direction.

— Je suis un citoyen de Greenhaven. J'ai le droit de m'adresser à la maire si je suis préoccupé, répondit-il en plantant sa truelle dans le tas de terre devant lui pour creuser. Si les habitants ont un problème, elle doit en être informée.

— Les Amis n'ont rien fait de mal. La vente de plantes a rapporté plus d'argent que l'année dernière, probablement grâce à l'affluence supplémentaire générée par la bourse aux livres. Nous trouverons un autre endroit pour nos réunions.

Flore avait décidé de se montrer raisonnable, ce qui ne plaisait pas du tout à Lucas. Il déversa le contenu de sa truelle sur le tas de terre à côté de lui.

— Il y a des décennies entières de souvenirs dans cette maison. Des souvenirs du club, de Mamie, de notre famille, dit-il en secouant la tête. Nous sommes censés nous contenter de quelques bibelots ? Et que deviendront toutes les plantes de Maude ?

— Ses plantes ?

— Elle a passé des années à les collectionner, à trouver le meilleur emplacement pour chacune d'entre elles et à les orienter en fonction des saisons et du soleil. Crois-tu vraiment que les gens de la bibliothèque vont réussir à s'en occuper correctement ?

— Je suis sûre qu'ils vont se débrouiller.

— Le club lui a offert les calamondins. On devrait au moins récupérer ces arbres.

— Il faut vraiment que tu arrêtes d'en faire une affaire personnelle, tu es encore plus obstiné que d'habitude.

Sa cousine garda les yeux rivés vers le trou qu'elle creusait, mais ses mots n'en furent pas moins tranchants.

— Les Amis de la Bibliothèque, c'est une association qui, tout comme la nôtre, est utile à la communauté, reprit Flore. Ils ont besoin d'un endroit pour se retrouver et pour stocker leur matériel. Quelle importance ça fait si untel ou untel occupe ou possède la maison ?

— C'est très important, insista-t-il.

Sentant la colère monter en lui, Lucas planta sa truelle dans le trou d'un coup sec, projetant de la terre tout autour de lui.

— Maude était la meilleure amie de Mamie, poursuivit-il. Je refuse de croire qu'elle accepte sans broncher de ne plus jamais remettre un pied dans la maison.

— Tu n'as qu'à lui demander de venir avec toi mardi pour faire le tri.

— Elle ne m'aurait pas demandé d'y aller si elle était en mesure de s'en occuper elle-même.

Lucas savait à quel point le club comptait pour sa grand-mère, et combien il devenait de plus en plus difficile pour elle d'y participer activement. Elle avait mis plusieurs jours à se remettre de la vente de plantes. Elle était en train de perdre tout ce qu'elle chérissait.

— Je récupérerai ce qui aurait dû lui revenir.

— Elle ne t'a pas demandé de récupérer la maison, à ce que je sache. Elle veut juste que tu aides les Amis à la débarrasser. Emporte seulement les souvenirs que Mamie aimera le plus, répondit Flore.

Il était temps de partager la seconde étape de son plan avec Flore.

— Pendant que je ferai du tri, j'en profiterai pour trouver un document qui prouverait que Maude ne souhaitait pas vraiment léguer sa maison aux Amis. C'était forcément une erreur.

Sa cousine poussa un long soupir. Un soupir qu'il avait déjà entendu à maintes reprises, à chaque fois qu'il se donnait une mission et qu'il était prêt à tout pour l'accomplir. La plupart de ses cousins appelaient ce phénomène « *entêtement congénital* ». Flore, de son côté, préférait le terme « *emmerdeur* ».

Elle posa sa bêche par terre et s'essuya le front.

— Je sais que je ne peux pas te faire changer d'avis, mais puis-je au moins te donner un conseil ?

— Bien sûr, répondit Lucas.

— N'oublie pas que Stephen n'a rien demandé. Même si tu ne te souviens pas de lui en tant que professeur, je peux t'assurer que c'est quelqu'un de bien. Je le connais bien, nous étions collègues. Il ne fait pas partie d'une multinationale sans scrupule qui vient te voler tout ce à quoi tu tiens. C'est juste une personne, comme toi et moi.

— Ne t'en fais pas, je resterai poli, dit-il en levant les yeux au ciel.

— Tu as intérêt, parce que tu peux être certain que Mamie en entendra parler, répliqua Flore en lui jetant ses gants de jardinage.

Le mardi suivant, à onze heures, Lucas patientait devant la Maison Pervenche. Il tenait à la main un Tupperware rempli des viennoiseries de Mamie, célèbres dans tout Greenhaven. Stephen Liu avait intérêt à les savourer avec plaisir.

Seulement, la personne qui se dirigeait vers la maison n'était pas Stephen, mais la jeune femme qu'il avait rencontrée à la vente, celle aux cheveux couleur terracotta et aux yeux vert émeraude. Celle qui, quand elle aperçut Lucas, s'arrêta brusquement au beau milieu de la rue.

Un frisson d'appréhension descendit le long de sa colonne vertébrale tandis qu'elle s'approcha de lui. Elle avait le visage fermé et les yeux plissés.

Il redressa les épaules et se rappela sa mission principale : protéger les intérêts du club de jardinage. Il examinerait chaque document sur lequel il mettrait la main pour essayer de trouver un second testament ou une lettre de chantage qui pourrait changer la donne. Il rapporterait chaque plante chez lui, à trois kilomètres, à la force de ses bras si nécessaire, juste pour garantir leur survie.

Il n'avait pas envie de l'apprécier, et encore moins de la trouver attirante ou même agréable. Peu importait si elle parlait de plantes comme si elle en savait plus que lui. Peu importait s'il aimait tant la façon dont ses cheveux ondulaient autour de son visage…

Elle était l'ennemie.

Le conseil de sa cousine résonna dans son esprit : même si ce n'était pas Stephen, elle restait un être humain au même titre que lui.

Malheureusement, le cocktail explosif d'attraction et d'exaspération qui pulsait dans ses veines à cet instant précis l'empêcha d'écouter la voix de Flore.

Était-ce immature de sa part de se forcer à la prendre en

grippe parce que sa famille l'avait accusé de flirter avec elle ? Probablement.

S'était-il montré arrogant lors de leur premier échange ? Sans doute.

Allait-il essayer de la faire changer d'avis le concernant ? Certainement pas.

Les enjeux étaient plus importants que n'importe quelle étincelle qu'il pouvait ressentir. Plus importants encore que son cœur désabusé et aigri qui semblait reprendre vie pour la première fois depuis une éternité. Ses états d'âme étaient insignifiants et secondaires. Il devait avant tout protéger le club et sa famille.

Et cette femme, qui qu'elle soit, n'appartenait ni à l'un ni à l'autre.

Chapitre 7

Il *fallait* que ce soit lui, bien évidemment. Et il *fallait* qu'il soit encore plus attirant qu'à la vente de samedi dernier. Cette fois, il ne portait pas de chapeau et ses cheveux châtains et ondulés lui arrivaient presque à la nuque, la longueur parfaite pour y passer les doigts.

Juliet avait un faible pour les hommes aux cheveux longs.

Ce qui, selon son expérience, était la preuve même que s'intéresser à Lucas était une très mauvaise idée. Seul un imbécile testait deux fois la même formule en espérant des résultats différents. Les hommes comme Lucas étaient sa kryptonite, et elle devait à tout prix s'en éloigner.

Par chance, à en juger par son air renfrogné, Juliet n'aurait pas beaucoup de mal à garder ses distances.

— Vous n'êtes pas Stephen Liu, dit-il en contractant brièvement la mâchoire.

— Déçu ?

Mais d'où venait ce ton impertinent ? Juliet tenta de dissimuler sa surprise, puis son plaisir en constatant à quel point sa réplique l'avait déstabilisé. Il plissa les yeux et hocha la tête comme s'il venait de trancher un débat intérieur en sa faveur.

Il lui tendit la main et dévoila en même temps son tatouage à l'avant-bras.

— Lucas Geis.

Elle ignora son geste et garda les bras croisés sur sa poitrine. Le moindre contact avec lui était risqué.

— Juliet Chapman. Êtes-vous de la famille de Mme Geis, la présidente du club de jardinage ?

— C'est ma grand-mère.

Il se mura ensuite dans le silence avant de lui tendre lentement le Tupperware comme s'il ne voulait pas s'en séparer.

— Elle nous a fait des cookies.

— Il y en a au moins une dans la famille qui est bien élevée, c'est déjà ça.

Juliet avait l'impression d'être possédée. Elle se découvrait une répartie et une insolence spontanées qu'elle ne retrouvait en général que dans les films ou dans les livres. Elle se mordit la lèvre pour réprimer son envie de s'excuser et de se rétracter.

Il passa sa main libre dans ses cheveux magnifiques.

— Je m'excuse si je me suis montré un peu… Condescendant ce week-end. La plupart des gens qui viennent aux ventes de plantes n'y connaissent rien.

Ce n'étaient pas tout à fait des excuses, mais Juliet semblait déjà avoir atteint son quota d'audace pour aujourd'hui. Au lieu de les accepter ou de les rejeter, elle préféra de sujet :

— Nous devrions nous mettre au travail. Jusqu'à quelle heure pouvez-vous rester ?

Il cligna des yeux à plusieurs reprises, comme décontenancé par son ton soudain très professionnel.

— Jusqu'à trois heures. Je fais la fermeture du magasin.

— Quel magasin ? demanda-t-elle en cherchant les clés dans son sac.

Elle posait la question pour être sûre d'éviter les lieux à l'avenir.

— Le magasin de bricolage.

Une fois le trousseau en main, elle traversa l'allée avant de monter les escaliers du porche.

— Celui sur Elm Street ?

— Tout à fait, confirma-t-il en restant sur la pelouse pendant qu'elle ouvrait la porte d'entrée. Et vous ?

Même après dix ans de carrière en tant qu'indépendante, cette question restait toujours délicate pour Juliet. Elle l'avait été avant même que son ex-compagnon n'ait invoqué son travail comme motif de rupture – l'un des cinquante-deux prétextes qu'il avait énumérés ce jour-là – car elle avait toujours eu le sentiment d'être une marginale. Elle suivait bon nombre de confrères correcteurs-relecteurs sur les réseaux sociaux, qui semblaient tous avoir une vie en dehors du travail. Ils étaient soit des parents qui parvenaient à jongler entre leurs projets et les sorties d'écoles ou le coucher des enfants, soit des *digital nomads* qui voyageaient aux quatre coins du monde avec leur partenaire et télétravaillaient depuis des destinations paradisiaques et branchées. Juliet, elle, n'avait que son travail. Et maintenant, ce projet de grand nettoyage de printemps de la Maison Pervenche.

Au lieu de répondre, Juliet pénétra dans la maison et laissa échapper un hoquet de surprise.

— Waouh, c'est magnifique.

Le bruit des pas de Lucas sur les marches lui indiqua qu'il était juste derrière elle. Elle se mit sur le côté pour le laisser passer. Avec une décontraction que Juliet ne se permettait que chez sa mère, Lucas traversa l'entrée gigantesque et franchit une porte au bout du couloir.

— Je mets les cookies dans la cuisine, au cas où vous en voudriez plus tard.

— Vous n'en voulez pas ?

Il refit surface, un léger sourire aux lèvres.

— Je peux en avoir quand je veux.

Le cœur de Juliet rata un battement. Ce n'était sans doute pas un sous-entendu, pourtant Juliet ne put s'empêcher de l'entendre ainsi.

Elle s'éclaircit la voix et sortit un bloc-notes de son sac.

— Nous devrions établir un premier état des lieux pour mesurer le travail qui nous attend. Denise m'a laissé quelques notes, mais elles ne sont pas très claires.

Elle laissa échapper un discret soupir de soulagement quand il acquiesça. La collaboration ne serait peut-être pas si terrible, après tout.

— Quelque chose vous intéresse dans la cuisine ? demanda-t-elle.

— À part les cookies ?

Elle sentit son traître de cœur s'emballer de nouveau.

— Oui, à part les cookies, répondit-elle en le fixant du regard.

— Il y a quelques herbes aromatiques sur le rebord de la fenêtre que je peux prendre avec moi aujourd'hui.

Juliet prit quelques notes.

— Les Amis peuvent s'occuper de toutes les plantes qui se trouvent ici.

Lucas laissa échapper un petit rire moqueur.

— Je suis sûr que *vous,* vous savez comment vous en occuper.

La façon dont il avait appuyé sur le « *vous* » et son regard perçant étaient si intenses que Juliet dut détourner les yeux.

Quel était son problème, au juste ? Essayait-il de la distraire pour prendre tout ce qu'il voulait ?

Non, elle devait rester concentrée. Denise comptait sur elle pour défendre les intérêts des Amis et garder le plus de choses possible, y compris les plantes.

— Les plantes n'étaient pas mentionnées dans le testament, dit-elle en consultant les notes de Denise. Techniquement, tout nous appartient… euh, appartient aux Amis, je veux dire.

Juliet sentit son visage virer à l'écarlate. Lucas semblait être parvenu à rentrer dans son esprit pour monter le « nous » des Amis contre le « eux » du club de jardinage.

Mais il était avant tout question de la carrière de Juliet, pas d'une quelconque manœuvre politique. Elle avait enfin l'opportunité de tenter de remporter un TMC, mais elle devait d'abord obtenir le document à corriger. Voulant bien faire, Denise avait préféré procéder par étapes pour ne pas la surcharger de travail et lui avait dit qu'elle ne lui enverrait le magazine qu'après le débarrassage de la maison. Ce qui convenait tout à fait à Juliet, car elle savait qu'une fois qu'elle se lancerait dans le projet, elle ne mettrait plus le nez dehors pendant des jours. Plus vite la demeure serait vide, plus vite elle pourrait se mettre au travail.

— La bibliothèque veut garder les plantes ?

Lucas croisa les bras contre sa large poitrine. Juliet vit ses muscles se contracter légèrement sous son t-shirt. Dans un effort presque surhumain, elle parvint à détacher son regard pour remonter vers son visage.

— Les Amis sont parfaitement capables de s'occuper de quelques herbes aromatiques. J'en ai moi-même chez moi.

— Lesquelles ? demanda-t-il en penchant la tête sur le côté.

— Coriandre, basilic et romarin, répondit-elle, le menton relevé avec fierté. Et avant que vous ne posiez la question, oui je les ai plantées moi-même et non je ne les ai pas achetées en pot.

Il haussa les sourcils et hocha la tête d'un air surpris.

— Impressionnant.

— Maintenant que nous sommes d'accord que les herbes aromatiques peuvent rester, pouvons-nous continuer la visite ? demanda-t-elle en agitant son bloc. Vous connaissez cet endroit mieux que moi. Par où devrions-nous commencer ?

Inviter Lucas à prendre les devants sembla fonctionner, car la demi-heure suivante fut consacrée à un tour du propriétaire et des nombreuses pièces de la maison. Lucas lui donna volontiers des détails sur les plantes, le club et sur tout ce qui semblait pertinent. La maison était tout en longueur, et s'étalait sur la quasi-totalité de la surface du terrain en ne laissant qu'un petit espace pour le jardin. Maude avait compensé en remplissant chaque pièce de végétation luxuriante. Denise n'en avait répertorié aucune, ne s'étant intéressée qu'aux livres.

Bien sûr, Lucas se souciait davantage des plantes. Il lui donna les noms de chacune d'entre elles, et Juliet les nota avec précision en incluant leur emplacement.

— Nous allons sans doute devoir faire appel à une entreprise pour les entretenir, réfléchit Juliet à voix haute. À moins qu'un membre des Amis ne vienne tous les jours.

— Une entreprise ? s'étrangla Lucas d'un air horrifié. Ils vont juste vous faire payer une fortune pour les arroser deux fois par semaine.

Juliet se mordit l'intérieur de la joue pour résister à l'envie de lui tirer la langue.

—J'ai dit *probablement*.

— Le club de jardinage peut continuer à s'en occuper. C'est ce que nous faisons depuis le départ de Maude dans une maison de santé l'an dernier.

— Que s'est-il passé, si ce n'est pas trop indiscret ?

Juliet baissa son bloc-notes et leva les yeux vers Lucas. Il se tenait sous un énorme philodendron suspendu, dont les longues tiges retombaient en cascade et lui touchaient presque les épaules.

— Si ça ne vous dérange pas d'en parler, bien sûr. Je me permets de vous poser la question, parce que… j'ai emménagé ici il y a peu, je ne suis au courant de rien.

Juliet était certaine qu'il y avait une histoire ou un ragot, mais elle n'avait aucune chance d'être au courant : les gens ne se confiaient pas à elle. Pas comme ils le faisaient avec d'autres habitants de Greenhaven. C'était comme si on pouvait lire sur son visage qu'elle n'était pas à sa place.

Lucas fit quelques pas pour s'appuyer contre l'encadrement de la porte et croisa les bras.

— Ce n'est pas un secret. On lui a diagnostiqué un cancer, et comme elle avait plus de quatre-vingts ans, elle a décidé de ne pas subir la douleur de la radiothérapie et de la chimio. Elle ne pouvait plus monter et descendre les escaliers, alors trois mois avant son décès, elle a déménagé.

—Je suis désolée.

Cette histoire n'était que trop familière à Juliet.

— Perdre quelqu'un, ce n'est jamais facile, quelles que soient les circonstances, reprit-elle.

Lucas serra de nouveau la mâchoire avant de baisser les yeux.

— C'était la meilleure amie de ma grand-mère.

— Vous avez dû passer beaucoup de temps dans cette maison, pas seulement avec le club de jardinage.

Il hocha la tête sans la regarder.

Nom d'un Bescherelle. Denise s'était-elle rendu compte que cet endroit n'était pas juste le local d'une association, mais aussi la maison de quelqu'un ?

Cela ne change rien. Juliet était là pour aider les Amis qui avaient hérité de la maison. Maude Pervenche devait avoir ses raisons et Juliet n'était en rien concernée.

En revanche, il était clair que Lucas, lui, se sentait concerné.

— Pourquoi ne prendrait-on pas chacun quelques cartons pour commencer à trier ?

Changer de sujet – et prendre un peu de distance – leur ferait du bien à tous les deux.

— Si je tombe sur quelque chose susceptible de vous intéresser, je vous le mets de côté, et vous faites de même, d'accord ?

— Comment saurez-vous ce qui m'intéresse ? demanda-t-il en plissant les yeux. Je veux dire, ce qui intéresse le club ?

Juliet se raidit et rapprocha son bloc contre sa poitrine comme un bouclier.

— Si vous ne me faites pas confiance, nous pouvons rester tous les deux dans la même pièce. Ça prendra juste plus de temps. Peut-être toute la semaine au lieu de quelques jours.

L'idée de collaborer avec lui plus longtemps que prévu n'aurait pas dû susciter chez elle autant d'empressement. Surtout que Lucas la regardait comme si elle était bien la dernière personne au monde avec qui il avait envie de rester coincé un après-midi entier.

Une fois de plus, Juliet semblait avoir le chic pour être attirée par des personnes qui ne voulaient rien avoir affaire avec elle.

— Peu importe le temps que ça prend. L'important, c'est que

ce soit fait comme il faut, déclara-t-il en posant les mains sur ses hanches.

— Aussi étonnant que cela puisse paraître, je suis d'accord avec vous.

Un voile de surprise passa sur le visage de Lucas et illumina ses yeux noisette. Ravie d'avoir fait mouche une nouvelle fois, elle lui tendit un carton et déclara :

— Alors au travail. Et je pense qu'on peut se tutoyer à partir de maintenant.

Les heures qui suivirent ne furent pas les plus faciles de sa vie, mais Juliet avait connu pire. Une partie d'elle appréciait même d'examiner avec minutie chaque objet du bureau à l'étage, où ils avaient commencé le tri, et de se battre avec Lucas pour décider qui le garderait. C'était pourtant la plus petite pièce de la maison, et la plupart du mobilier avait déjà été emballé et expédié à différents membres de la famille Pervenche à travers le pays.

Juliet était habituée à la concentration et l'organisation qu'exigeait l'exercice, deux compétences qu'elle retrouvait dans son métier de correctrice-relectrice. La tranquillité de cette maison inhabitée et l'odeur des feuilles et de la terre mêlées à celle des vieux livres étaient presque apaisantes. Presque, car c'était sans compter sur les interruptions répétées de Lucas.

— Et ce livre sur les maladies fongiques ?

— Et cet article de journal de 1965 sur les bienfaits du compost ?

— Plus personne ne lit d'encyclopédie aujourd'hui, mais celles-ci contiennent des annotations écrites par Maude. Qu'est-ce que tu en penses ?

Elle avait du mal à déterminer s'il cherchait juste à l'agacer ou s'il voulait vraiment être le plus rigoureux possible. Quand il arrêtait de poser des questions à tout va pendant quelques instants, elle lui jetait un coup d'œil et l'apercevait, penché sur un album photo, un sourire empreint de tristesse sur le visage. Il était manifestement attaché à Maude, à la maison et au club de jardinage. Sans ces brefs moments de répit et la perspective d'un potentiel projet à soumettre aux TMC à la fin de la semaine, elle aurait déjà appelé Denise pour la supplier de lui trouver un remplaçant.

Aux alentours de deux heures de l'après-midi, ils terminèrent enfin le tri dans le bureau, et seul un petit carton restait destiné au club de jardinage. Juliet était satisfaite de son travail. Elle avait fait exactement ce que Denise lui avait demandé. Elle était sur le point de suggérer de s'arrêter là pour aujourd'hui quand le téléphone de Lucas se mit à sonner.

— Salut Flore, comment ça va ?

Il jeta un coup d'œil rapide à Juliet avant de sortir dans le couloir. Sa voix s'éloignait de plus en plus tandis qu'il dévalait l'escalier.

Enfin seule, Juliet en profita pour s'aventurer dans la pièce voisine, une chambre d'amis aux murs couverts de bibliothèques. Elle laissa échapper un soupir plaintif. Ils risquaient d'y passer deux fois plus de temps que dans le bureau si Lucas persistait à ergoter sur chaque livre et chaque petit bout de papier.

Elle effleura les reliures des livres du bout des doigts et ferma les yeux pour s'imprégner de leur parfum apaisant. C'était exactement ce dont elle avait besoin après une journée aussi éprouvante. Elle décida alors de jouer à son jeu préféré lorsqu'elle se trouvait dans une bibliothèque ou dans une librairie : en rouvrant les yeux, elle s'empara du livre sur lequel sa main s'était arrêtée et l'ouvrit.

Dix minutes plus tard, elle était lovée sur un canapé, tant absorbée par sa lecture qu'elle n'entendit pas Lucas avant qu'il ne soit juste derrière elle. Elle faillit sauter au plafond quand sa voix retentit à moins d'un mètre de son oreille :

— Qu'est-ce que tu lis ?

— Nom d'un oxymore !

Juliet posa la main sur son cœur affolé. Le petit sourire en coin que Lucas arborait trahissait son intention de l'effrayer. Elle se maudit en constatant que son expression espiègle accélérait encore son rythme cardiaque. Son charme le rendait bien trop dangereux.

— J'aime beaucoup les oxymores, ceci dit, ajouta-t-il.

Elle aussi, mais à en croire l'éclat de malice dans ses yeux, il le savait déjà.

— Je lis un ouvrage sur le *Maranta leuconera*.

— Le *Maranta* ? s'étonna-t-il alors qu'un sillon se creusait entre ses sourcils. Tu semblais pourtant maîtriser le sujet samedi dernier, non ?

Juliet sentit ses joues s'empourprer. Ce qu'il pouvait bien penser d'elle lui importait peu, mais c'était toujours difficile de reconnaître son échec face à quelqu'un. C'est ce qui faisait que Plantsguy95 était le meilleur. Même s'il la jugeait derrière son écran, elle ne voyait pas ses réactions. Néanmoins, Lucas lui avait parlé de la maladie de Maude, il paraissait donc équitable de s'ouvrir à lui en retour.

— La mienne est mal en point depuis quelque temps. Je ne sais plus quoi faire.

L'intérêt se refléta sur le visage de son interlocuteur, l'éclat amusé dans son regard laissant place à la curiosité et à l'excitation.

— Tu as vérifié si l'eau s'évacue correctement ? Tu as vaporisé de l'eau dessus ?

— Bien sûr, répondit Juliet en levant les yeux au ciel. Je suis un tas de comptes sur les plantes sur les réseaux sociaux.

À vrai dire, ce n'était pas tout à fait vrai, mais elle n'allait certainement pas admettre qu'un inconnu appelé Plantsguy95 lui avait tout appris.

— J'ai suivi toutes leurs instructions à la lettre. J'ai même envoyé une photo à l'un d'entre eux.

— C'est difficile de se baser sur une photo, répondit-il en secouant la tête. Apporte-la la prochaine fois. Je pourrais y jeter un œil.

— Martin n'aime pas trop être dehors.

— Martin le *Maranta* ?

Un frisson de gêne la traversa de part en part. Elle évita

soigneusement de croiser son regard et fit mine de se concentrer sur le sol puis sur son livre.

— Je sais, c'est stupide de donner un nom à ses plantes, mais ça me semble bizarre de ne pas le faire non plus. Ce sont des êtres vivants après tout, non ?

Si quelqu'un pouvait comprendre, c'était bien un membre du club de jardinage. Elle osa enfin relever les yeux, mais elle fut surprise de constater qu'il avait les sourcils froncés et une drôle d'expression. Son estomac se noua devant l'intensité de son regard.

Il doit me prendre pour une cinglée.

Non pas qu'elle y accordait la moindre importance, bien entendu.

— Je dois y aller.

Il se leva brusquement, fit semblant d'épousseter son jean avant de serrer les poings à plusieurs reprises comme s'il venait de se brûler.

— Je suis désolé, j'ai oublié que je… je dois emmener ma grand-mère à un rendez-vous avant d'aller au travail.

Sans même dire au revoir, il tourna les talons et quitta la pièce au pas de course, fuyant Juliet et cette étrange manie qu'elle venait de lui révéler par inadvertance.

Une odeur de mousse et de terre flotta dans son sillage après son départ.

Chapitre 8

Lucas fit irruption chez Flore sans frapper. Il avait traversé la ville, pied au plancher, en sortant du travail, faisant fi des limitations de vitesse.

— En combien de temps penses-tu pouvoir rassembler tout le monde ? J'ai un problème urgent, demanda-t-il.

Il s'arrêta et parcourut le salon des yeux. Ses huit cousines se trouvaient déjà là, un verre de vin à la main et les yeux rivés vers la télévision qui diffusait *The Bachelor* à plein volume.

— Euh… Je dérange ?

Il recula pour échapper aux seize yeux qui se posèrent sur lui en même temps.

— Si tu arrives à te taire jusqu'à la fin de la cérémonie des roses, alors nous écouterons cet infime souci qui, cette semaine encore, affecte ta petite vie paisible d'homme blanc privilégié et pas trop mal fait de sa personne.

Pomme, sa plus jeune cousine étudiante à l'université, prenait un malin plaisir à lui rappeler chaque semaine, qu'elle n'avait aucune patience pour ce qu'elle surnommait les « mélodrames de la génération Y » de Lucas.

S'il n'avait pas eu tant besoin de son aide, il lui aurait fait remarquer qu'elle suivait avec assiduité une émission dans laquelle un autre bel homme blanc privilégié choisissait sa future épouse sous l'œil des caméras. Mais il préféra se taire et ne rien répliquer.

— Seulement pas trop mal fait de sa personne ?

— Chut, répondirent ses cousines à l'unisson.

Étant en infériorité numérique – même si, pour être franc, Flore n'avait besoin de personne pour le mettre au pas – Lucas garda pour lui les cinq cents questions qui lui vinrent à l'esprit pendant les quarante-cinq minutes de téléréalité chargées de tension. Il avait arrêté de venir aux soirées *Bachelor* lorsqu'il avait commencé son job au magasin de bricolage et que ses horaires avaient changé. Il n'avait donc pas suivi la dernière saison. Sachant que les coupures publicitaires servaient à débattre des candidates, il se rendit utile et remplit spontanément les verres de ses cousines avant de réchauffer quelques gyozas que Flore gardait au congélateur.

Quand toutes les roses furent enfin distribuées et que l'éliminée de la semaine quitta l'aventure en larmes en attendant son retour triomphant dans l'émission dérivée *Bachelor in Paradise* l'an prochain, les huit cousines se tournèrent vers Lucas.

— Bon, qu'est-ce qui se passe ? demanda Flore. As-tu enfin mis la main sur le fameux document que Maude gardait secret et qui prouve que les Amis de la Bibliothèque sont des parasites et d'horribles voleurs de maison ?

Le reste des cousines affichèrent un sourire en coin. Flore devait les avoir informées de la deuxième étape de son plan. Elles avaient toutes suivi ses instructions et téléphoné à la maire pour se plaindre de la situation. Parmi elles, seules quelques-unes faisaient officiellement partie du club de jardinage, mais il représentait tant pour Mamie qu'elles avaient à cœur de la voir heureuse. Enfants, elles avaient toutes passé un nombre d'heures incalculable chez Maude, à l'occasion de divers fêtes et rassemblements. La perte de la maison les affectait tout autant que Mamie.

— Euh… pas exactement.

Il passa les mains dans ses cheveux avant de se laisser tomber sur le canapé.

— Bon, vous vous souvenez de la fille avec qui je parle sur les réseaux sociaux ? JC ? La correctrice ?

— Celle que tu mentionnes au moins deux fois par jour ? demanda Pomme arquant un sourcil broussailleux.

Son expression ressemblait à s'y méprendre à celle de Mamie, exception faite de ses sourcils qui n'étaient pas blancs, mais brun foncé.

— Oui, je pense que nous savons toutes de qui tu parles, poursuivit-elle. Elle t'a enfin envoyé une photo d'elle ? Quoi, elle n'est pas comme les *fakes* toutes refaites dont tu as l'habitude, c'est ça ?

— Est-ce que *tu* lui as envoyé une photo ? intervint Marigold avant de plaquer la main sur sa bouche. Oh, Lucas, pas une photo de ta… plante, j'espère ! Ce n'est pas comme ça qu'on t'a éduqué.

— Non, il n'y a eu aucune photo, d'un côté comme de l'autre.

Il se leva, se rendit compte qu'il n'y avait pas assez d'espace pour faire les cent pas entre ses cousines confortablement installées sur chaque surface disponible de la pièce et se rassit.

— Aucune photo n'a été nécessaire. Elle est ici, à Greenhaven. C'est elle que les Amis ont envoyée pour débarrasser la maison avec moi.

— Celle qui était à la vente de plantes ?

Lucas acquiesça.

La surprise collective fut encore plus magistrale qu'au moment où la dernière rose de la soirée avait été donnée à Lauren plutôt qu'à Kristen.

— Est-ce qu'elle te l'a dit ?

— Elle a dit quelque chose que seule JC pouvait connaître, répondit-il en secouant la tête.

— Est-ce qu'elle sait qui tu es ?

Il hésita un instant avant de secouer de nouveau la tête.

Un autre cri de surprise s'éleva en chœur.

Malgré l'angoisse qui pulsait dans ses veines, Lucas ne put s'empêcher de pouffer de rire en voyant leur réaction ridicule.

— Si des producteurs de téléréalité passaient par là, ils vous feraient toutes signer sur-le-champ. L'incroyable famille Geis de Greenhaven.

— *Lucas*.

Comme à son habitude, Flore ignora sa moquerie pour revenir au sujet central de la conversation. Elle passa la main sur l'accoudoir du canapé et fronça légèrement les sourcils.

— Tu ne lui as rien dit quand tu as compris qui elle était ?

— Je ne savais pas quoi faire. Pour moi, elle a toujours été une personne virtuelle, presque irréelle, et d'un seul coup, elle s'est retrouvée là, devant moi. Qu'auriez-vous fait à ma place ?

Les réponses de ses cousines fusèrent si rapidement qu'elles se mêlèrent les unes aux autres.

—Je lui aurais avoué qu'elle me plaisait.

—Je lui aurais révélé mon identité.

—Je l'aurais embrassée.

— Dis donc, le consentement, ça te dit quelque chose ?

—Je lui aurais donné un indice pour lui faire comprendre qui j'étais.

—J'aurais *accidentellement* fait allusion à mon pseudo.

— J'aurais laissé mon téléphone en évidence pour qu'elle puisse *accidentellement* voir mon profil.

Il leva les mains en l'air et s'enfonça dans le canapé.

— Bon d'accord, j'aurais pu faire au moins deux choses raisonnables au lieu de prendre la fuite.

Il sentit son visage virer à l'écarlate sous les regards appuyés de ses cousines.

— Je me suis quand même excusé avant de partir. Je ne suis pas un monstre, non plus.

— Ça se discute, répliqua Pomme avec indignation depuis le fauteuil le plus proche de la télévision. Tu voulais que Lauren reçoive la rose, après tout.

Lucas était parfois terrifié de la facilité déconcertante avec laquelle ses cousines le perçaient à jour, sans même qu'il ait besoin d'ouvrir la bouche. Il les avait toutes vues naître, à l'exception de Flore. Cette dernière avait quatre ans lorsque Lucas fut recueilli par ses parents adoptifs, et cinq lorsque cela devint officiel. Elle avait tout de même trois mois de plus que lui, ce qui faisait d'elle l'aînée des cousins et cousines Geis.

Alors que le commentaire de Pomme les plongea dans une énième analyse de l'épisode, Lucas enfouit son visage dans ses mains pour ne pas laisser ses cousines deviner à quoi il pensait. À vrai dire, il n'était pas certain lui-même de ce qu'il ressentait. Tout ce qu'il savait, c'était que la JC qu'il connaissait sur les réseaux sociaux était drôle et adorable, mais que la Juliet de cet après-midi était coincée, inflexible et insupportable.

Non, elle n'était pas insupportable. Les Amis étaient insupportables. Pas les membres, mais l'association en elle-même, celle qui s'appropriait quelque chose qui comptait tant pour lui et sa famille. Cette maison abritait des souvenirs de disputes, de premiers baisers, de longues nuits d'été passées à se cacher des adultes dans le bureau à l'étage, de parties de cache-cache dans les bambous de la véranda qu'ils considéraient comme leur propre petite jungle. Quelle attache les Amis avaient-ils avec la maison ? Absolument aucune.

Il profita du débat « *Lauren versus Kristen* » qui faisait toujours rage autour de lui pour sortir son téléphone et faire défiler ses derniers échanges avec JC – Juliet. C'est lui qui lui avait conseillé d'aller à la vente de plantes, lui qui l'avait encouragée à prendre contact avec le club de jardinage. Et elle avait fait tout ce qu'il lui avait dit.

Son expression dut changer lorsqu'une idée lui traversa l'esprit, car Flore demanda le silence.

— Oh non, Lucas. À quoi penses-tu ?

— À rien.

Sa réponse était beaucoup trop précipitée pour être convaincante. Même pour lui. Il soupira, sachant très bien qu'il aurait tôt ou tard besoin de leur aide avant de suivre son plan.

— C'est juste que je n'ai pas abandonné l'idée de récupérer la maison.

La moitié de ses cousines approuvèrent d'un signe de tête,

tandis que les autres, Flore comprise, affichaient une expression contrariée.

— C'est trop tard. Le testament a été…

— Je sais, mais les Amis ne sont pas obligés de le suivre. Ils pourraient toujours décider de la rendre d'eux-mêmes, n'est-ce pas ?

— Je suppose, répondit Flore en fronçant les sourcils.

— Je pourrais peut-être trouver un moyen d'inciter Juliet à nous prêter main-forte. Elle aime vraiment beaucoup les plantes. Ça fait des mois qu'elle en parle régulièrement avec Plantsguy95. Mais vu qu'elle a eu une très mauvaise première impression de moi, Lucas, je…

— Ce qui est entièrement ta faute, monsieur « *je sais tout* ». J'espère que tu en es conscient ?

Lucas fit semblant de ne pas entendre la remarque et poursuivit :

— Je pourrais peut-être y arriver en tant que Plantsguy95. Je pourrais lui montrer à quel point le club est bénéfique pour la ville, et voir si elle pourrait persuader la présidente de nous restituer la maison… Ou au moins, la convaincre de me dire ce que les Amis prévoient d'en faire, et voir si je peux faire intervenir la maire Taylor.

Ses huit cousines restèrent sans voix, ce qui n'arrivait jamais. Lucas fut même tenté de filmer la scène pour la postérité.

Pomme fût la première à rompre le silence :

— C'est une très mauvaise idée. C'est immonde de faire ça à quelqu'un.

— Ce n'est pas une si mauvaise idée, objecta Marigold presque en même temps qu'elle.

Tous les regards se tournèrent vers elle.

— J'ai toujours su que tu étais ma préférée, dit Lucas en souriant.

Marigold s'enfonça dans le canapé et leva les yeux au ciel.

— Ce n'est pas ta meilleure idée, mais c'est loin d'être immonde. Tu ne cherches pas à la blesser. Ce n'est pas comme si la maison lui appartenait, de toute façon. Tu veux juste aider le club et aider Mamie.

— Exactement. Il n'y a rien de personnel.

— Tu en es sûr ? répliqua Flore en croisant les bras. Elle semblait pourtant te porter sur les nerfs à la vente de plantes quand tu as appris qu'elle faisait partie des Amis. Et tu ne chantais pas non plus ses louanges dans les textos que tu as envoyés cet après-midi, d'ailleurs.

— Bon, j'admets qu'il y a eu quelques moments de tension cet après-midi quand nous n'étions pas d'accord sur un livre.

Plutôt une quinzaine, en réalité, mais ce n'était pas la question.

— Mais c'était avant que j'apprenne qui elle était.

— Avant que tu apprennes que c'était ton *crush* virtuel, tu veux dire ?

Lucas avait du mal à concilier les deux images qu'il avait d'elle. Même si JC et Juliet étaient toutes deux pleines d'esprit, il décelait en Juliet une certaine rigidité désagréable qu'il ne parvenait pas à expliquer. Son regard était aiguisé, comme si elle analysait et jugeait chaque détail. C'était sans doute ce qui faisait d'elle une correctrice-relectrice aussi douée.

C'était cette même perspicacité qui avait fait d'elle une alliée de taille pour les Amis. Elle s'était battue pour chaque objet que Lucas jugeait indispensable au club. Au bout du compte, il était reparti avec une minuscule boîte remplie de souvenirs très précieux qui – il l'admettrait volontiers une fois calmé – avaient bien plus de valeur aux yeux de Mamie que les piles de livres remplis des gribouillis de Maude.

— Vous pouvez oublier cette histoire, je ne suis plus du tout intéressé. Elle n'est pas la même derrière un écran.

— Toi non plus.

— C'est vrai, mais ce n'est pas comme si elle en avait quelque chose à faire de savoir qui est Plantsguy95.

Ou quelque chose à faire de moi, ajouta-t-il intérieurement. En apercevant les sourires moqueurs de ses cousines, il comprit qu'une fois de plus, son visage trahissait ses pensées.

— Elle se fiche de savoir qui je suis, que ce soit en ligne ou en personne.

— C'est avant tout une question de marketing. Il doit rester cohérent avec l'image qu'il véhicule sur internet, renchérit Marigold en hochant la tête. Il ne cherche pas à duper qui que ce soit.

Flore et Pomme semblaient toujours réticentes, mais les autres approuvèrent.

— Tu dois lui dire qui tu es, déclara Pomme.

Elle croisa les bras si fermement contre sa poitrine que Lucas se demanda si ce n'était pas douloureux.

— Je vais lui dire, c'est promis, mais pas tout de suite. Je dois au moins essayer ma méthode avant, répondit Lucas en regardant ses cousines une à une avant de poursuivre. Pour Mamie.

Il était prêt à tout pour elle, et il savait qu'il en allait de même pour les femmes de sa famille. C'est pourquoi, malgré les regards méfiants de Pomme et Flore, elles hochèrent toutes la tête.

— Tu as deux semaines, déclara Flore d'un ton impérieux. Si tu ne lui as pas dit d'ici là, je m'en chargerai moi-même.

— C'est trop court. Personne ne change d'avis aussi rapidement, répondit-il en jetant un coup d'œil à l'écran de télévision. Sauf les stars de téléréalité. J'ai besoin d'au moins trois mois.

Trois mois, c'était le temps qu'il avait fallu sur internet, pour transformer leur bref premier échange en une conversation régulière. Même s'ils n'échangeaient pas en permanence, ils s'envoyaient à présent un ou deux messages par semaine. Il ne pouvait pas se mettre à lui écrire quotidiennement du jour au lendemain.

— Un mois, contra Flore.

— Six semaines.

Pomme se pencha pour murmurer quelque chose à l'oreille de Flore, et l'aînée des cousines Geis hocha la tête en direction de Lucas.

Ça faisait court, mais si moins de six semaines lui avaient suffi pour faire prospérer son *Beaucarnea Recurvata*, il avait alors de bonnes chances de mener cette mission à bien.

Conscient de l'importance d'une telle promesse, Lucas se leva et se rendit dans la cuisine, où un vase garni de fleurs était, comme toujours, posé sur le comptoir. Il s'empara d'un *dahlia* rouge avant de retourner dans le salon et de l'offrir à Flore. Une autre de ses cousines, qui s'appelait elle-même Dahlia, rayonna en réalisant qu'il avait choisi sa fleur.

— Acceptes-tu cette fleur comme symbole de mon engagement ?

Flore la saisit et s'en servit pour lui asséner un coup sur le bras.

Il prit cela pour un oui.

Chapitre 9

Lucas n'était pas encore là quand Juliet arriva à la Maison Pervenche le lendemain. Elle commença donc le tri sans lui, avec, malgré tout, l'impression désagréable de tricher.

Le carton rempli de quelques effets personnels de Maude était encore dans le couloir, là où il l'avait oublié la veille après s'être volatilisé.

Ce n'était pas, hélas, la première fois qu'elle faisait fuir un homme. C'était toujours dur à vivre, quand bien même elle n'appréciait pas particulièrement Lucas – exception faite de ses cheveux ondulés à la perfection et de ses intenses yeux noisette. Son départ précipité était une confirmation supplémentaire que même quelqu'un venu par respect pour sa grand-mère ne la trouvait pas assez intéressante pour passer l'après-midi en sa compagnie.

Son ex-petit ami n'avait pas pris la fuite à proprement parler. Il avait gardé leur appartement et expédié en vrac les affaires de Juliet à l'adresse de sa mère. Cet épisode avait été sans aucun doute plus douloureux que Lucas s'inventant une excuse pour éviter de lui adresser la parole le reste de la journée.

Juliet retourna dans la petite bibliothèque à l'étage, où se trouvait aussi une banquette – sans doute destinée aux invités ou aux après-midi de lecture entrecoupés de siestes – et se saisit d'un livre au hasard sur l'étagère. En l'ouvrant, elle découvrit un album rempli d'anciennes photos en noir et blanc et aux bords dentelés qui montraient ce qui devait être le club de jardinage à ses débuts.

Il y avait des pages entières d'images, pleines de gens heureux et souriants, de plantes aussi grandes qu'une femme adulte et de minuscules cactus qui tenaient dans le creux d'une main. Juliet tomba sur la photo d'une jeune Maude posant aux côtés d'un grand homme à lunettes et au visage fermé. Même avec le grain prononcé de l'image, l'absence de couleur et la distance qui les séparaient, la tension était clairement palpable entre eux.

Juliet poussa un soupir et referma l'album. Il n'y avait rien d'étonnant à ce que Lucas tienne autant à préserver le souvenir de cette femme joyeuse et pleine de vie qui s'était entourée d'hommes, de plantes et d'amis. Maude était à l'opposé de Juliet, qui n'aurait probablement plus jamais un homme dans sa vie, et n'avait maintenant plus que ses plantes pour lui tenir compagnie.

J'ai des amis virtuels, se rappela-t-elle avant de mettre l'album dans la boîte du couloir avec les autres effets personnels. Ils comptent tout autant que les autres.

Comme pour se prouver à elle-même qu'elle n'était pas seule, elle sortit son téléphone pour consulter ses messages. Charlotte lui avait écrit, et son cœur se serra en s'apercevant que Plantsguy95 aussi. Elle ouvrit le sien en premier.

PLANTSGUY95

Comment se passe le grand projet avec ton association ?

Un grand sourire se dessina sur son visage quand elle constata qu'il n'avait pas oublié. Bon, d'accord, il n'avait qu'à remonter quelques lignes plus haut pour relire leur dernier échange, mais tout de même. C'était la preuve que quelque part dans ce monde, une personne pensait à elle. C'était la définition de l'amitié, non ?

JCEDITS

Pour l'instant, ça va, mais mon binôme m'a laissée tomber.

PLANTSGUY95

Quel abruti. Entre lui et M. Darcy le week-end dernier...

JCEDITS

En fait c'est lui mon binôme.

J'ai l'impression d'être prisonnière à Netherfield. Il n'est pas avec Caroline Bingley, c'est déjà ça.

PLANTSGUY95

J'ai pas la moindre idée de ce que ça veut dire, mais OK.

JCEDITS

Tu comprendrais si tu lisais le livre.

PLANTSGUY95

Qui a le temps de lire ? À part toi ?

JCEDITS

Ils ont fait deux adaptations au cinéma.

PLANTSGUY95

C'est de la triche.

Je pourrais peut-être écouter le livre audio en faisant du jardinage.

JCEDITS

C'est ce que je fais, moi aussi.

Juliet eut un pincement au cœur en réalisant qu'elle avait des points communs avec quelqu'un qui vivait sans doute à l'autre bout du pays. Ensemble, ils pouvaient plaisanter à propos de tout et n'importe quoi sans qu'elle se sente mal à l'aise aprèscoup, comme c'était toujours le cas en face-à-face. Son commentaire sur les cookies de Patrice lui revenait encore à l'esprit plusieurs fois par jour, à des moments complètement arbitraires. Il lui faudrait un autre incident, encore plus embarrassant, afin de mettre fin à la spirale mentale infernale de cet épisode.

La porte d'entrée claqua et détourna son attention de son téléphone et de ses moments de gênance.

— Ô Juliet ? Juliet ? Pourquoi es-tu Juliet ?

Elle fourra son portable dans la poche arrière de son pantalon en maugréant discrètement.

— Ce n'est pas la réplique exacte.

Son corps parcouru de frissons eut la chair de poule, en même temps que l'impatience s'emparait d'elle. Elle n'avait pas envie de le voir, était tout aussi convaincue qu'il n'avait pas non plus envie de la voir, mais fut pourtant soulagée d'entendre le bruit de ses pas dans l'escalier qui indiquaient qu'il la rejoignait à l'étage.

— Je lis aussi, tu sais.

— Les quiz sur Buzzfeed ne comptent pas comme de la lecture.

Bon sang, elle ne comprenait toujours pas d'où lui venait ce sarcasme, même si elle supposait qu'en réalité, si elle se permettait autant de libertés c'était parce qu'elle ne se souciait pas de ce qu'il pensait d'elle. Elle cherchait l'approbation des Amis, pas celle de Lucas. Leur collaboration n'était qu'une nécessité temporaire pour aider Denise. Par la suite, elle n'aurait plus jamais à le revoir. La ville était assez vaste pour qu'ils ne se croisent pas.

— Et comment suis-je censé savoir quelle plante d'intérieur je suis si je ne fais pas le test ?

Elle se mordit l'intérieur de la joue, incapable de résister à la curiosité.

— Alors, quelle plante es-tu ?

— De l'herbe à chat.

Elle pinça les lèvres pour retenir son sourire et désigna d'un geste les cartons qui se trouvaient devant elle.

— Tu as oublié ça hier.

— Oui, désolé d'être parti comme ça, déclara-t-il d'un ton soudain très sérieux et en se passant la main dans les cheveux. Je n'aurais pas dû te laisser terminer toute seule.

Bien que touchée par ses excuses, Juliet n'allait certainement pas le lui montrer.

— Ce n'est rien. Tu n'as pas besoin d'être là, tu sais. Les Amis peuvent s'en occuper.

— Non, il y a des choses qui nous appartiennent ici, répondit-il le regard redevenu noir.

— Alors, mettons-nous au travail, déclara-t-elle en ramassant un livre qui était tombé d'un carton. Plus vite nous aurons terminé, plus vite nous repartirons chacun de notre côté.

L'après-midi commença sur une note un peu plus positive que la veille, puisqu'à la seconde où il aperçut les étagères dans la chambre d'amis, Lucas admit que travailler chacun dans des pièces séparées leur ferait gagner du temps.

C'était bien plus paisible ainsi. Du moins au début. Chaque fois qu'elle dénichait quelque chose qui semblait personnel, comme des photos, des journaux ou des coupures de presse qui mentionnaient le club de jardinage, Juliet les rangeait avec soin dans un carton séparé et attendait qu'il soit assez rempli pour aller chercher son associé.

Toutefois, Lucas ne semblait pas du même avis. Il faisait irruption dans la chambre dès qu'il trouvait un objet susceptible d'être utile au club de jardinage. La plupart des objets qu'il apportait avaient de toute évidence une valeur sentimentale à ses yeux et ne pouvaient pas être vendus à l'occasion d'une prochaine bourse aux livres. Elle accepta donc volontiers de les lui laisser.

Sauf quand il essayait délibérément de faire passer quelque chose en douce. Comme les œuvres complètes de Jane Austen en édition spéciale, par exemple. Elles n'avaient jamais été ouvertes, à en juger par leur dos encore en parfait état, même si Lucas soutenait qu'il s'agissait des livres préférés de Maude.

Après avoir été interrompue pour la quinzième fois, Juliet perdit patience, convaincue que c'était exactement ce qu'il cherchait à faire depuis le départ.

— Pourrais-je avoir la paix cinq minutes, si ce n'est pas trop demander ?

Sa voix était proche du hurlement et trahissait une irritation à peine contenue. Au lieu de hausser le ton à son tour, Lucas esquissa un sourire.

— Je me demandais à quoi tu ressemblais quand t'es énervée.

En sentant son visage s'empourprer, Juliet prit une grande inspiration par le nez avant d'expirer lentement par la bouche. Elle ne pouvait pas perdre son sang-froid ni laisser la moindre émotion négative retarder son travail.

— Bon, maintenant que tu as vu, tu peux t'en aller, s'il te plaît ? Nous pourrons continuer demain.

— Je ne pourrai pas être là, je travaille toute la journée.

Elle prit une seconde grande bouffée d'air.

— Je me débrouillerai toute seule, dans ce cas. Je sais à peu près ce à quoi tu tiens. Ne t'en fais pas, je mettrai tout ce qui pourrait t'intéresser de côté.

Elle désigna d'un geste du menton le carton à ses pieds, qui était maintenant presque rempli de livres en tous genres et de bibelots. N'importe qui, avec un minimum de compassion, comprendrait qu'ils devaient revenir à quelqu'un qui aimait profondément Maude.

Le rictus amusé de Lucas s'évanouit et il fronça les sourcils en se penchant pour examiner le contenu de la boîte. Il en sortit chaque document avec précaution et les examina un à un comme s'il venait de découvrir un trésor perdu.

— Où as-tu trouvé tout ça ?

— Un peu partout.

Elle s'éloigna de lui et se frotta les bras. Sa tendresse soudaine après des heures d'agacement était troublante. Tout en lui la troublait. Et ce qu'elle ressentait en voyant ses yeux embués par les souvenirs la troublait encore plus.

— Elle n'était pas très douée pour l'organisation. Tout était mélangé avec le reste de ses livres ou glissé au bout des étagères.

— Cela a dû te stresser bien plus que tout ce que j'ai pu te faire endurer, répliqua-t-il.

Lucas lui lança un regard de défi. Elle dut se retenir pour ne pas lui tirer la langue.

— Qu'est-ce qui te fait dire ça ? Tu ne me connais même pas, dit-elle, la main posée sur sa hanche. Ma maison pourrait ressembler exactement à ça, elle pourrait être tout aussi bordélique, tu n'en sais rien.

Lucas se redressa, croisa les bras et haussa les sourcils, une lueur de malice dans les yeux.

— Vraiment ? J'aimerais voir ça, tiens.

Un frisson lui parcourut l'échine. Il ne pouvait pas sérieusement envisager de venir chez elle et passer du temps en sa compagnie en dehors du projet qu'on leur avait imposé à tous les deux. Non, il voulait simplement la provoquer, comme à son habitude.

— J'ai tendance à laisser le désordre s'accumuler quand je me concentre sur mon travail. Je laisse traîner mes affaires un peu n'importe où jusqu'à ce que mon projet soit terminé.

— Et une fois ton projet terminé, qu'est-ce que tu fais ?

Un sourire se dessina sur ses lèvres. Elle tenta de le réprimer, en vain. Elle ne pouvait pas le laisser remporter cette manche.

— Je remets tout à sa place, naturellement.

— Naturellement, répéta-t-il d'un air triomphant.

Lucas secoua la tête, ses cheveux flottant autour de lui.

— J'en étais sûr, reprit-il.

Elle croisa les bras et plissa les yeux.

— Comment as-tu deviné ?

— Tu es forcément comptable ou… dit-il d'un ton hésitant en penchant la tête sur le côté. Du signe de la Vierge.

— Raté ! Zéro sur deux.

Elle lui sourit d'un air suffisant et s'adossa contre les étagères désormais vides.

— Je suis correctrice-relectrice et Capricorne.

— Et ton ascendant ?

Touché coulé.

— Vierge.

Comme toute réponse, Lucas lui adressa un grand sourire, et elle leva les mains en l'air en signe de protestation.

— D'où viennent tes connaissances sur l'astrologie ?

— Je dois me cantonner aux plantes, c'est ça ? Je n'ai pas le droit de m'intéresser à Shakespeare ou à l'astrologie ?

Non.

Elle se mordit la lèvre pour ne pas dire tout haut ce qu'elle pensait tout bas. Il était censé être un type lambda chargé de débarrasser une maison avec elle, quelqu'un qu'elle oublierait une fois qu'ils auraient terminé. Elle n'était pas censée le trouver intrigant ou se découvrir des affinités avec lui.

Juliet évita son regard noir profond et prit une grande inspiration pour la troisième fois en quelques minutes. Des milliers de personnes lisaient Shakespeare et connaissaient la carte du ciel. Cela ne voulait absolument rien dire.

— Je pense qu'on a assez travaillé pour aujourd'hui, dit-elle en poussant le carton du bout du pied. Tu devrais rapporter ça à ta grand-mère.

L'oranger calamondin était bien trop lourd pour que Lucas le déplace seul, mais il préférait ne pas solliciter l'aide de Juliet. D'autant plus qu'il ne tenait pas à ce qu'elle voie ce qu'il faisait.

De toute façon, elle avait déjà bien assez aidé aujourd'hui.

Il était surpris qu'elle ait pris garde à sauvegarder les coupures de presse concernant le club. Il ne connaissait pas ce trait de caractère chez elle, même sous les traits de JCEdits. Elle avait soigneusement rangé tout ce qui lui semblait personnel dans un carton, comme si ces objets avaient autant de valeur pour elle que pour Lucas et sa famille.

Aujourd'hui, il avait prévu de se comporter comme un membre exemplaire du club de jardinage et de coopérer dans le calme et la bienveillance avec les Amis. Ainsi, lorsque Plantsguy95 aborderait les clubs de jardinage plus en détail, JC aurait une meilleure opinion d'eux et serait disposée à les aider.

En revanche, il n'avait pas anticipé que les premiers mots qui sortiraient de la bouche de Juliet seraient des plaisanteries sur Shakespeare et Buzzfeed. Ses cousines pouvaient toutes en attester, il ne restait jamais indifférent à ce genre d'humour, même si Flore lui avait dit de faire de son mieux et de penser avant tout à Mamie.

Il *avait* réfléchi à ce qui était en jeu ici. Rapidement. Mais il ressentait aussi l'irrésistible envie de la voir sourire. Il avait l'impression qu'elle ne riait pas beaucoup, et il recevait chacun de ses sourires comme une récompense durement acquise.

Nouveau plan : avec un peu de chance, il l'avait assez agacée pour qu'elle se plaigne de nouveau à Plantsguy95, et il pourrait ensuite… Bon, il aviserait sur le moment. Il avait six semaines pour la convaincre de se ranger du côté du club de jardinage, et ce n'était que le premier jour.

— Besoin d'aide, peut-être ?

La boule au ventre, Lucas pencha la tête sur le côté pour apercevoir Pomme près de son pick-up. Il laissa le pot tomber par terre avec un bruit sourd et se précipita vers elle.

— Qu'est-ce que tu fais là ?

Il lui prit le bras et l'entraîna à l'écart de la maison.

— Ça fait à peine vingt-quatre heures.

— Je ne suis pas là pour ça.

Elle se dégagea de son emprise et se dirigea vers le calamondin en lui tendant un Tupperware sans se retourner.

— Mamie m'a dit que tu avais laissé ça chez elle ce matin.

Les cookies. Parce que, bien sûr, elle avait préparé une nouvelle fournée.

Il lui arracha la boîte en plastique des mains et se plaça devant elle pour lui bloquer l'accès à la maison. Avant qu'il ne puisse la réprimander, Pomme se mit à sourire et se pencha pour jeter un coup d'œil derrière Lucas.

— Salut. Moi, c'est Pomme, je suis la cousine de Lucas. Tu dois être Juliet.

— Euh… Salut.

Un frisson de confusion lui picota la nuque. Il croyait entendre une autre Juliet. Une Juliet avec laquelle il n'avait pas passé l'après-midi à se disputer.

Il se retourna pour l'apercevoir sur le pas de la porte, un pied encore à l'intérieur et l'autre déjà sur le porche. Elle avait les yeux écarquillés et se mordillait la lèvre comme si elle se demandait quoi faire ou quoi dire.

Fort heureusement, ses cousines ne craignaient jamais de mettre les pieds dans le plat. Sans hésiter une seule seconde, Pomme lui adressa un sourire et un signe de main.

— C'est plutôt étrange que Maude t'ait légué sa maison comme ça, sans raison, tu ne trouves pas ?

En un instant, l'hésitation dans l'attitude de Juliet disparut. Elle fit un pas en avant sur le porche et plissa les yeux.

— Elle l'a donnée aux Amis de la Bibliothèque, pas à moi.

— Oui, bien sûr, répondit Pomme en laissant échapper un rire cristallin. C'est ce que je voulais dire.

— Je peux savoir ce que tu fais ici ?

Pour la première fois de sa vie, Lucas vit Pomme déboussolée. Elle replaça une mèche de cheveux derrière son oreille et le consulta du regard, mais il secoua la tête d'un air catégorique. *Débrouille-toi toute seule*, lui dit-il avec les yeux.

— J'étais juste dans le coin et j'ai vu le pick-up de Lucas. J'ai pensé qu'il avait peut-être besoin d'aide.

— D'aide pour quoi ?

— Rien du tout, répondit Lucas en saisissant Pomme pour se poster avec elle devant l'oranger.

Ce qui était, de toute évidence, inutile. L'arbre mesurait presque deux mètres de haut. La plupart des calamondins cultivés en intérieur n'atteignaient pas cette taille, mais Maude s'en était particulièrement bien occupée. C'était d'ailleurs pour cette raison qu'il avait jugé important de l'exfiltrer en toute discrétion de la maison, loin des Amis qui n'y connaissaient rien.

Toutes les femmes de la famille Geis possédaient le don unique de pouvoir vous glacer le sang d'un seul regard. C'était une caractéristique familiale transmise de mère en fille qui s'intensifiait à chaque génération. Celui de Pomme, noir incandescent, était la somme de ceux de ses cousines, de ses tantes, de sa mère et de sa grand-mère.

Depuis le porche, Juliet posa les mains sur les hanches, et leur lança un regard *assassin*.

— Tu as pris une plante sans me consulter au préalable ?

Derrière ses yeux en colère, elle paraissait presque blessée. Comme s'il insultait tout le travail qu'elle avait accompli dans la journée pour lui mettre de côté les objets précieux à ses yeux.

Le visage de Pomme s'empourpra et Lucas l'entendit déglutir avec difficulté. Elle se pencha pour lui murmurer :

— Si elle est toujours aussi cassante avec toi, alors je l'aime déjà.

Prenant son courage à deux mains, Lucas se rappela qu'il faisait tout cela pour Mamie, non pas pour la magnifique déesse furieuse qui se tenait devant lui, et gravit de nouveau les marches de l'escalier.

— Ce sont des plantes très spéciales.

Il pointa du doigt l'oranger qui subissait un examen minutieux de la part de Pomme.

— Le club les a offerts à Maude à l'occasion de son soixante-dixième anniversaire.

Son regard s'adoucit un peu, mais Juliet ne céda pas. Elle leva le menton et croisa les bras.

— Les calamondins doivent rester ici jusqu'à ce que Denise prenne une décision.

Alors qu'ils étaient nez à nez, Juliet lui arrivait au menton, lui offrant l'occasion de découvrir des touches de gris dans ses yeux vert éclatant. Lucas sentit des picotements parcourir sa nuque, comme si des dizaines de petites épines de rose germaient à la base de son cou.

— Qu'est-ce que Denise prévoit d'en faire ?

Son regard vert aux éclats gris resta braqué sur lui.

— Je ne sais pas, mais c'est aux Amis de trancher, pas à toi.

Le « *toi* » était imprégné de venin. Seul le petit rire moqueur de Pomme derrière lui l'empêcha de répondre sur le même ton. Il savait pertinemment que l'intégralité de ses cousines aurait droit à un résumé détaillé à la minute où elle s'en irait. Ce qui l'inquiétait davantage, c'était que Mamie en entende parler.

— Et si nous lui passions un coup de fil ? suggéra Pomme.

Lucas se retourna vers elle avec un regard menaçant. Alors qu'elle sortait son téléphone de sa poche arrière, sa cousine semblait sur le point d'exploser de joie.

— Et à Mamie aussi, tant que nous y sommes.

— Non, répondirent Juliet et Lucas à l'unisson.

— Trop tard, ça sonne.

Elle traversa la rue en courant, bien trop rapide pour qu'ils puissent la rattraper.

— Je croyais que ta génération ne communiquait que par texto ! lança-t-il.

Elle était déjà hors de portée. Il se retourna vers Juliet, prêt à s'excuser – pour le calamondin et pour sa cousine – mais hésita en apercevant son regard d'acier.

Ils étaient encore très proches l'un de l'autre. Trop proches, à vrai dire. Assez proches pour que son souffle agacé frôle sa joue et envoie une décharge électrique dans tout son corps. Assez proches pour voir ses pupilles se dilater et entendre sa respiration se bloquer dans sa gorge. Assez proches pour remarquer une tache de rousseur juste au-dessus de son sourcil gauche.

Tout en lui mourrait d'envie de se rapprocher encore un peu et de combler la distance qui les séparait.

Tout en lui, sauf une petite voix dans sa tête.

Elle ne sait pas qui tu es.

Avec la force qu'il aurait fallu pour soulever deux calamondins, il fit un pas en arrière, puis un autre, avant de finalement se retourner et descendre l'escalier.

— Je vais remettre l'arbre à sa place jusqu'à ce que Denise ou ma grand-mère interviennent, lui dit-il sans la regarder.

JCEDITS

J'ai une question à te poser, mais j'ai peur que tu le prennes mal.

PLANTSGUY95

Houlà, c'est mal parti.

JCEDITS

Désolée, la journée a été longue et éprouvante.

Dis-moi que les amoureux des plantes ne sont pas tous comme ça.

PLANTSGUY95

Comme quoi ?

Il me faut plus d'infos si tu veux une réponse pertinente.

JCEDITS

Agaçants, désagréables, casse-pieds, grossiers.

PLANTSGUY95

LOL, je suis peut-être pas correcteur, mais tu viens de répéter quatre fois la même chose.

C'est encore M. Darcy ?

JCEDITS

Oui. Et sa cousine un peu envahissante.

Bon, pas au même point que M. Collins, mais presque.

PLANTSGUY95

Je vais même pas prendre la peine de chercher sur Google, je vais juste partir du principe que c'est pas un compliment. Donc Darcy est un « amoureux des plantes » c'est bien ça ? Qu'est-ce que ça veut dire ?

JCEDITS

Ça veut dire qu'il fait partie du club de jardinage.

PLANTSGUY95

Oh, tu les as enfin rejoints ! C'est génial !

JCEDITS

Non, je dois juste travailler avec eux.

Mais je ne vais clairement pas les rejoindre après ce qui s'est passé aujourd'hui, ça, c'est sûr et certain.

PLANTSGUY95

Aïe. C'est dommage de réduire tout un groupe à un seul abruti. Je suis sûr que les autres ne sont pas comme ça.

Peut-être qu'il passait juste une mauvaise journée.

JCEDITS

Peut-être. Ou bien il me déteste pour une raison inconnue.

PLANTSGUY95

Je doute fortement que quelqu'un puisse te détester.

JCEDITS

Alors il est juste agaçant de nature.

Pas tous les membres du club de jardinage, seulement lui.

PLANTSGUY95

Ce serait plus logique, oui.

Sur quoi tu travailles avec eux ? Un projet de correction ?

JCEDITS

Si seulement ! C'est compliqué.

Une guerre de territoire, en quelque sorte.

PLANTSGUY95

Les Sharks contre les Jets ?

JCEDITS

Tu connais West Side Story, mais pas Orgueil et Préjugés ? Je t'ai dit qu'ils ont fait un film.

PLANTSGUY95

C'est sur ma liste, promis.

Le territoire en question appartient à ton groupe ?

Tu sais que moi, je vous imagine en train de vous battre pour un tableau d'affichage au supermarché, LOL.

JCEDITS

Haha, non, c'est plus une maison qu'un tableau d'affichage.

PLANTSGUY95

Waouh, la classe !

JCEDITS

Le club l'a utilisée pendant très longtemps, mais la propriétaire a décidé de nous la donner.

C'est triste s'ils ont perdu leur espace, mais on n'a rien demandé, nous.

PLANTSGUY95

Qu'est-ce que ton asso prévoit d'en faire, du coup ?

JCEDITS

Aucune idée. Pour l'instant, on ne fait que la débarrasser. Il y a une tonne de plantes.

D'ailleurs, ça te dérange si je t'envoie quelques photos ? Je veux être sûre qu'on en prenne soin, et j'ai besoin de tes conseils pour l'entretien.

PLANTSGUY95

Tu as vraiment besoin de poser la question?

Chapitre 10

Il faisait chaud pour un mois de mai, et Juliet transpirait tellement dans son t-shirt qu'elle hésitait à rentrer chez elle pour se changer. Elle l'aurait peut-être fait si elle n'était pas en retard pour retrouver sa mère à la Foire de Greenhaven. Pour une fois, cette dernière ne passait pas le week-end avec la famille de sa sœur et avait effectué le déplacement pour rendre visite à Juliet.

Sachant que Juliet refuserait de monter en voiture avec elle, même pour court trajet jusqu'au centre-ville, sa mère l'attendait déjà sur place. Mais elles n'avaient pas convenu d'un point de rendez-vous précis et sa mère n'étant pas douée pour les textos, Juliet errait sans but, en sueur et de mauvaise humeur.

Lorsqu'elle aperçut le stand du club de jardinage, sa mauvaise humeur se transforma en colère.

**CLUB DE JARDINAGE DÉRACINÉ
AIDEZ-NOUS À LE REPLANTER AILLEURS !**

Le stand des Amis de la Bibliothèque se trouvait juste en face. Il était chargé de livres, de marque-pages et de tote bags. Pourtant, personne ne semblait manifester d'intérêt pour ce qu'ils proposaient. Stephen était assis derrière la table sur une chaise pliante, son regard noir braqué vers l'autre côté de la pelouse, où un attroupement s'était formé autour de Lucas. Il captivait la foule avec son stupide sourire charmeur et ses yeux bruns envoûtants.

Malgré la chaleur et son t-shirt qui lui collait à la peau, Juliet frissonna en se souvenant qu'elle s'était trouvée à quelques centimètres à peine de ces yeux. Et de cette bouche.

Quatre jours s'étaient écoulés depuis sa dernière rencontre avec Lucas à la Maison Pervenche. Il avait été pris par son travail, et aucun autre membre du jardinage ne semblait disponible pour aider Juliet à trier les affaires de Maude. Elle se demandait si Lucas n'avait pas manipulé le reste de son groupe pour que personne ne vienne à sa place : soit pour retarder les travaux davantage, soit pour pouvoir être le seul à l'ennuyer.

Ou les deux.

— Geis vous exaspère, n'est-ce pas ? Ça n'a pas traîné.

Stephen avait tourné la tête vers Juliet, et avait vraisemblablement interprété son frisson comme un signe d'irritation. Ce qui était le cas, bien entendu.

— Il s'est montré un peu… insistant quand nous débarrassions la maison, en effet.

Le différend au sujet des orangers avait abouti à un compromis entre Denise et Mme Geis, qui avaient dû se rendre sur place pour jeter un œil aux plantes en question. Cinq d'entre elles resteraient dans la maison, et Mme Geis distribuerait les cinq autres aux membres du club de jardinage qui souhaitaient garder un souvenir de Maude.

En se remémorant pourquoi elle devait débarrasser la maison à la place de Stephen, Juliet lui demanda d'une voix hésitante :

— Comment vous sentez-vous ?

— Bien, merci, répondit-il en détournant le regard.

La déception l'envahit, puis elle se sentit idiote d'éprouver une telle émotion. À quoi s'attendait-elle ? Un compte rendu médical complet ? Même s'il était assis, il avait fait le déplacement, ce qui signifiait que, manifestement, il allait bien, comme il venait de lui dire.

— Je suis capable de trouver au moins cinq slogans plus créatifs que celui-ci, grommela Stephen en désignant la banderole du club de jardinage.

Juliet esquissa un sourire. Elle était rassurée de savoir que quelqu'un était de son côté, même si elle était incapable de défendre le côté en question et aurait préféré qu'il n'y ait pas de côté du tout.

Elle ne pouvait pas s'empêcher de considérer le conflit autour des calamondins comme un échec. Denise lui avait demandé son aide, mais Juliet n'avait fait que lui compliquer la tâche en lui demandant d'arbitrer une dispute ridicule autour de la répartition de quelques plantes. C'était dans ce genre de situation que le manque d'expérience en entreprise de Juliet se faisait le plus ressentir. Quand on travaillait à son compte, les négociations avec les collègues à propos d'un projet ou d'une place de parking n'existaient pas. Juliet n'avait jamais eu besoin de faire appel à un tiers pour l'aider à régler un différend avec quelqu'un, ou même à régler un différend en personne, au demeurant.

Elle travaillait toujours seule, sur internet, là où elle pouvait tout contrôler, organiser et réfléchir avec prudence. Cela aurait dû être un atout, mais dans ce cas précis, cela n'avait fait que souligner à quel point elle était différente des autres, et à quel point Denise ne pouvait pas compter sur elle pour défendre les Amis de la Bibliothèque.

Lucas était déterminé à se battre pour le club de jardinage, et il était en train de remporter la bataille haut la main, tout cela grâce à un jeu de mots botanique médiocre.

— Un slogan n'a pas besoin d'être percutant pour être efficace, dit-elle.

Et soulagée, puisque Stephen avait été le premier à engager la conversation, Juliet se permit de poursuivre :

— Je suppose que les gens ne viennent pas ici après avoir visité son stand ?

— Hmm.

Juliet se balança d'un pied sur l'autre et fit une seconde tentative :

— Ils ignoraient vraiment que le club n'était pas propriétaire de la maison ?

— Comment auraient-ils pu le savoir ? demanda Stephen, les bras croisés, en glissant son regard vers elle. Ça n'a aucune incidence sur la vie quotidienne des habitants. Pourquoi se soucieraient-ils alors de savoir qui est le propriétaire ?

— Lucas a l'air de s'en soucier.

Elle se rendit compte de ce qu'elle venait de dire et sentit son visage s'empourprer, mais Stephen ne la regardait plus. Il fixait le stand d'en face d'un regard mauvais.

— Je veux dire, le club de jardinage a l'air de s'en soucier.

— Non, vous aviez raison. C'est principalement Lucas. Il a toujours été comme ça.

Surprise, Juliet se tourna vers Stephen.

— Vous le connaissez ?

— Je me souviens de lui quand il était au lycée. Je ne l'ai pas eu dans ma classe, mais il y a certains élèves qui vous marquent plus que d'autres. Surtout quand ils organisent un boycott des matchs de football parce que le quarterback a rompu avec sa cousine.

— C'est plutôt extrême comme action.

Et plutôt attendrissante, aussi. *Sa tendresse doit avoir disparu depuis longtemps.* Le rythme cardiaque de Juliet s'accélérait à chaque personne qui passait devant leur stand sans même s'arrêter pour jeter un œil aux livres sur la table. C'était injuste. Ce que racontait Lucas aux gens les poussait à détester la bibliothèque. Comment pouvait-on détester les bibliothèques ?

Ils agissaient autant pour la communauté que le club de jardinage. Ils soutenaient des dispositifs périscolaires, fournissaient des livres aux élèves de maternelles et donnaient une série de conférences. Sans oublier le magazine que Juliet allait corriger une fois la maison débarrassée. Ce qui n'arriverait jamais si Lucas continuait de reporter.

Juliet fouilla le carton aux pieds de Stephen et trouva de la ficelle qu'il avait dû utiliser pour accrocher la bannière qui portait simplement le nom de leur association au-dessus du logo de la ville. La boîte contenait aussi des formulaires d'adhésion supplémentaires, vierges d'un côté.

On peut être deux à jouer ce jeu.

— Je peux utiliser ça ?

Stephen leva un sourcil curieux vers elle, avant de hausser les épaules et de reporter son attention vers l'autre côté de la pelouse.

Il lui fallut presque dix minutes pour colorier les lettres qu'elle avait tracées au marqueur et passer la ficelle à travers chaque feuille, même si personne n'était venu l'interrompre. Stephen l'observait en silence, son regard s'aventurant de temps en temps vers le stand du club de jardinage, où les gens continuaient à affluer.

MAUDE PERVENCHE A AIDÉ LES AMIS À VOTRE TOUR !

Lorsqu'elle termina d'accrocher la banderole, Juliet tremblait de tout son être. Elle se retourna pour voir comment Lucas allait réagir. Pour voir comment tout le monde allait réagir.

Cette action allait bien au-delà de tout ce qu'elle avait osé jusqu'à présent, au-delà même de ce qu'elle croyait être capable de faire. Elle leva alors les yeux vers son écriture irrégulière et sentit une vague d'incertitude la percuter si fort qu'elle manqua de perdre l'équilibre.

Que lui était-il passé par la tête ? Il ne s'agissait que d'une collecte de fonds pour la bibliothèque, pas d'un mélodrame à la *West Side Story*.

Mais devant l'expression furieuse de Lucas, sa poitrine explosa de satisfaction, comme si la musique de Leonard Bernstein ne jouait que pour eux à cet instant précis.

Alors que la scène avait tout d'une pièce dramatique et que Juliet s'apprêtait à prendre une chaise pour retirer la banderole, sa mère apparut devant elle :

— Te voilà enfin, ma chérie. Je te cherchais partout.

— Maman.

La boule au ventre, Juliet se tourna vers Stephen. Il demeura cependant impassible et adressa un signe de tête à la femme plus âgée.

— C'est l'association de la bibliothèque pour laquelle tu fais du bénévolat ? lui demanda sa mère.

Elle ne prêta pas attention à la banderole au-dessus de sa tête et s'empara d'un livre pour le feuilleter rapidement.

— Tu sembles vraiment y consacrer beaucoup de temps. Ils ont de la chance de pouvoir compter sur toi.

— C'est vrai, déclara Stephen depuis sa chaise pliante.

Un sentiment de légèreté envahit Juliet et l'envoya sur un petit nuage. Sa mère l'avait vraiment écoutée, et Stephen venait de lui offrir un compliment à la fois bienveillant et inattendu en seulement deux mots.

— Quand tu as dit que c'était un événement familial, dit sa mère en reposant le livre sur la table, j'ai cru que tu faisais allusion à un petit ami.

Elle jeta un regard alentour avant de se pencher pour murmurer à l'oreille de Juliet :

— Tu comptes me présenter quelqu'un en particulier ?

Juliet retomba sur Terre en un clin d'œil.

— Non, il n'y a personne.

Sans le vouloir, ses yeux s'aventurèrent vers le stand d'en face, où Lucas était plongé dans une énième conversation, comme s'il s'était donné pour mission de rallier chaque résident de Greenhaven à sa cause. Par chance, sa mère ne remarqua rien. Tout ce qu'elle voyait, c'était l'absence d'un homme dans la vie de sa fille.

— Dans ce cas, assister à des journées comme celle-ci devrait inverser la tendance. Il y a beaucoup de jeunes tout à fait charmants.

— Qui sont tous venus avec leurs conjointes et leurs enfants, Maman. Ce n'est pas le lieu pour rencontrer quelqu'un quand on approche de la quarantaine.

Encore fallait-il souhaiter rencontrer quelqu'un. Ce qui, après sa dernière rupture, n'était plus du tout le cas.

— J'ai bien rencontré ton père à un concours du plus gros mangeur de tartes, tout est possible.

— Un concours de mangeur de tartes ? intervint Stephen. C'est comme ça que j'ai rencontré mon mari, moi aussi.

Une nouvelle vague de gêne percuta Juliet. Elle s'écarta alors discrètement pour laisser sa mère discuter avec Stephen. Lui qui d'ordinaire était si grincheux et taciturne, s'illumina en échangeant des anecdotes et des recettes de tartes avec sa mère. Bien qu'elle ait travaillé à ses côtés pendant des heures à la bourse aux livres, il avait suffi de moins de dix minutes à Stephen pour qu'il se fasse embarquer dans une conversation avec une autre. On préférait toujours parler avec quelqu'un d'autre que Juliet.

La chaleur était devenue insupportable et Juliet savait qu'elle devait s'hydrater sous peine de s'effondrer rapidement. Ne voulant pas interrompre les deux nouveaux meilleurs amis, elle se contenta de leur adresser un bref signe de main et articula un *« je reviens »* avant de s'éloigner en direction des stands de nourriture et des food trucks.

Ce n'était pas si grave, elle en était consciente. Certaines personnes accrochaient tout de suite, et d'autres pas du tout. Cela n'avait rien de personnel. Ou c'était au contraire extrêmement personnel et elle n'avait donc aucune raison de souhaiter être quelqu'un d'autre. Pourtant, alors qu'elle sortait de sa poche quelques billets froissés, Juliet se rendit compte que c'était exactement ce qu'elle souhaitait.

Tout le monde connaissait Lucas. Stephen se souvenait de lui, même des années plus tard. Patrice à la bibliothèque ne se rappelait pas Juliet même après l'avoir vue à de nombreuses reprises.

Juliet inspira profondément et se répéta que ce n'était pas la faute de Lucas. Ce n'était pas sa faute s'il avait vécu ici toute sa vie et bénéficiait du soutien de la communauté, alors que de son côté, elle s'était installée à Greenhaven il y a un an à peine et vivait comme une recluse que personne ne connaissait.

Comme si elle l'avait invoqué par la pensée, la voix de Lucas fit irruption juste derrière elle.

— On devrait peut-être parler des erreurs sur ta banderole.

Son poing se serra autour de son argent et froissa davantage les billets.

— On devrait parler de la tienne aussi, dans ce cas.

Les effluves de beignets et de bière émanant des stands de nourriture lui retournèrent l'estomac. Au lieu de lui envoyer une réplique cinglante, Lucas lui emboîta le pas en riant, comme s'il était censé être là, comme s'ils avaient prévu de se retrouver aujourd'hui pour manger un morceau tous les deux.

— Comment ta mère connaît Stephen Liu ?

— Elle ne le connaît pas. Ils viennent de se rencontrer.

Il passa la main dans ses cheveux en bataille avant de répondre :

— Ils ont l'air de bien s'entendre. J'espère que ça ne posera pas de problème à ton père.

— Mon père est décédé.

— Oh.

Juliet comprit qu'elle avait été trop sèche avant même d'apercevoir la surprise et la tristesse dans les yeux de Lucas.

— Désolée, c'était…

— Désolé, je ne voulais pas…

Ils s'arrêtèrent et échangèrent un sourire poli. Lucas brisa le silence inconfortable qui s'était installé et lui montra le food truck le plus proche.

— Tu veux une glace ? Je te l'offre.

— Tu m'invites parce que tu te sens coupable à propos de mon père ?

— Non, répondit-il un peu trop vite avant d'enfoncer les

mains dans les poches de son short. J'ai des coupons gratuits parce que je tiens le stand du club, je ne veux pas les perdre.

— Comment pourrais-je refuser, dans ce cas ?

Lucas instaura une distance de sécurité en restant à plusieurs pas derrière elle pendant qu'ils patientaient dans la queue pour les glaces. L'air ambiant était lourd et moite. Elle ressentait sur sa peau chaque mouvement qu'il faisait. Comme l'autre jour sous le porche, mais avec la chaleur, c'était cent fois plus intense. Elle pouvait presque sentir le goût de sa transpiration salée. Et quand elle prit une profonde inspiration, elle reconnut son parfum familier de terre et de mousse.

Heureusement, la file se réduisit plus vite que prévu. Et après plusieurs minutes d'un silence gêné, ils se dirigèrent de nouveau vers les stands de la Foire, un énorme cornet de glace à l'italienne entre les mains.

Ce fut au tour de Juliet de briser le silence :

— Merci pour la glace. Ça ne posera pas de problème avec ta petite amie ? Ou ta femme ?

Il fronça les sourcils, laissant apparaître la ride du lion entre ses sourcils.

— Tu veux parler de la fille qui est sur le stand avec moi ? C'est ma cousine, répondit-il alors qu'un grand sourire éclairait son visage. Je n'en reviens pas, tu as pris Flore pour ma femme ! J'ai hâte de lui raconter, elle va tellement mourir de…

Lucas écarquilla les yeux, tandis que Juliet tenta en vain de réprimer un éclat de rire.

— Ce n'est rien, je t'assure. C'était il y a six ans.

— C'est bien trop tôt pour perdre son père.

Elle haussa les sourcils avant de détourner le regard. Ils se trouvaient juste devant le stand de l'Association des Retraités.

— Tu me donnes quel âge exactement ?

Il secoua la tête et leva une main pour se dédouaner.

—J'ai huit cousines en comptant Pomme et Flore. Je sais qu'il vaut mieux que j'évite de répondre à ce genre de question.

Elle rit de nouveau.

— Peu importe l'âge, c'est toujours trop tôt, reprit-il.

Son ton était étrangement sérieux, et Juliet se surprit à vouloir creuser davantage. À cet instant, il se dégageait de lui une certaine douceur, presque de la vulnérabilité. Il s'exposait aux railleries, comme s'il voulait l'encourager à se venger pour l'offense qu'il pensait lui avoir causée. Au lieu de riposter, Juliet préféra changer de sujet :

— Huit cousines, ça fait beaucoup.

— J'ai aussi cinq cousins. Ils vivent tous ici, à Greenhaven.

Juliet frémit à l'idée d'avoir autant de membres de sa famille à proximité.

— Moi qui croyais que c'était compliqué avec ma mère qui n'habite qu'à quelques kilomètres.

— Compliqué ? dit-il en levant les yeux de sa glace, la bouche barbouillée de chocolat. C'est génial, au contraire. Ma famille compte plus que tout pour moi.

— Oui, j'ai cru comprendre. Je n'avais juste pas saisi que vous étiez si nombreux.

Il était entièrement dévoué à sa famille, au club de jardinage et à la communauté. Tout l'inverse de Juliet qui se sentait à la fois envieuse et perplexe.

— Et toi ? Tu n'as que ta mère ?

— J'ai une sœur qui vit à une heure d'ici, à peu près, répondit-elle en secouant la tête. C'est une avocate dans un grand cabinet, et son mari participe à des triathlons. Ma mère s'occupe de leurs enfants plusieurs fois par semaine, je ne la vois pas beaucoup.

— Mis à part quand elle veut savoir quand tu auras des enfants, n'est-ce pas ?

Elle rougit et détourna les yeux vers la foule qui s'affairait tout autour d'eux, surtout des parents encombrés d'enfants dans leurs bras ou dans des poussettes. Avant de répondre, elle lécha sa glace pour se rafraîchir.

— Comment tu le sais ?

— À ton avis, quelle est la question que ma grand-mère me pose tous les jours depuis que j'ai trente ans ?

— Et que lui dis-tu pour qu'elle te laisse tranquille ?

— Je lui dis que je n'ai pas envie d'avoir des enfants pour le moment, peut-être même tout court. Mais si je change d'avis un jour, je préférerais adopter, comme mes parents l'ont fait avec moi. Ils sont morts quand j'avais une vingtaine d'années.

— Oh.

C'était maintenant à son tour d'être mal à l'aise après une révélation aussi personnelle. Son estomac se noua. Elle ne s'attendait pas à partager quelque chose d'aussi triste avec Lucas. À court d'idées, elle répondit la première chose qui lui vint à l'esprit :

— Je suis sûre à environ quatre-vingt-dix-neuf pour cent de ne pas vouloir d'enfants. De toute manière, ce ne sera plus une option dans quelques années, et ma mère finira par me laisser tranquille.

Juliet rougit de nouveau. Venait-elle vraiment d'évoquer son horloge biologique devant Lucas Geis ? Elle lui avait aussi parlé de son père, un sujet qu'elle n'abordait presque jamais. D'habitude si sarcastique, face à lui, elle semblait incapable de garder ses pensées pour elle. Ce qui était tout aussi embarrassant qu'étrangement agréable. Ils se connaissaient depuis peu et il l'agaçait comme personne d'autre, mais Juliet trouvait facile de s'ouvrir à lui. Comme si une part d'elle se retrouvait en lui.

Ils avaient terminé leurs glaces et étaient presque arrivés à leurs stands respectifs lorsqu'ils ralentirent l'allure. Lucas se tourna vers elle avec une expression singulière dans le regard, comme s'il s'apprêtait à lui confier quelque chose de bien plus important encore. Sa poitrine se serra et comprima son cœur.

Mais avant qu'il ne puisse ouvrir la bouche, quelqu'un se racla la gorge derrière eux, les obligeant à se retourner.

Denise et Mme Geis étaient tout près, et n'avaient pas du tout l'air contentes.

Chapitre 11

Mamie possédait trois types de regard noir : celui d'aujourd'hui était surnommé par le clan Geis, le « *Dionée Attrape-Mouche* ». À première vue inoffensif, il inspirait presque la confiance. Mais à la seconde où vous passiez aux aveux : Crac ! Il était déjà trop tard pour prendre la fuite.

Denise prit néanmoins la parole en premier :

— Même si j'admire votre... enthousiasme pour nos deux associations, dit-elle le visage fermé, et votre talent pour les jeux de mots, la maire n'est pas très contente.

Juliet était devenue rouge tomate et semblait sur le point de pleurer. Il ne s'attendait pas à une telle réaction de sa part. Elle avait confectionné sa banderole à la seconde où elle était arrivée à la foire locale. Elle avait tenu tête à Lucas au sujet des orangers calamondins et ne lui laissait jamais rien passer lorsqu'ils étaient à la Maison Pervenche. Pourtant, face à Mamie et Denise, elle tremblait littéralement comme une feuille.

Cette image d'elle était aussi à l'opposé de celle qu'elle était sur internet, si professionnelle et drôle dans leurs échanges virtuels. Cette double personnalité l'intriguait, au point de l'obséder comme la mauvaise herbe qui envahissait le jardin et dont on ne parvenait pas à se débarrasser. C'était pour cette raison qu'il était allé à sa rencontre tout à l'heure. Elle était captivante, elle était complexe, et il était incapable de garder ses distances.

Et le plus inquiétant, c'était qu'il n'était pas certain d'avoir envie de garder ses distances.

— Pourquoi est-elle contrariée ? demanda-t-il.

Il redressa le menton, soudain déterminé à défendre le droit de Juliet de le tourmenter.

— Si nous avons une affiche, les Amis ont le droit d'en avoir une, eux aussi.

Mamie pinça les lèvres, mais il vit sa bouche tressaillir légèrement, signe qu'elle n'avait *pas encore* atteint le stade du « *Dionée Attrape-Mouche* ».

— La foire de Greenhaven est censée être un événement joyeux, familial et fédérateur, dit-elle en s'appuyant sur sa canne avant de regarder le stand du club par-dessus son épaule. Je sais que tu es en colère à propos de la maison, Lucas, mais par pitié, il faut que cette croisade contre les Amis cesse.

— La banderole ne les mentionne pas.

Lucas pointa du doigt leur stand, où Flore suivait leur échange, un sourire sarcastique aux lèvres qui exprimait un « *je te l'avais bien dit* » silencieux.

— Nous levons simplement des fonds pour un nouveau local, poursuivit-il.

— Tu as donc renoncé à trouver un moyen de récupérer la maison ?

Il avait un mensonge sur le bout de la langue, mais Lucas préféra garder le silence. Il était incapable de mentir à Mamie, et ce n'était pas pour elle qu'il s'inquiétait. Il se tourna vers Juliet, dont le visage était auréolé par la bannière faisant la promotion d'un cabinet juridique local. Le nœud dans son estomac n'avait rien à voir avec sa famille. Il mentait déjà sans cesse à Juliet. Inutile d'en rajouter.

—Je ne vois pas le rapport.

— Lucas Edward Geis, gronda Mamie.

Au ton qu'elle avait employé, Lucas sentit ses genoux se dérober sous lui.

— Tu es un adulte, tu as presque quarante ans. Tu dois apprendre à penser aux autres.

Ses propos le frappèrent en plein cœur, comme un coup de poing impitoyable.

— Je pense à toi, Mamie, répondit-il. Maude était ta meilleure amie et sa maison…

— A été léguée conformément à ses dernières volontés.

— Es-tu en train d'insinuer que tu ne veux pas récupérer la maison ?

— J'insinue que la décision a déjà été prise et qu'il est donc inutile de revenir dessus.

Un flot continu de passants déambulait autour d'eux et s'agglutinait devant les stands à proximité. Denise et Juliet suivaient la conversation des yeux, leurs regards passant de Lucas à Mamie comme dans un match de tennis. Ce que Denise pensait de lui n'avait pas vraiment d'importance, mais Lucas fut surpris – et agacé – de comprendre à quel point l'opinion de Juliet lui tenait à cœur.

Il n'avait jamais caché qu'il n'était pas enchanté à l'idée de vider la maison pour que les Amis puissent s'y installer, mais sa grand-mère venait de déclarer de façon plus qu'explicite qu'il cherchait par tous les moyens à la récupérer. En général, lorsqu'il s'engageait dans une cause, il s'investissait pleinement sans se soucier une seule seconde de l'autre camp. Cette fois-ci, c'était différent, et il détestait cela.

Il accordait bien trop d'importance à ce qu'une femme pensait de lui et ses choix, alors qu'il s'était fait la promesse de ne jamais refaire cette erreur.

— Je ne m'étais pas rendu compte à quel point cela te touchait, Lucas, intervint Denise.

Elle leva une main pour se protéger du soleil et posa l'autre sur le bras de Mamie. Les deux femmes échangèrent un regard.

— Il vaudrait peut-être mieux que Juliet termine le tri avec quelqu'un d'autre ?

— Non !

Contre toute attente, Juliet avait exprimé son désaccord en même temps que lui. Lucas se tourna vers elle et la vit rougir sous son regard incrédule. Cela pouvait tout aussi bien être à cause de la chaleur. Le t-shirt ample qu'elle portait lui collait à la peau et quelques mèches de cheveux s'étaient échappées de sa queue-de-cheval pour venir encadrer ses yeux verts étincelants. La détermination qu'il décela dans son regard fit bondir son cœur.

— C'est juste que… dit-elle d'un ton hésitant en regardant les deux femmes plus âgées. Nous avons une sorte de système, et nous avons presque terminé.

Lucas haussa un sourcil. Le « *système* » dont elle parlait se résumait à la taquiner sans cesse, et il leur restait encore cinq pièces à débarrasser. Son ventre se tordit sous le coup d'un tourbillon d'émotions.

C'est probablement la glace. Les produits laitiers n'étaient plus ses amis depuis le début de la trentaine.

Denise et Mamie fixèrent Juliet, puis échangèrent un regard. Lucas n'apprécia pas du tout le rictus qui apparut sur les lèvres de sa grand-mère ni le sourcil que Denise haussa subtilement, mais il n'allait surtout pas contredire Juliet. Il avait l'intention de continuer à explorer la maison pour trouver les lettres et les journaux de Maude.

À quelques mètres de là, Flore attira l'attention de Lucas et lui fit signe de la rejoindre pour l'aider à filtrer la marée humaine amassée devant leur stand. Il ne pouvait peut-être rien y faire, mais ne pas connaître les véritables intentions de Maude le rongeait de l'intérieur. Ses cousines mettraient ça sur le compte de son côté monsieur « *je sais tout* » insupportable, mais elles avaient tort. Quand les choses devenaient incompréhensibles – quand les gens devenaient incompréhensibles – Lucas devait à tout prix creuser et trouver une explication.

Il ne parvenait pas à comprendre pourquoi Maude avait fait

ce choix, pas plus qu'il ne comprenait Juliet. Encore quelques semaines à la Maison Pervenche, quelques encouragements discrets de la part de Plantsguy95, et son plan aboutirait. La marche à suivre deviendrait alors plus claire et il pourrait enfin agir pour reprendre ce qui comptait pour lui. Et pour le club.

Mamie s'appuya si lourdement sur sa canne qu'elle s'enfonça dans la pelouse.

— Êtes-vous sûrs de vouloir continuer à travailler ensemble ?

Juliet et Lucas hochèrent la tête de concert. Denise soupira et consulta Mamie, qui finit par acquiescer à son tour.

— Bon, alors, faites en sorte de finir d'ici mardi, s'il vous plaît. Les Amis doivent commencer à déplacer leur matériel pour que la bibliothèque puisse récupérer son local de rangement.

Un nœud se forma dans l'estomac de Lucas. C'était dans trois jours. Ce n'était pas du tout suffisant pour trouver quoi que ce soit d'important, au sujet de Maude comme au sujet de Juliet.

La nouvelle échéance ne sembla pas perturber cette dernière, qui répondit en souriant :

— Pas de problème.

— D'ici là, la version finale du magazine devrait être prête à être corrigée, ajouta Denise.

Lucas n'avait aucune idée de ce dont parlait Denise, mais il vit le sourire de Juliet s'élargir et ses yeux pétiller. Puis, sans un regard pour lui, elle dit aux deux femmes qu'elle devait retrouver sa mère et s'éloigna vers le stand des Amis. Elle ne se retourna pas vers lui, mais Lucas la vit tourner la tête vers le stand du club, où Flore était toujours débordée. Même s'il savait qu'il devait aller prêter main-forte à sa cousine, Lucas restait planté là, à se demander ce qui venait de se passer avec Juliet.

Il n'avait qu'un seul moyen de le savoir.

PLANTSGUY95

Comment s'est passée la foire ?

JCEDITS

Étonnamment bien, à vrai dire.

PLANTSGUY95

Aucun livre n'a volé ?

Aucune plante n'a été abîmée ?

JCEDITS

On est restés sages, mis à part une petite guerre de slogans par pancartes interposées.

Ma mère était là.

PLANTSGUY95

Et c'est pas une bonne chose, je suppose ?

JCEDITS

Elle est juste venue pour voir si je lui cachais un copain. C'est tout ce qui l'intéresse.

Le reste, elle s'en fiche, que ce soit mon vrai travail ou le bénévolat que je fais.

PLANTSGUY95

Désolé, ça doit être frustrant.

JCEDITS

Un peu, mais j'ai l'habitude maintenant.

J'espère juste qu'un prix de correction la fera changer d'avis. Ou l'aidera au moins à comprendre.

PLANTSGUY95

Un prix de correction ?

JCEDITS

C'est pas grand-chose.

C'est juste qu'elle ne peut pas se vanter d'avoir une fille qui réussit si je n'ai pas de promotion ou un poste important comme ma sœur.

Si je remporte le prix, elle pourra enfin se faire mousser.

PLANTSGUY95

Ce n'est pas plutôt toi qui devrais être fière ?

JCEDITS

Je n'ai encore rien gagné.

PLANTSGUY95

Je suis sûr que tu vas gagner.

JCEDITS

Tu ne peux pas savoir, et tu n'as pas les qualifications requises pour juger de mes compétences

… Mais merci.

Chapitre 12

Le lendemain soir, tandis qu'elle rentrait de l'épicerie les bras chargés de sacs se cognant contre ses jambes, Juliet repensa à la conversation qu'elle avait eue avec sa mère, après avoir laissé Lucas en compagnie de sa grand-mère et de Denise. Elle avait eu droit à l'interrogatoire habituel à propos de cet « *homme séduisant et fringant* » – qui employait encore le terme « *fringant* » aujourd'hui ? Réponse : sa mère –, mais ce n'était pas tout. Au moment de partir, elle lui avait glissé une petite remarque. Seulement quelques mots dont l'idée générale suggérait : « *Je suis tellement heureuse de voir que tu te sois intégrée à Greenhaven.* »

S'était-elle vraiment intégrée ? Les maisons silencieuses de chaque côté de sa rue lui semblaient toujours aussi étrangères et ne lui apportaient aucune réponse concrète. Elle rêvait de faire partie d'un tout, mais hier, encore plus que d'habitude, elle avait eu l'impression d'être une étrangère.

En plus du club de jardinage, Lucas n'avait pas moins de *treize* cousins et cousines. En tant que présidentes d'associations locales, Denise et Mme Geis devaient échanger régulièrement. Même Stephen avait gardé contact avec d'anciens collègues du lycée qui étaient passés lui rendre visite sur le stand. Tout le monde avait des relations, des attaches. Tout le monde, sauf elle. Et pour une fois qu'elle s'investissait dans une association dans laquelle elle pensait avoir une place, elle s'était attiré les foudres de la maire. Autour d'elle, les maisons silencieuses semblaient à présent la fixer avec de grands yeux horrifiés.

C'était précisément la raison pour laquelle elle préférait la simplicité de ses amitiés virtuelles. Elles étaient faciles et naturelles. En quelques mots, Plantsguy95 était d'un immense soutien.

Le sac en papier qu'elle tenait dans la main droite se déchira dans un grand bruit, et Juliet trébucha sur les produits qui tombaient au sol. Elle laissa échapper discrètement quelques jurons bien sentis.

— Besoin d'aide ?

Une lueur d'espoir s'empara d'elle jusqu'à ce qu'elle reconnaisse la voix derrière elle.

— Non merci.

Son irritation grimpée en flèche, Juliet se pencha et posa ses sacs pour ramasser. Ses articles s'éloignaient en roulant tranquillement sur le trottoir, déjouant ses tentatives de rassembler ses fruits.

Une très grosse orange stoppa sa course aux pieds de Lucas. Quand il se baissa pour la ramasser, leurs regards se croisèrent et Juliet se rendit compte qu'il portait un short de sport et un t-shirt à manches courtes. Une fine pellicule de sueur recouvrait les muscles épais de ses bras, dont les tatouages étaient bien visibles. Juliet se sentit rougir. Heureusement pour elle, la lumière déclinante de la fin de journée cachait son trouble.

— Tu es sûre que tu n'as pas besoin d'aide ?

— Bon… D'accord.

Elle n'avait pas de raison valable de refuser son aide, malgré l'embarras de s'être ainsi confiée à lui la veille. Elle s'ouvrait à lui avec tant de facilité qu'elle craignait de révéler des choses qu'elle n'était pas encore prête à partager. Puisqu'elle ressentait autant le besoin d'un lien social, il valait mieux qu'elle se tourne vers les Amis, un groupe, plutôt que vers une seule personne.

Juliet soupçonnait que c'était d'ailleurs pour cette raison que Maude avait laissé sa maison à une association plutôt qu'à un seul être. Pour autant, la formulation « au service de la communauté » présente dans son testament restait assez vague. De quelle communauté parlait-elle ? Celle de la bibliothèque ou celle, plus étendue, de Greenhaven ? Juliet envisagea brièvement de proposer ses services de révision aux avocats de la ville, mais cela impliquerait de demander des conseils et des références à sa sœur. Non merci.

— Tu as l'air perdue dans tes pensées.

Elle ramassa les sacs encore en bon état et secoua la tête.

— Je me demande juste pourquoi Maude a choisi de léguer la maison aux Amis.

— C'est la question à un million de dollars, répondit-il dans un soupir avant de se redresser à son tour, les bras chargés de fruits. Je ne fais pas exprès d'être aussi obstiné. Je n'aime pas trop le changement.

— Moi non plus.

Les mots avaient jailli de sa bouche sans réfléchir, sans doute sous le coup de la surprise de se trouver encore un point commun avec Lucas. Quoiqu'à ce stade de leur relation, elle ne devrait plus s'étonner de ses propres réactions. Un sourire se forma sur les lèvres du jeune homme, comme s'il pensait à la même chose.

— Sans blague, dit-il non sans ironie. Je n'aurais jamais cru ça de toi.

Il semblait si bien la connaître que sa gorge se serra d'émotion.

— Bon, où est garée ta voiture ?

— Je n'en ai pas. Je suis venue à pied.

— Tu n'as pas de voiture ?

Le ton choqué de Lucas suffit à lui rappeler à quel point elle était différente du reste du monde. Elle déglutit et secoua la tête.

— Non. Tout est à proximité, je n'en ai pas besoin.

— Oui, jusqu'au moment où tu achètes cinq kilos d'oranges. Tu dois avoir des bras en acier. Qu'est-ce que tu peux bien vouloir faire avec autant d'agrumes ?

Au lieu de l'interroger davantage sur sa vie sans voiture, Lucas préféra changer de sujet. Ses épaules se relâchèrent et elle esquissa un sourire.

— J'évite le scorbut.

— Une vraie pirate, répondit-il en pouffant.

Juliet ignora son cœur qui s'emballait et laissa échapper un petit rire.

— Ce n'est plus très loin. Juste un autre pâté de maisons. Ça va aller ?

— Même si ce n'était pas le cas, tu penses vraiment que je te le dirais ? Pomme continue de me rappeler qu'elle m'a aidée à mettre les orangers à l'arrière de mon pick-up l'autre jour.

—Je ne lui dirai rien, promis.

Lucas lui emboîta le pas, les bras chargés de fruits et un sac de poivrons verts accroché au poignet. Son parfum de terre fraîchement retournée mélangée à une pluie d'été flottait dans l'air, malgré l'odeur entêtante des agrumes.

— Oh, personne ne peut tenir une telle promesse. Pas avec mes cousines.

— Je n'ai aucune raison de leur parler, à moins qu'elles ne viennent à une bourse aux livres.

— Il ne faut jamais dire jamais. C'est une petite ville, il y a beaucoup de clubs de couture et autres.

— Non. J'ai grandi dans une petite ville. Ici… dit-elle, avant de s'interrompre pour jeter un coup d'œil à la rue bordée d'arbres. Greenhaven est de taille idéale pour moi. Assez petite pour que je puisse marcher jusqu'au centre-ville, mais assez grande pour ne pas croiser toujours les mêmes personnes.

Croiser les mêmes personnes, se confronter à leur jugement. C'était ce qu'il y avait de pire dans les petites communes. Tout le monde s'immisçait dans la vie des autres.

Après la rupture, il n'avait fallu que deux jours chez sa mère pour que les gens l'interpellent en pleine rue pour lui parler de son ex. Ils ne pensaient pas à mal, mais elle, ce qu'elle voulait, c'était ne plus jamais évoquer le sujet. Alors quand elle avait cessé de répondre à leurs questions, chacun y était allé de sa propre hypothèse.

— On se croise pourtant souvent, toi et moi.

Elle pensait exactement à la même chose, mais ne voulait pas le relever.

— Je n'y suis pour rien, moi. Qu'est-ce que tu fais par ici ?

— J'étais chez ma cousine Marigold pour l'aider à rempoter quelques plantes.

— Je suis désolée, à cause de moi, tu vas devoir faire tout le chemin inverse pour revenir à ta voiture…

— Il fait bon ce soir. J'ai fait un jogging à l'aller, je prévoyais d'en refaire un au retour.

Ils marchèrent en silence pendant quelques minutes. Mais ce n'était pas désagréable. Comme si un courant passait entre eux tandis que leur allure et leurs pas se synchronisaient.

— Au fait, je ne t'ai pas remercié, dit-il après s'être éclairci la voix.

— Pour ?

Elle lui jeta un coup d'œil, mais il regardait droit devant lui.

— Pour avoir plaidé en ma faveur et me laisser continuer à t'aider chez Maude. Tu n'étais pas obligée.

Non, elle n'était pas obligée. Et d'ailleurs, elle ignorait toujours pourquoi elle avait agi ainsi.

Ce n'était pas du tout le moment de s'attarder sur cette question, mais plutôt sur ses conséquences : ils devaient finir leur tri, mardi au plus tard, si elle voulait que Denise lui fournisse le magazine à corriger. La date butoir pour les TMC approchait à grands pas, et elle devait soumettre un projet complet et facturé.

— À quelle heure penses-tu être disponible, demain ?

— Je dois emmener ma grand-mère à un rendez-vous médical, mais ça devrait être terminé vers dix heures.

— Tu pourras rester toute la journée ? Il nous reste encore beaucoup de pièces à trier.

— Je resterai aussi longtemps qu'il le faudra.

Ils arrivèrent au pied de son immeuble.

— C'est là.

Il hocha la tête et ouvrit la bouche, mais se ravisa au dernier moment.

— Laisse-moi deviner, dit-elle en soupirant. Tu connais quelqu'un qui habite ici ?

— Non, mais je me souviens de la construction de cet immeuble. C'était un terrain vague quand j'étais au lycée. On séchait les cours pour venir faire du skateboard.

— Tu séchais les cours ?

Il pouffa de rire.

— Oui, c'est quelque chose que tu n'as probablement jamais fait. Je parie que tu étais inscrite à tous les cours avancés.

L'air était saturé du parfum des oranges qu'il tenait dans ses bras. Un frisson remonta le long de sa colonne vertébrale. Ils venaient tout juste de se rencontrer, mais il la connaissait déjà si bien. Elle cligna des yeux comme si elle venait de regarder le soleil un peu trop longtemps et se racla la gorge.

— Merci de t'être arrêté pour m'aider.

— C'est ce que font les voisins, non ?

Chapitre 13

Les déjeuners avec Marigold étaient en général des moments de détente. Ils se retrouvaient une ou deux fois par mois, lorsque leurs emplois du temps au magasin de bricolage et au cabinet dentaire de Marigold s'accordaient. Le Chips & Chops Sandwich Shop se trouvait à mi-chemin entre leurs lieux de travail respectifs, en plein cœur du centre-ville.

Pourtant, aujourd'hui, il ne retrouvait pas sa cousine pour seulement sa pause de midi, mais surtout pour s'échapper quelques instants de la maison de Maude. Cela faisait maintenant deux jours qu'ils triaient sans relâche pour finir avant la date aléatoire fixée par Denise. Grâce aux messages envoyés à Plant-guy95, Lucas avait compris que les fameux fichiers mentionnés par Denise à la Foire permettraient à Juliet de participer au prix de relecture correction qu'elle visait. Si la maison n'était pas vidée à temps, Juliet ne pourrait même pas participer à ce concours.

Ce n'était pas du tout le genre d'information qu'il avait espéré glaner lorsqu'il avait élaboré la troisième étape de son plan pour récupérer la maison. Au lieu de passer à l'étape numéro quatre — faire durer le tri le plus longtemps possible — il parcourait désormais des piles entières de documents et de livres à toute vitesse, ne leur jetant qu'un coup d'œil rapide plutôt que d'examiner chaque page avec minutie. Que Juliet obtienne ce qu'elle voulait lui semblait tout aussi important : il n'avait jamais été question de lui compliquer la tâche personnellement.

Il n'avait pas pour autant renoncé à trouver ce qu'il cherchait et n'abandonnerait pas avant d'avoir gain de cause. Tout ceci n'était qu'un petit contretemps. Les documents personnels de Maude revenaient au club de jardinage et seraient ensuite stockés chez Mamie : Lucas aurait alors tout le temps nécessaire pour les étudier. De plus, sa grand-mère pourrait l'orienter, puisqu'elle saurait peut-être où chercher dans les journaux de son amie.

Toutefois, son aïeule n'étant pas forcément en bons termes avec lui en ce moment, Lucas espérait que Marigold puisse l'aider à ce sujet.

Le jeune homme entra dans la sandwicherie et fit un signe de main à Susan, la propriétaire qu'il connaissait depuis le lycée. Elle savait quoi lui préparer sans qu'il ait besoin de s'arrêter au comptoir. C'était parfois agréable d'avoir quelqu'un qui vous connaît aussi bien.

Et parfois, c'était tout le contraire. Il rencontra le regard pétillant de sa cousine et comprit immédiatement qu'elle allait vouloir discuter de Mamie et de la maison de Maude. Et de Juliet.

— J'ai entendu dire que tu as raccompagné ta nouvelle Amie chez elle l'autre soir.

La manière dont elle insistait sur le mot Amie suggérait que le A était en majuscule.

— Je peux savoir qui est ta source ?

— Angela Relish. Elle habite dans le même immeuble que Juliet.

Pourquoi était-ce surprenant ? Avec ses treize cousins et cousines, Lucas était relié à toute la ville ou presque. D'habitude, cela lui était égal, mais pas aujourd'hui. Il se passa la main sur le visage et laissa échapper un grognement plaintif.

— Les gens feraient mieux de s'occuper de leurs affaires.

Ce qui ne valait pas pour lui, bien entendu.

— Comment va ton nouveau petit ami ? reprit-il.

Marigold ricana doucement et sirota son thé glacé.

— Non, tu avais l'occasion de poser toutes tes questions au dîner de famille la semaine dernière, mais tu as laissé passer ta chance. Aujourd'hui, c'est de toi qu'il s'agit.

En voyant l'éclat dans les yeux de sa cousine et en se rappelant la manière dont elle avait regardé son compagnon pendant toute la soirée, Lucas savait que tout allait pour le mieux. Il était si heureux de voir Marigold épanouie, même alors qu'elle s'apprê-tait à le torturer.

— Tu ne veux plus récupérer la maison ? Ça y est, tu as baissé les bras ?

— Jamais de la vie, répondit-il en la dévisageant.

— Mamie aimerait que tu prennes un peu de recul.

— C'est pour elle que je fais tout ça.

Sa cousine ne répondit pas, mais à ses lèvres pincées et son sourcil hautain, il savait exactement ce qu'elle pensait.

Lucas enfouit sa tête dans ses mains pour éviter d'affronter son expression moralisatrice.

Pourquoi tout le monde était-il convaincu que ses motivations étaient égoïstes ? Personne ne semblait se soucier que Maude, une femme âgée et vulnérable, ait pu être manipulée et forcée à changer d'avis à propos de sa maison. Personne ne semblait se soucier que d'ici quelques jours, un demi-siècle d'histoire de la ville finirait dans des cartons et tomberait aux oubliettes. Le club de jardinage avait peut-être récolté assez d'argent pour louer de nouveaux locaux, mais ce serait sans doute une salle de réunion impersonnelle dans un bâtiment municipal quelconque. Ils n'y auraient aucune attache, aucune racine, et même s'il savait que le jeu de mots était mauvais, il ne pouvait pas croire qu'il était le seul à s'en indigner.

Après quelques instants de silence passés à fusiller sa cousine du regard, Susan leur apporta leur repas.

— Comment ça se passe avec Plantsguy95 ? lui demanda Marigold.

— Chut, ne parle pas si fort.

Il jeta un coup d'œil autour de lui. La file pour passer commande atteignait presque la porte de la sandwicherie et les quelques petites tables à l'intérieur étaient toutes occupées par des gens qui mangeaient un morceau sur le pouce.

— Tu sais bien que je préfère garder mon compte secret.

Marigold leva les yeux au ciel, mais ne fit aucun commentaire. Elle savait pourquoi ce sujet le rendait nerveux. Elle avait été présente pendant les moments les plus difficiles de sa rupture.

Marigold se pencha plus en avant et lui demanda à voix basse :

— Tu as réussi à convaincre tu-sais-qui ou à obtenir des infos sur les Amis ?

— Ça ne se passe pas vraiment comme prévu, grommela Lucas avant de prendre une bouchée de son club-sandwich à la dinde.

À en croire ce qu'il avait appris au cours des derniers jours à la Maison Pervenche, Juliet ne savait pas comment Denise comptait utiliser la maison, et elle n'allait pas, sur un claquement de doigts, renier son association pour se rallier au club. Même si elle continuait de mettre de côté tout ce qui pouvait avoir une valeur sentimentale, ils avaient à peine échangé une dizaine de mots.

La seule « information confidentielle » qu'il avait obtenue concernait Juliet elle-même, et, chaque fois, en apprendre davantage sur elle lui provoquait des réactions étranges dans le ventre. Mais il avait aussi l'impression qu'ils étaient gênés l'un et l'autre par tout ce qu'ils avaient pu se confier. Ils se comportaient comme des étrangers, la maison semblant avaler toute possibilité de discussion entre eux. Pourtant, chaque étagère qu'ils vidaient, chaque carton rempli était une heure de moins pour plaider la cause du club de jardinage.

Ce n'était pas beaucoup mieux dans ses échanges virtuels avec JCEdits. Elle était clairement distraite ou contrariée. Ou peut-être avait-il mal interprété ses messages en ligne et les avait-il pris à tort comme du flirt. Après tout, elle ne savait pas qui il était, et il n'était sans doute qu'un ami virtuel à qui elle ne pensait que pendant leurs conversations en ligne.

— Je suis sûre que tu vas trouver une solution.

Marigold lui adressa un sourire, ses dents parfaitement blanches et alignées grâce à la remise accordée aux employés du cabinet de la dentiste Danielle.

— Tu trouves toujours une solution, ajouta-t-elle.

La clochette au-dessus de la porte retentit, annonçant une entrée. Quelque chose dans l'air changea, et avant même que les yeux de sa cousine s'illuminent comme au matin de Noël, Lucas comprit que Juliet venait de pénétrer dans la sandwicherie.

Ils avaient tous les deux quitté la maison de Maude à midi et avaient convenu de s'y retrouver à quatorze heures pour terminer la dernière pièce. Lucas avait supposé qu'elle était rentrée manger chez elle, et ne lui avait pas dit où il allait. Cela aurait été contraire à la nouvelle règle tacite en vigueur depuis ces deux derniers jours : *pas plus de quatre mots par interaction.*

C'était un petit restaurant, et il était presque impossible de l'éviter, mais ils pouvaient éviter d'attirer son attention. Juliet avait déjà été confrontée à Pomme et semblait terrifiée par Flore. Il ne voulait pas non plus que Marigold se mêle davantage de ce qui ne la regardait pas, bien qu'elle soit techniquement de son côté.

Mais bien entendu, cela n'est pas comme ça que cela fonctionnait dans sa famille.

Lucas lui adressa un signe de tête imperceptible, ce qui fut suffisant pour que Marigold l'écarte et se plante devant Juliet, les yeux dans les yeux.

— Salut, je m'appelle Marigold.

Juliet s'avança lentement vers leur côté du comptoir en se mordillant la lèvre et en faisant mine de regarder le grand menu affiché au-dessus d'eux.

— Salut. Laisse-moi deviner, tu es l'une des cousines de Lucas ?

— Oh, il t'a parlé de moi ? demanda Marigold en se pavanant légèrement. J'espère qu'il t'a dit que j'étais sa cousine préférée.

Un sourire illumina instantanément le visage de Juliet avant qu'elle ne se mette à rire. C'était la marque de fabrique de Marigold. À l'image des fleurs dont elles portaient le nom, ses cousines avaient toutes une caractéristique propre. Pomme était une rose pleine d'épines encore en bourgeonnement, Flore était un cactus piquant, mais tendre à l'intérieur, et Marigold, elle, était chaleureuse et rayonnante comme le soleil.

— Il est autorisé à avoir une favorite ?

— Officiellement non, mais il sait ce qui est bon pour lui.

— Je suis là, au cas où vous n'auriez pas remarqué.

— Mange ton sandwich, Lucas, laisse les grands discuter.

— Je suis plus vieux que toi, grommela-t-il en lui lançant un regard noir.

Il s'exécuta malgré tout et poursuivit son repas, rassuré par cette discussion légère et amicale. Mis à part les Amis, Juliet ne connaissait pas beaucoup de monde en ville. Même si elle n'aimait pas vraiment l'aspect communautaire des petites villes, c'était toujours agréable d'avoir quelques connaissances.

Mais tout ça n'expliquait toujours pas pourquoi les voir s'entendre si bien faisait battre son cœur plus vite. Peu importe si ses cousines semblaient l'apprécier. Ce n'était pas comme si *lui* ressentait quelque chose de spécial.

Il ne la détestait pas, c'est certain. Mais si leur récent éloignement le dérangeait, c'était parce qu'il s'agissait d'un obstacle supplémentaire pour récupérer la maison de Maude.

— On commence aux alentours de dix-neuf heures trente, mais l'émission ne commence pas avant vingt heures.

Lucas fut tiré de ses pensées et tourna la tête si brusquement qu'il entendit son cou craquer.

— Pardon, qu'est-ce que tu viens de dire ? demanda-t-il en fixant Marigold.

— Je ne t'ai pas adressé la parole, Lucas, lui répondit cette dernière, en levant les yeux au ciel. Je disais juste à Juliet à quelle heure arriver pour la soirée *Bachelor* chez Flore.

— Pourquoi ?

Son cœur bondit dans sa poitrine devant le visage rosi de Juliet. Sa cousine venait-elle de la forcer à faire quelque chose contre son gré ? La chaleur humaine de Marigold était habituellement bien mise à profit, comme, par exemple, pour détendre les patients nerveux, mais elle pouvait aussi servir à des fins malveillantes. Comme compliquer la vie de Lucas.

— Parce que je n'ai jamais regardé, et parce que ça a l'air d'être fun, d'après ce que Marigold m'a dit.

Malgré ses joues colorées, elle releva son menton avec fierté, le défiant de l'empêcher de venir.

— Je n'ai rien de prévu ce soir et Marigold m'a gentiment invitée.

— Tu es sûre ?

L'idée même de la savoir entourée de sa famille accro aux mélodrames et à la téléréalité lui retourna l'estomac.

C'était une très mauvaise idée. Elle allait se faire manger toute crue.

Ou pire encore, Juliet les rejetterait, se moquerait d'elles comme l'avait fait son ex. Lucas avait appris sa leçon, et ne laisserait plus une étrangère s'immiscer dans ses relations familiales. Il fut envahi par un instinct protecteur, et plissa les yeux dans sa direction. Elle fronça les sourcils et se mordit la lèvre de surprise.

Non, Juliet n'était pas du genre à dénigrer les autres – à part lui, bien sûr, mais il le méritait la plupart du temps. Ses cousines allaient adorer cette qualité chez elle, la prendraient sous leur aile et Juliet deviendrait alors une membre permanente du cercle social des Geis.

Pourquoi cette perspective le terrifiait-elle autant qu'elle l'excitait ?

Il prit une bouchée de son sandwich et profita de ces quelques secondes de répit pour choisir ses mots :

— Ce n'est pas exactement un club de couture, je te préviens.

— Je pense pouvoir survivre à une heure de télévision avec de nouvelles a… amies.

Son léger bégaiement sur le dernier mot lui pinça au cœur. Il était ridicule. Même si elle devenait amie avec ses cousines, elle n'était pas pour autant obligée de faire partie de son quotidien.

— Je suis sûr que tu vas passer une très bonne soirée, dit-il avant de se tourner vers Marigold et de plisser à nouveau les yeux. Tant que tout le monde se comporte *correctement* et ne parle de rien… qui ne soit pas lié à *The Bachelor*.

Mari battit des paupières, l'image même de l'innocence.

— De quoi d'autre pourrions-nous bien parler, mon cher cousin ?

Lucas secoua la tête et poussa un soupir. *C'est une très mauvaise idée.*

Chapitre 14

C'était une mauvaise idée.

Un verre de vin à la main et un bol de pop-corn calé entre les jambes, Juliet envisageait sérieusement de prétexter une indigestion pour rentrer chez elle. La soirée *Bachelor* chez les Geis se déroulait sans accroc, mais ce n'était qu'une question de temps avant qu'elle ne dise ou qu'elle ne fasse quelque chose qui gâcherait tout, comme à son habitude.

Quand elles lui demandaient son avis, elle répondait et elles écoutaient, avant de passer à la personne suivante. Pas besoin d'émettre le commentaire le plus pertinent ou de comprendre tout ce qui se passait, ce qui était très agréable. Lors de la troisième coupure pub, elle s'était sentie assez à l'aise pour s'essayer à une blague, et elles avaient toutes éclaté de rire.

C'était maintenant la dernière page de publicité, l'excitation et la joie étaient à leur comble tandis que les verres de vin étaient remplis et les dernières collations servies. La tension était palpable et Juliet était captivée malgré elle. Elle ne s'intéressait pas vraiment à l'émission, mais elle adorait participer à la passion de toutes ces femmes, et l'attention qu'elles se portaient les unes aux autres.

Malgré son statut de benjamine, Pomme avait quelques-unes

des remarques les plus perspicaces sur l'état émotionnel des candidates.

Flore, l'hôtesse de la soirée, veillait à ce que tout le monde ait quelque chose à boire et se conforme à la règle du silence pendant l'émission.

Marigold était restée à ses côtés toute la soirée, comme l'avait fait Charlotte à la conférence des correcteurs-relecteurs. Elle était son pilier émotionnel extraverti.

Lily et Ivy étaient des jumelles qui avaient toutes deux accouché de jumeaux et semblaient ravies de parler d'autre chose que des siestes et des heures de repas.

Jasmine et Dahlia dirigeaient ensemble un salon de coiffure en ville et faisaient les commentaires les plus drôles sur les coupes de cheveux des candidates, mais surtout sur le *bachelor* lui-même.

Enfin, Violet, qui avait encore moins parlé que Juliet pendant la soirée, croisait de temps en temps son regard pour lui offrir un sourire suivi d'un haussement d'épaules qui semblait vouloir dire *« Oui, je sais, elles en font trop, mais je te promets qu'elles sont géniales. »*

Si elle possédait un tant soit peu de jugeote, Juliet devait partir tant qu'elles l'appréciaient encore. Sa blague avait eu du succès et elle passait un bon moment, mais c'était presque trop beau pour être vrai. Elles ne pouvaient pas l'avoir intégrée à leur groupe si vite. Elles étaient simplement polies, et l'incluaient peut-être même dans le seul but d'embêter Lucas : deux options qui lui convenaient très bien.

Une femme aux cheveux blond-platine s'adressait à la caméra avec de grands yeux baignés de larmes et expliquait qu'elle était bouleversée à l'idée de rester dans l'aventure.

Juliet comprenait. Le moins qu'on puisse dire, c'est que les derniers jours chez Maude avaient été… déroutants. Lucas et elle s'étaient à peine parlé, comme si tout ce qu'ils s'étaient avoué pendant la Foire et le soir où il l'avait raccompagnée flottait dans l'air en permanence pour ensuite se cacher dans les plantes de la maison Pervenche.

Ce n'était peut-être qu'une bizarrerie masculine, mais elle

n'avait aucun moyen de le savoir. Ces derniers temps, le seul homme qu'elle connaissait à peu près était Plantsguy95, et elle n'allait certainement pas lui demander conseil. Surtout que ses sentiments pour lui étaient aussi complexes que ceux qu'elle avait pour Lucas. Alors au lieu de parler à l'un ou d'envoyer un message à l'autre, elle faisait ce qu'elle savait faire de mieux : se taire et observer.

– Juliet ? l'appela Marigold en se penchant vers elle et en lui touchant le bras. Tout va bien ? On aurait dit que tu étais dans une autre galaxie.

– Tu penses encore à ce que Shannon a dit à Krista ? lui demanda Pomme en secouant la tête. Elle va être éliminée maintenant, c'est sûr et certain.

Juliet se mit à rire et recentra son attention vers la télévision.

Tu ne peux pas t'en aller avant la fin de l'émission, se dit-elle. Il restait à peine quelques minutes. Pour être prête à partir juste dès la fin du générique, elle commença lentement à glisser jusqu'au bord du canapé. Elle se leva et leva les bras au-dessus de sa tête – en prenant soin de ne pas renverser son verre de vin – et s'étira avant d'attraper le bol de pop-corn.

— Je vais me resservir avant le grand final.

Une fois seule dans la cuisine, elle s'empara de son téléphone pour écrire à Charlotte qui l'avait aidée à se préparer pour la soirée en lui suggérant des tenues et des sujets de conversation. Son cœur s'emballa en découvrant qu'un message de Plantsguy95 l'attendait. Le premier depuis plusieurs jours. Elle hésita un instant puis l'ouvrit, un énorme sourire aux lèvres.

PLANTSGUY95

J'ai été super occupé cette semaine moi aussi.

Je pensais à ton Darcy du club de jardinage et j'ai une théorie.

JCEDITS

Tu as ENFIN lu le livre ?

PLANTSGUY95

Bien sûr que non.

Tu veux que je te donne ma théorie ou pas ?

JCEDITS

À vrai dire, on n'a pas trop parlé lui et moi ces derniers jours.

En revanche, je te confirme que Darcy est le seul à être grossier, et pas l'ensemble du club.

PLANTSGUY95

On reparlera de ton usage préhistorique du terme « grossier » plus tard.

Alors comme ça, tu passes du temps avec le club de jardinage en fin de compte ?

JCEDITS

Plus ou moins.

Techniquement, c'est pas un événement du club, mais je crois que tout le monde en fait un peu partie.

PLANTSGUY95

Il y a peut-être moyen de trouver un terrain d'entente entre vos deux groupes dans ce cas ?

JCEDITS

Si ça ne tenait qu'à moi, oui. Mais je n'ai pas voix au chapitre.

PLANTSGUY95

J'ai quand même l'impression que tu t'investis beaucoup pour ton asso. T'es sûre que ton opinion ne comptera pas ?

JCEDITS

Mon opinion ne compte jamais.

PLANTSGUY95

J'en suis sûr qu'elle compte dans les moments vraiment importants.

Elle sentit son cœur se serrer. *Comme quand j'ai insisté pour que ce soit Lucas qui finisse de débarrasser la maison avec moi et qu'on a écouté ma demande.*

— Juliet, tu vas tout rater ! l'appela une des filles depuis le salon.

Dahlia passa la tête dans la cuisine.

— Attends de voir sa robe... Lily t'a volé ta place sur le canapé. Tu as deux options : soit tu la pousses, soit tu t'assois sur elle.

Une chaleur réconfortante enveloppa Juliet, faisant taire la petite voix angoissée dans sa tête qui lui murmurait qu'elle n'était pas vraiment la bienvenue. Elle prit une grande inspiration, remplit son bol de pop-corn et retourna dans le salon.

S'asseoir sur les genoux de Lily n'étant bien entendu pas une option, Juliet prit donc place près du canapé et posa sa tête sur l'accoudoir. Violet croisa de nouveau son regard et lui adressa un sourire. Marigold la chercha des yeux et leva son pouce quand elle la repéra enfin. Flore fit taire toute l'assemblée quand le générique démarra, annonçant la fin de la coupure publicitaire.

Quelques minutes plus tard, l'épisode arrivait à son terme. Une fille en larmes quittait l'aventure les mains vides, tandis qu'une autre, une rose à la main, rayonnait sous l'objectif des caméras. Les Geis partagèrent leurs points de vue avec passion, mais Juliet resta bouleversée par la honte et l'embarras que la candidate éliminée avait dû ressentir. Le pop-corn dans sa bouche était sec, et la gorgée de vin qu'elle avala ne parvint pas à apaiser la douleur dans sa gorge, alors que ses yeux s'embuaient de larmes.

Quelle horreur d'être exposée de cette manière sous le feu des projecteurs. Le souvenir douloureux de son propre chagrin d'amour ayant lui-même été l'objet de discussions sans fin dans sa ville natale lui transperça la poitrine.

Il s'agissait ici d'une humiliation publique brutale. Et si quelques-unes des cousines de la tribu Geis semblaient mécontentes du dénouement, aucune d'entre elles ne paraissait se préoccuper des sentiments de la perdante.

— Que va-t-il lui arriver maintenant ? s'entendit-elle demander.

Elle n'était pas certaine qu'on l'ait entendue par-dessus les voix des huit femmes qui parlaient toutes en même temps.

Lily, qui était assise à juste à côté d'elle, interrompit sa conversation avec Ivy pour lui répondre :

— Oh, elle a probablement déjà signé plusieurs contrats médiatiques. Elle était assez populaire, elle sera peut-être la prochaine *Bachelorette*. Ou bien elle va rentrer chez elle et retrouver son travail, comme le font beaucoup d'entre elles.

— Oh, répondit Juliet en assimilant l'information. Donc elle va s'en remettre ? Même si on vient de lui briser le cœur en direct à la télévision ?

— Je ne pense pas que ce soit un vrai chagrin d'amour, dit Lily en fronçant les sourcils.

Marigold poussa un cri de surprise exagéré.

— Quoi ?! Tu veux dire que tout est faux dans la téléréalité ? s'exclama-t-elle.

Toute l'assemblée éclata de rire, et Juliet se tortilla nerveusement, consciente des regards posés sur elle.

— Je pense que les émotions sont réelles, intervint Pomme en se penchant pour voler une chips à Marigold. Être coupée du monde pendant plusieurs semaines sans aucune distraction doit sûrement décupler ce que ressentent les candidats par rapport à la vie réelle. Si on ajoute toutes les caméras et le fait de se savoir regardé par des milliers de téléspectateurs, ce doit être une expérience vraiment intense.

— L'isolement amplifie les émotions, c'est certain, renchérit Marigold. J'ai rencontré mon copain alors que nous étions coincés ensemble dans un ascenseur. Ça n'a duré que quelques heures, pas plusieurs semaines, mais chacune de mes pensées et chacune de mes émotions étaient plus exacerbées que jamais.

Tout le monde à l'exception de Juliet poussa un soupir ému. Son histoire devait être touchante.

— Et puis, ce n'est que la cinquième semaine, dit Pomme. Je ne crois pas que ce soit un *vrai* chagrin d'amour. Pas au niveau de la finale, du moins.

Les autres hochèrent la tête en signe d'approbation.

— Tu vas continuer à regarder avec nous jusqu'à la fin, n'est-ce pas, Juliet ? lui demanda Marigold depuis l'autre bout de la pièce, coincée entre Violet et Dahlia sur le canapé orienté vers la télévision. Il ne reste que cinq épisodes avant la finale !

Le risque d'une peine de cœur, une vraie cette fois-ci, pouvait devenir réalité. Les Geis l'accueillaient, mais elles pouvaient changer d'avis à tout moment. Un souffle d'air frais provenant du climatiseur au-dessus d'elle lui effleura la nuque et elle réprima un frisson. La température de la pièce était idéale. Ces femmes étaient agréables. Sa vie était certes moins dramatique que dans la téléréalité, mais elle se souvenait de certains moments, pas si lointains, tout aussi tragiques.

Mais avec tous ces regards rivés vers elle, comment pouvait-elle refuser ?

Chapitre 15

JCEDITS

J'ai une deadline qui approche et je sens que je vais encore me retrouver à travailler comme une folle.

J'ai pas envie de voir Martin mourir une deuxième fois.

PLANTSGUY95

Il n'est pas mort la dernière fois.

Tu as réussi à le remettre sur pied.

JCEDITS

Je préférerais que ça ne prenne pas des semaines entières. Qu'est-ce que tu me conseilles ?

PLANTSGUY95

Je recommande de faire des pauses dans ton travail de temps en temps pour prendre soin de toi et de tes plantes.

JCEDITS

Arrête, on dirait ma mère.

PLANTSGUY95

Super, tout ce que les mecs aiment entendre…

JCEDITS

Et si j'utilisais le truc de la bouteille de vin remplie d'eau ?

C'est ce que tu conseilles aux gens qui partent en vacances, non ?

PLANTSGUY95

Oui, ça pourrait éviter à ta plante de dessécher complètement.

Assure-toi que la terre soit bien humide avant.

Tu peux mettre le pot dans un évier pour le laisser s'égoutter.

Trop d'eau, c'est tout aussi dangereux que pas assez.

JCEDITS

T'es le meilleur.

PLANTSGUY95

Voilà, ça, c'est ce que les hommes aiment entendre.

Orgueil et Préjugés était sans l'ombre d'un doute le livre le plus barbant que Lucas ait jamais lu.

Rien ne l'obligeait à rester au Grappuccino Café, avec un café glacé trop sucré et ce livre ouvert devant lui, si ce n'est ce que ces cousines appelaient son entêtement congénital. Il s'était mis en tête de le lire, alors c'est ce qu'il faisait. Même s'il lui faudrait des semaines parce qu'il piquait du nez tous les deux paragraphes ; même si cela ne lui serait d'aucune utilité pour que Platnguy95 convainque Juliet ou JCedits de l'aider à récupérer la maison pour le club de jardinage.

Il avait de plus en plus de mal à garder son objectif en tête lorsqu'ils échangeaient en ligne. Leur dernière discussion n'avait porté que sur les plantes, et pourtant, il avait été bien plus entreprenant que d'habitude. D'ailleurs, elle n'avait pas répondu à son dernier message, et il craignait d'avoir été lourd. Si elle arrêtait complètement de lui parler, cela n'arrangerait pas ses affaires.

Il prit une gorgée de sa boisson glacée et grimaça à cause du goût trop sucré. Ils avaient terminé de débarrasser la maison de Maude la semaine dernière, ils n'avaient donc aucune raison de se revoir. Peut-être la croiserait-il en ville, mais il savait qu'elle entamait un gros travail et il n'en connaissait pas la date butoir. Tout ce qui lui restait à présent, c'était leur conversation en ligne, mais il était déjà arrivé que Juliet l'ignore. Au moins, cette fois-ci, elle l'avait prévenu, ce qui s'apparentait à un progrès.

Ce qu'il voulait vraiment savoir, c'était comment s'était passée la soirée *Bachelor*, mais il ne pouvait pas poser la question à JC. Ses cousines refusaient de lui donner le moindre détail, à part « *elle est super sympa et très drôle* », ce qu'il savait déjà. Ce qu'il ne savait pas, c'était quoi faire ensuite.

D'où son étude approfondie de Monsieur Darcy. Peut-être trouverait-il dans le livre quelque chose d'utile, comme une phrase ou une scène qui lui permettrait de la comprendre. Les glaçons s'entrechoquèrent dans son gobelet lorsqu'il prit une autre gorgée de café. Il l'avait commandé à cause de la chaleur ambiante, mais il regrettait son achat autant que sa décision de lire ce roman.

Le seul passage qui avait suscité son attention était une phrase sur le fait de perdre pour toujours l'estime de quelqu'un. Il ignorait s'il parviendrait à changer l'horrible première impression que Juliet s'était faite à son sujet, et ses cousines semblaient déterminées à empirer la situation dès qu'elles en avaient l'occasion. Exactement comme elles l'avaient fait avec Audrey, son ex.

Non, c'était injuste de penser ainsi. Audrey était son échec à lui, pas le leur.

Et il continuait à tourner en rond : il devait oublier Juliet et se concentrer sur son plan. Il avait encore des dizaines de cartons de Maude stockés chez Mamie qu'il devait trier. Et aussi trouver un nouveau local, ainsi que préparer le programme d'automne et le calendrier des semis pour la prochaine réunion. Et les sentiments de Juliet à son égard n'y changeraient rien.

Aveuglé par le soleil, il plissa les yeux et s'étira sur sa chaise avant de jeter un regard à la cour presque vide du café. Obtenir la sympathie de Juliet ne faisait pas partie de ses plans. Même si elle était drôle et gentille, elle se révélait aussi ardente, tranchante et déconcertante.

Alors qu'il reprenait son livre pour tenter une troisième fois de terminer le chapitre quinze, Juliet apparut dans l'embrasure de la porte reliant l'intérieur du café à la cour.

Il eut un pincement au cœur, perdu face à ce qu'il ressentait. Le visage de Juliet s'éclaira, jusqu'à ce que, l'apercevant, une moue apparaisse sur ses lèvres.

Ça, c'était déroutant.

Elle hésita quelques instants avant de se diriger vers lui d'un pas décidé, une lourde besace à l'épaule. Elle tenait aussi un carnet dans une main et une tasse fumante dans l'autre.

— Tu es assis à ma table.

Tentant désespérément de calmer les battements de son cœur et ses pensées qui allaient à cent à l'heure, Lucas s'enfonça sur sa chaise et prit une longue gorgée de café avant de grimacer de nouveau.

— Bonjour à toi aussi.

— Je travaille à cette table tous les mercredis de treize à seize heures.

Lucas consulta l'heure sur l'écran de son téléphone. Il était midi cinquante-sept.

— Il n'y a pas écrit "réservé."

Ses joues rougirent, ses yeux pétillèrent, et Lucas fut tenté de prendre ses jambes à son cou en constatant la réaction que cela provoquait dans son estomac.

— Non, je ne l'ai pas vraiment réservée. C'est juste que je travaille toujours ici.

— Et qu'est-ce que tu fais quand il pleut ?

— Je reste chez moi.

— Donc tu pourrais très bien rentrer chez toi pour travailler.

— Il ne pleut pas, et je suis déjà là.

— Eh bien la table est assez grande pour nous deux. Je veux bien partager.

Juliet se mordit la lèvre, et il savait qu'elle cherchait une réplique. Puis l'horloge de la mairie sonna une heure et les cloches retentirent. Son besoin de suivre son emploi du temps à la lettre avait dû l'emporter sur l'ambivalence ou le dégoût qu'elle éprouvait pour lui, car elle prit place sur la chaise en face de lui. Elle sortit un ordinateur portable de son sac et le brancha à la multiprise sous la table avec l'aisance de quelqu'un qui travaillait à cette table chaque mercredi de treize à seize heures depuis des mois.

— S'il te plaît, ne me déconcentre pas, j'ai besoin d'un peu de silence, d'accord ?

— Tu m'étonnes qu'elles t'aient adorée à la soirée *Bachelor*.

Elle pinça les lèvres et le toisa.

Lucas laissa échapper un petit rire et désigna le livre face à lui avant de reprendre :

— Je suis occupé, moi aussi.

Juliet glissa deux écouteurs sans fil dans ses oreilles, hocha la tête puis regarda son écran avec une concentration totale. Elle resta immobile, à l'exception de ses yeux et de son doigt qui se déplaçait sur le pavé tactile pour faire défiler les pages. De temps en temps, elle griffonnait quelque chose sur son carnet.

La scène aurait dû être ennuyeuse. Après tout, Lucas avait devant lui une Juliet muette, calme, concentrée et qui bougeait à peine.

Et pourtant, il était fasciné.

Il s'était toujours demandé comment JCEdits pouvait oublier de manger, de dormir et de se laver, et il avait enfin l'explication sous les yeux. Elle semblait totalement absorbée par son travail, ce dont il n'avait jamais été capable dans aucun des nombreux jobs qu'il avait eus en ville. C'était ce genre d'implication que son ex attendait de lui dans le développement de ses réseaux sociaux.

Juliet prit une grande inspiration et se tourna vers Lucas, qui fit mine de reporter son attention sur le livre ouvert dans sa main.

— Qu'est-ce que tu lis ?

— Mmh ?

Il leva les yeux de la page dont il n'avait pas retenu un traître mot, croisa le regard curieux de Juliet, puis, l'air de rien, retourna au livre.

— Oh, rien de spécial. *Orgueil et Préjugés.*

Juliet laissa passer un instant avant de répondre :

— Tu as juste décidé de le lire comme ça, par hasard, un mercredi ?

— D'abord, c'était Shakespeare, maintenant, c'est Austen. J'aimerais beaucoup savoir pourquoi tu es persuadée que je ne lis pas.

— J'aimerais beaucoup savoir pourquoi tu ne réponds jamais à mes questions, répondit-elle.

— D'accord, je répondrai à chacune de tes questions si tu réponds aux miennes.

Juliet haussa un sourcil et prit une gorgée de sa boisson.

— J'ai le droit de choisir action à la place de vérité ? répliqua-t-elle.

Il éclata de rire et il la vit esquisser un sourire derrière sa tasse.

— Bon, d'accord, concéda-t-elle.

Elle poussa un soupir sonore et leva les yeux au ciel d'une manière qui lui rappela Flore.

Une infinité de questions se bousculaient dans son esprit. Il pourrait lui demander directement ce que les Amis comptaient faire de la maison, ou si elle avait entendu Denise ou les autres évoquer les raisons pour lesquelles Maude leur avait légué sa maison. Mais ce ne furent pas ces mots-là qui franchirent ses lèvres :

— Pourquoi tu n'as pas de voiture ?

Il pensait que c'était une question banale, mais la surprise qu'il vit apparaître sur le visage de Juliet lui fit regretter de l'avoir posée.

— Désolé, tu n'es pas obligée de répon…

— Non, ce n'est rien.

— Tu es claustrophobe ?

Juliet secoua la tête et, à son tour, laissa échapper un rire qui n'avait rien de joyeux.

— Ce serait trop facile, ça. Non, c'est assez ironique, en fait. Ça ressemble à quelque chose qui ne pourrait arriver que dans une émission de téléréalité, mais quand ça arrive dans la vraie vie, c'est tout de suite moins amusant.

Lucas retint son souffle tandis que Juliet inspira profondément. Ses paroles jaillirent d'un seul coup, comme pour y aller franco :

— Mon petit ami de longue date m'a quittée sur le chemin du retour d'un week-end prolongé où j'étais persuadée qu'il allait me faire sa demande. Le trajet a duré quatre heures.

Lucas s'attendait à tout sauf à cela.

— Quel crétin. J'espère que tu as rayé la voiture en rentrant chez toi.

Sa main se crispa sur la couverture du livre fermé. Les yeux de Juliet s'attardèrent dessus au lieu d'affronter son regard.

— Pas vraiment. C'était ma voiture. Il conduisait.

Sa voix était chargée d'émotion, et elle cligna des yeux à plusieurs reprises avant de détourner le regard. Un rayon de soleil frappa la nuque de Lucas et une perle de sueur roula sur son nez. Il ne savait pas pourquoi elle était si franche avec lui dans la vraie vie. Elle ne s'ouvrait jamais ainsi derrière leurs claviers, même si elle se montrait souvent plus décomplexée avec Plantsguy95.

Non, ce n'était pas tout à fait vrai, avec le recul. Elle s'était beaucoup confiée à la foire, et lui aussi. Ce dont elle lui parlait en ligne concernait davantage son travail, pas tout ce qu'il avait appris de personnel récemment. C'était peut-être la raison du calme qui avait régné chez Maude. Elle ne s'était pas renfermée en réaction à quelque chose qu'il avait fait ou dit, ils s'étaient simplement concentrés sur leur tâche pour terminer dans les temps.

Il fut surpris de réaliser qu'il préférait qu'elle se confie en face-à-face, peu importe ce qu'elle ressentait.

— Il a rompu dans *ta* voiture ?

— On venait tout juste de prendre la route. Il avait appris par cœur une liste de raisons qu'il m'a récitées une par une.

Un nuage se dissipa dans le ciel et un rayon de soleil illumina le visage de Juliet, révélant sa peau pâle et moite.

— Il y en avait cinquante-deux.

Il dut se concentrer de toutes ses forces sur la tache de rousseur au-dessus de son sourcil gauche pour dissimuler la rage qui bouillonnait dans ses veines.

Juliet prit une profonde respiration avant de reprendre d'une voix tremblante :

— Les heures qui ont suivi ne se sont pas très bien passées, comme tu peux l'imaginer. Surtout quand il a reçu un message et que l'écran de son téléphone s'est allumé. C'était ma meilleure amie – une de mes seules amies – que je connaissais depuis le lycée.

— Non…

— Je t'ai prévenu, c'est digne d'une téléréalité, reprit-elle en passant la main dans ses cheveux. Le message disait : « *Tu lui as dit, c'est bon ? On peut enfin être ensemble ?* »

Lucas laissa échapper un juron, et Juliet braqua les yeux sur lui.

— Désolé, mais c'est vraiment la pire ordure de tous les temps…

Il poursuivit avec une série d'insultes qui firent rire Juliet, malgré ses yeux baignés de larmes.

— C'est avec cette bouche-là que tu embrasses ta grand-mère ?

— Je suis sûr qu'elle dirait bien pire si elle entendait parler de cet enfoiré.

Elle écarquilla les yeux, et Lucas s'empressa de préciser :

— Mais elle n'en entendra pas parler. Personne n'en entendra parler.

Juliet inspira encore et passa à nouveau la main dans ses cheveux.

— Enfin bref, pour répondre à ta question, j'ai vendu ma

voiture et la plupart de mes affaires quand j'ai emménagé ici. Je ne voulais pas garder tous ces souvenirs.

— Je comprends.

— Vraiment ? demanda-t-elle un sourcil levé, avant de boire une gorgée. Tu as l'air d'être très attaché aux souvenirs de Maude, pourtant.

— Ce sont des souvenirs heureux.

— Tous les moments que tu as passés dans cette maison sont des souvenirs heureux ? l'interrogea-t-elle, incrédule.

— C'est la question que tu choisis de me poser après avoir répondu à la mienne ?

— Une fois de plus, tu esquives la question, répliqua-t-elle en souriant.

— C'est vraiment la question que tu veux me poser ?

Comme elle réfléchissait, Juliette passa un doigt sur ses lèvres. Un geste qui bouleversait Lucas beaucoup trop à son goût. Il était capable de voir les calculs qu'elle effectuait en silence, l'importance pour elle de choisir avec précision ce qu'elle voulait apprendre à son sujet.

Et comme il commençait à en avoir l'habitude, Juliet le surprit :

— Que penses-tu d'*Orgueil et Préjugés* ?

Lucas aperçut une lueur dans ses yeux. Une lueur d'espoir, une supplication désespérée d'approbation. Voulait-elle qu'il apprécie le livre ?

Quand il se surprit à vouloir lui mentir juste pour lui plaire, il comprit qu'il avait un gros problème.

— C'est d'un ennui mortel, répondit-il en laissant échapper un petit rire.

Elle resta bouche bée pendant un instant avant de la refermer rapidement.

— Bien sûr que tu trouves ça ennuyeux, souffla-t-elle avant de s'enfoncer sur sa chaise et de croiser les bras.

Il leva les mains en l'air avant de répondre :

— Ils passent leur temps à se rendre visite pour se raconter des ragots dans le dos des autres.

Elle avait un sourire narquois, qu'il était bien trop heureux d'admirer.

— Et qu'est-ce que tu fais, quand tu es en famille, au juste ?

C'était à son tour de rester sans voix.

— Touché, dit-il avant de s'emparer du livre et de le feuilleter. Tu remportes cette manche, Miss Bingley.

— Bingley ! s'indigna-t-elle. Comment tu peux me comparer à Caroline Bingley ? Elle est tout le contraire d'Elizabeth.

Il fut tenté un instant de retirer ses paroles pour la faire de nouveau sourire, mais la voir s'énerver était beaucoup plus amusant.

Ils discutèrent littérature et se chamaillèrent jusqu'à seize heures passées. Si Lucas avait prévu de passer au club de jardinage et de voir sa famille pendant son seul jour de congé, il oublia tout pour rester avec Juliet. Même si c'était risqué − ou peut-être justement parce que c'était risqué.

Chapitre 16

PLANTSGUY95

Comment va Martin ?

Il a survécu ?

JCEDITS

Oui, il va bien.

PLANTSGUY95

Et toi, comment tu vas ?

JCEDITS

Stressée. Je suis sur le point d'envoyer mon projet pour le prix de correction.

Deux jours avant la date butoir.

PLANTSGUY95

Trop bien !

Quand auras-tu les résultats ?

JCEDITS

D'ici quelques semaines.

PLANTSGUY95

Je croise les doigts, alors.

Je suis sûr que tes plantes vont apprécier de recevoir un peu plus d'attention maintenant que tu as terminé.

JCEDITS

Je n'ai pas trop fait l'ermite, cette fois-ci

Il faisait beau donc je suis allée écrire dehors.

PLANTSGUY95

Ça a l'air sympa.

JCEDITS

Oui, mais j'ai eu de la compagnie.

PLANTSGUY95

Oh non, tu plaisantes j'espère ?

JCEDITS

Tu as regardé le film ?

PLANTSGUY95

Waouh, donc tu as carrément abandonné tout espoir que je lise le livre, hein ?

JCEDITS

Le livre n'est pas pour tout le monde.

Je me suis ennuyée la première fois que je l'ai lu à l'école. Il s'améliore à la deuxième lecture.

PLANTSGUY95

Je te crois sur parole.

Ce n'était qu'une fois presque arrivée au Grappuccino que Juliet se rendit compte qu'elle avait oublié de prévenir Charlotte qu'elle avait terminé de corriger le magazine à temps pour l'envoyer aux TMC. Elle s'arrêta au milieu du trottoir en se demandant ce que cela signifiait d'en avoir parlé à Plantsguy95 en premier. Et ce qu'il signifiait pour elle.

Il ne pouvait pas signifier quoi que ce soit pour elle, n'est-ce pas ? La question lui sembla à la fois présomptueuse et ridicule.

On pouvait en apprendre beaucoup sur une personne à travers sa façon d'écrire. Par ailleurs, il se souvenait de détails insignifiants la concernant et la motivait en permanence.

Bien sûr, Charlotte le faisait aussi.

Contrairement à Lucas.

Elle était mal à l'aise quand elle pensait à lui. Son obstination au sujet de la maison et son investissement au sein du club de jardinage étaient aussi exaspérants qu'attachants. S'était-elle déjà autant investie dans quelque chose ? Pas qu'elle s'en souvienne. Pas au point de voler des orangers comme Lucas.

Ce qui comptait le plus à ses yeux était d'accomplir quelque chose qui allait enfin retenir l'attention de sa mère, quelque chose qui n'impliquait pas que cette dernière lui envoie ses repas parce qu'elle avait oublié de manger. Quel genre de personne était Juliet, comparée à Lucas, passionné et généreux ? Tout ce qu'il faisait, il le faisait pour les autres : pour sa famille, pour sa grand-mère, pour le club de jardinage et pour la ville.

Soudain énervée contre lui, alors qu'il n'était même pas là, elle pressa le pas. Elle allait être en retard pour sa session de travail au Grappuccino Café. Il avait raison la dernière fois, bien évidemment, quand il avait dit qu'elle n'avait pas réservé de table. Elle n'adressait même pas la parole aux employés du café, à part pour commander ses boissons. Ils ne l'avaient sans doute jamais remarquée.

Et c'était exactement ce qu'elle cherchait. Passer inaperçue et éviter les problèmes. Elle trouvait Greenhaven accueillante, malgré le malaise que Lucas provoquait en elle. La ville était idéale pour son quotidien sans voiture, tout se trouvant à proximité. Pour la première fois depuis une éternité, elle se sentait en sécurité. Elle se reconstruisait enfin, après avoir été, ce fameux jour dans la voiture, brisée en mille morceaux. Se confier à Lucas la semaine dernière avait débloqué quelque chose en elle. Il n'avait pas insisté pour en savoir plus ni supposé qu'elle était fautive, contrairement à beaucoup de gens de sa ville natale. Il s'était tout de suite rangé de son côté et l'avait soutenue comme personne d'autre ne l'avait fait depuis longtemps. C'était un sentiment agréable et en même temps, inconfortable.

Lorsqu'elle arriva enfin au café, il était déjà une heure et quart. Elle avait perdu quinze minutes à rêvasser à propos de Plantsguy95 et de Lucas.

Elle entra et repéra un visage familier derrière le comptoir. Casey ? Cassie ?

— Bonjour, Juliet, lui dit la jeune femme en souriant avant de lui tendre une tasse. Votre boisson est déjà prête.

Trop stupéfaite pour répondre, Juliet resta plantée là, clignant des yeux devant la tasse que l'employée tenait à la main. Au bout de quelques secondes, le sourire de cette dernière s'évanouit et elle rougit.

— Euh… Vous vouliez peut-être boire autre chose ? Vous prenez toujours un latte au lait d'avoine le mercredi après-midi, balbutia la serveuse en retirant sa main. Je peux vous préparer ce que vous voulez.

— Non, répondit Juliet.

Elle tendit la main pour attraper la tasse. Elle était encore brûlante, l'employée devait donc l'avoir préparée en voyant Juliet approcher du café. Une boule se forma dans sa gorge et ses yeux s'embuèrent.

— C'est parfait, merci…, dit-elle avant de jeter un regard au badge sur le tablier de la jeune femme. Carrie.

Le visage de Carrie s'illumina, et Juliet lui tendit un billet de dix dollars, largement assez pour une boisson à cinq dollars. L'intégralité de la monnaie atterrit dans le bocal à côté de la caisse.

Juliet se dirigea ensuite vers le patio à l'arrière du café et prit une gorgée. Elle soupira d'aise. Le latte était parfait. Exactement comme il l'était chaque fois qu'elle venait, exactement comme elle l'aimait.

Mais le patio, lui, n'était pas tout à fait à son goût. Lucas était assis à sa table.

— Pas de livre, aujourd'hui ?

Elle en avait assez de se sentir coupable des répliques

cinglantes qui lui échappaient et qui ne semblaient destinées qu'au jeune homme. C'était la cause principale de son malaise. Avec lui, elle se sentait différente, avec lui, elle se sentait… plus forte.

— Je l'ai terminé hier soir, répondit-il.

Lucas se pencha en arrière. Le soleil de l'après-midi éclaira quelques mèches plus claires dans ses cheveux, lui offrant une aura étincelante et presque angélique, au grand dam de Juliet.

— J'ai des choses à dire.

— Et moi, j'ai du travail. Ça peut attendre que je termine ?

— Bien sûr.

Il lui avait répondu instantanément, sans la moindre trace de sarcasme. Ce fut l'unique raison pour laquelle elle s'installa et sortit son ordinateur portable.

Ce n'était pas du tout parce qu'il avait déposé un muffin là où elle devait s'asseoir.

Juliet n'avait pas vraiment beaucoup de travail, maintenant que les corrections du magazine avaient été envoyées à Denise et au comité des TMC. Mais elle allait bien se garder de le dire à Lucas. Il lui restait encore quelques projets à terminer, des corrections avec des délais plus flexibles qu'elle voulait finaliser. Avec ses écouteurs et son application de bruit blanc au volume maximum, elle devrait pouvoir se plonger dans une phase de concentration sans trop de difficulté.

Au lieu de cela, elle se surprit à jeter plusieurs regards vers Lucas, jusqu'à se perdre cinq fois dans son document.

Une fois, cela pouvait lui arriver de temps en temps. Deux fois à la rigueur, si quelqu'un appelait ou si elle recevait un message pendant qu'elle travaillait. Mais cinq fois, c'était purement et simplement agaçant.

Elle enleva ses écouteurs et les posa sur la table en soupirant.

— Très bien, dis-moi ce que tu en as pensé.

Elle s'empara du muffin et découpa un petit morceau.

Lucas leva les yeux de son téléphone en fronçant les sourcils.

— Pardon ?

— Laisse tomber, répondit-elle en sentant ses joues s'empourprer. Je ne voudrais pas t'interrompre.

Il rangea son téléphone dans sa poche – pas sur la table pour y jeter un œil pendant leur conversation – et lui sourit.

— C'était juste un message de Flore à propos du club de jardinage.

Ses lèvres s'ouvrirent légèrement avant de se refermer, comme s'il ne voulait pas en dire davantage. Mais il finit quand même par le faire :

— On a peut-être trouvé un nouvel endroit pour se réunir.

— C'est super.

Juliet se sentit soulagée d'un poids qu'elle n'avait même pas eu conscience de porter. Même si elle savait qu'elle n'était pas personnellement responsable, et que Maude avait le droit de faire ce qu'elle voulait de sa maison, il n'en demeurait pas moins horrible que Lucas ait perdu un endroit aussi cher à ses yeux.

Le club, se corrigea-t-elle. Le club l'avait perdu, pas seulement Lucas.

— Nous verrons bien, dit-il.

Il passa de nouveau la main dans ses cheveux et la respiration de Juliet se bloqua quelque part dans sa cage thoracique.

— Tu veux vraiment savoir ce que j'ai pensé d'*Orgueil et Préjugés* ?

— C'était si horrible que ça ? demanda-t-elle.

— Ça dépend… Est-ce que c'est horrible d'avoir abandonné le livre pour regarder le film ?

— Lequel ? l'interrogea-t-elle avant d'engloutir un morceau de muffin.

— Ils ont fait plusieurs adaptations ? ! s'étonna-t-il d'un air sidéré.

Sans le vouloir, Juliet éclata de rire et manqua de s'étouffer avec sa pâtisserie. Il avait la tête d'un mème avec ses yeux grands ouverts et sa bouche ronde comme un poisson.

— J'ai vu celui avec Keira Knightley.

— C'est le bon.

— Ouf, fit-il en passant la main sur son front.

— Alors ? demanda-t-elle en prenant un autre morceau de muffin.

— Ce sont toujours des gens qui passent leur temps à se rendre visite pour se raconter des ragots dans le dos des autres, répondit-il en s'enfonçant dans sa chaise. Elizabeth ne mérite pas quelqu'un comme Darcy.

Le sang de Juliet ne fit qu'un tour, et elle oublia son muffin pour se redresser sur sa chaise.

— Qu'est-ce que tu viens de dire ?

— Elle l'a jugé en ne se basant que sur leur première interaction, sans penser une seule seconde qu'il pourrait être mal à l'aise avec des inconnus. Et elle a ignoré un homme tout à fait convenable, un amateur de pommes de terre qui plus est, pour la simple et bonne raison qu'il était plus petit qu'elle, répondit Lucas avant de boire une gorgée de sa boisson. Elle est affreusement superficielle.

Bouche bée et sans voix, Juliet dévisagea Lucas.

— Mais ensuite, Flore m'a fait comprendre que c'était sans importance.

Elle dut prendre une grande inspiration avant de répondre :

— Pourquoi ?

— Parce que quand tu tombes amoureux de quelqu'un, tu tombes amoureux de la personne telle qu'elle est, pas seulement des bons côtés.

Ses mots restèrent suspendus dans l'air, chargés de tendresse et de lumière. Quelque chose qui ressemblait à de l'espoir pétilla dans la poitrine de Juliet.

Elle prit une gorgée de son latte et brisa le silence avant qu'il ne devienne trop gênant :

— Tu as regardé le film avec tes cousines ?

— Pas toutes, juste celles qui tolèrent toutes mes questions et mes commentaires.

— Rien à voir avec les soirées *Bachelor*, dans ce cas.

— Comment c'était, hier soir ?

— Comment sais-tu que j'y suis retournée ?

Il haussa un sourcil, l'air malicieux.

Quelle question ridicule. Bien sûr, une de ses cousines avait dû lui dire.

— C'était bien.

Lucas haussa son deuxième sourcil, l'espièglerie laissant la place à l'incrédulité.

— C'est vrai ! insista Juliet en riant. Ta famille est vraiment sympa.

Ses cousines étaient toutes formidables, et elle dut se retenir de lui dire à quel point c'était incroyable de se sentir à nouveau entourée de personnes bienveillantes, après tout ce qu'elle avait enduré dans sa ville natale après la rupture.

Pourquoi continuait-elle à lui confier tous ces détails personnels ? Même Charlotte n'en savait pas autant sur sa vie, et elles étaient amies depuis presque dix ans. Il se passait quelque chose quand Lucas plongeait son regard brun intense dans le sien, quelque chose qui lui donnait envie de s'ouvrir la poitrine et de tout laisser se déverser dans une énorme flaque à ses pieds. Peut-être même qu'il n'en serait pas totalement écœuré.

Il pourrait l'être, cependant, malgré ce qu'il avait compris en regardant le film préféré de Juliet. Et c'était précisément ce qui la retenait juste assez pour ne pas de nouveau se retrouver sans voiture.

Sa voiture étant, bien entendu, une métaphore pour parler de son cœur. Juliet faillit lever les yeux au ciel. Elle ne laisserait jamais passer ce genre de métaphore ringarde dans un manuscrit sans la signaler.

— Ça me fait plaisir que tu trouves ma famille sympa, dit Lucas en la tirant de ses pensées.

— Pas toi ?

— Mes cousines peuvent être parfois… *too much*.

— Je croyais que la famille était ce qui comptait le plus pour toi, répliqua-t-elle en s'installant confortablement pour grignoter son muffin.

— C'est le cas, mais je commence à me demander si nous ne sommes pas trop impliqués dans la vie des uns et des autres.

C'était à présent au tour de Lucas de se confier. Des bulles d'excitation remontèrent de son ventre à sa poitrine. Plus habituée à être derrière un écran, Juliet ne savait pas vraiment comment réagir. Elle lui posa alors la question qui la taraudait depuis des semaines.

— Elles font partie de ton plan pour récupérer la maison, maintenant que nous avons terminé de la débarrasser ?

Il posa sur elle un regard perçant et impénétrable.

— Elles ne t'ont rien dit ?

— Nous n'avons parlé que du *Bachelor*, répondit Juliet en secouant la tête.

Lucas parut surpris, comme s'il était habitué à ce que sa vie personnelle soit livrée en pâture dès qu'il avait le dos tourné. Puis son visage se ferma, et il sortit son téléphone pour le consulter.

— Désolé, je dois aller retrouver Flore.

Juliet fit de son mieux pour ne pas montrer sa déception et lui sourit avant de remettre ses écouteurs. Une fois de plus, elle avait réussi à dire ce qu'il ne fallait pas, et pourtant ce n'était pas la même sensation d'échec. Juste une envie irrépressible de le revoir, mais cette fois pas par accident.

Ce qui était nettement plus risqué.

Chapitre 17

JCEDITS

Bon, je suis finaliste pour le prix de correction.

PLANTSGUY95

Quoi ? Mais c'est génial !

JCEDITS

Merci.

PLANTSGUY95

Il va y avoir une cérémonie comme les Oscars ?

JCEDITS

Effectivement.

PLANTSGUY95

LOL, je plaisantais, mais waouh, c'est super !

JCEDITS

Je ne pense pas que j'irai.

PLANTSGUY95

Je suis sûr que tu vas gagner.

JCEDITS

C'est pas ça, c'est juste que c'est loin de
chez moi.

PLANTSGUY95

> Tu as toujours dit que ce que tu aimais le plus dans ton travail, c'est que tu peux le faire depuis n'importe où.

JCEDITS

> Quand est-ce que j'ai dit ça ?

PLANTSGUY95

> Je sais pas, dans un post il y a longtemps.

JCEDITS

> Tu lis vraiment tous mes posts ?

PLANTSGUY95

> J'en déduis que tu lis pas les miens ?

JCEDITS

> Seulement ceux que je n'ai pas corrigés pour repérer tes fautes, haha.

En balayant la pièce du regard et en observant tous ces gens qui grignotaient des bâtonnets de carotte avec de la sauce ranch, les murs couverts de tableaux colorés, Lucas ressentit l'envie irrépressible de quitter discrètement les lieux. La seule raison pour laquelle il était à l'exposition, engoncé dans un costume hors de prix qui le démangeait et qu'il avait dû porter peut-être cinq fois dans sa vie, était Mamie.

Chaque année, un membre du club de jardinage – Maude ou Grand-mère – participait aux enchères sur quelques tableaux à l'occasion de la collecte de fonds de l'école d'art. Elles avaient toutes deux suivi des cours étant plus jeunes, tout comme Lucas et ses cousines. Les illustrations botaniques étaient très populaires parmi les membres du club, même si Lucas n'était pas particulièrement doué pour le dessin.

Plusieurs de ses premiers posts sur Plantsguy95 étaient des dessins, mais il les avait promptement supprimés.

À vrai dire, il avait supprimé la plupart de ses premières publications, aucune ne se révélant assez bien pour la personne qu'il avait voulu impressionner en créant son compte.

Cette personne qui était la raison pour laquelle il n'avait pas envie d'être là ce soir.

Cette même personne qui se dirigeait droit vers lui.

— Lucas, quel plaisir de te revoir.

Au son de la voix de son ex-petite amie, les cheveux de Lucas se hérissèrent sur sa nuque.

— Salut, Audrey.

Son sourire était mince et forcé, mais il devait sourire. Que pouvait-il faire d'autre ? Le moindre geste ou mot impoli serait rapporté à Mamie. Même si Audrey n'avait jamais apprécié sa famille, même si elle n'avait jamais essayé d'apprendre à la connaître, cela ne voulait pas pour autant dire que Mamie approuverait qu'il puisse lui manquer de respect.

— Comment tu vas, depuis le temps ? demanda-t-il.

— Ça va, répondit-elle en l'examinant de la tête aux pieds. Tu as l'air en forme.

Les apparences étaient ce qu'il y avait de plus important pour Audrey. Ses boucles dorées étaient parfaitement coiffées, son visage impeccablement maquillé, et sa robe révélait juste ce qu'il fallait de peau nue. Lucas savait que cette perfection factice était le résultat d'une routine qui nécessitait plusieurs heures par jour et une armoire pleine de produits qui coûtaient tous plus cher que son costume.

Compte tenu du temps qu'il consacrait à ses propres centres d'intérêt – et combien de dollars il dépensait pour ses plantes – Lucas n'était pas en position de juger les autres sur ce qu'ils faisaient de leur temps et de leur argent. Son esprit curieux aimait apprendre de nouvelles choses, mais Audrey préférait diriger plutôt que d'enseigner, et ne s'était jamais privée de critiquer les uns et les autres. Ses yeux s'attardèrent sur son costume, se disant probablement que la situation de Lucas avait évolué depuis qu'elle l'avait quitté deux ans auparavant.

— Merci.

— Je ne m'attendais pas à te voir ce soir, dit-elle.

Audrey se mordilla la lèvre inférieure, un geste qu'il savait bien rodé. En comparaison avec Juliet, dont les tics nerveux inconscients et involontaires faisaient battre son cœur à toute allure, ceux d'Audrey le laissaient de marbre.

— Tu es venu spécialement pour ta petite Audrey ?

— Je suis venu parce que ma grand-mère n'a pas pu faire le déplacement. Je suis ici au nom du club.

Sa réponse ne sembla pas décourager Audrey pour autant.

— J'espère que nous pourrons trouver un moment pour discuter un peu plus tard.

— Discuter de quoi ?

— J'aimerais beaucoup savoir ce que tu deviens, répliqua-t-elle sans se laisser démonter. Tu as l'air très présent sur les réseaux sociaux en ce moment.

Bien sûr qu'elle voulait parler de son compte. Le même qu'il avait créé pour l'impressionner. Au début, elle aimait la façon dont le paysagisme avait transformé sa silhouette, mais elle ne supportait pas l'image qu'il renvoyait en tant que simple vendeur dans un commerce en ville. Elle l'avait constamment poussé à viser plus haut, à devenir manager, à monter sa propre entreprise, à faire quelque chose de plus respectable.

Respectable pour qui, Lucas l'ignorait. Ses amis, sa famille, le monde entier. S'il avait choisi de garder l'anonymat sur le net, c'était avant tout pour lui faire la surprise. Elle l'avait quitté bien avant qu'il n'ait assez de followers pour être impressionnant.

De toute évidence, son compte était maintenant assez important pour retenir son attention.

— Je m'en sors bien, dit-il. J'aime donner des conseils aux gens sur les plantes.

— Ton dernier post a l'air d'avoir très bien fonctionné. Tu fais des partenariats maintenant ?

Nom d'un Navet, ce n'était clairement pas la conversation qu'il voulait avoir là, tout de suite.

Soudain, il sentit une main se poser sur son bras.

— Te voilà enfin, chéri, je te cherchais partout.

Tout son corps fut envahi par le soulagement et une douce chaleur lorsqu'il reconnut la voix de Juliet. Elle posa la tête sur son épaule et son cœur menaça de s'échapper de sa cage thoracique.

—Je te présente Juliet Chapman, ma…

Il laissa sa phrase en suspens et laissa échapper un petit rire avant de passer son bras autour de ses épaules pour la serrer contre lui.

— Honnêtement, il n'y a pas de terme pour décrire ce qu'elle représente pour moi.

Ces mots semblaient être ce qui collait le plus à la vérité, mais c'est en les prononçant qu'il réalisa à quel point ils étaient criants de vérité. *Comment* la définirait-il si on lui posait réellement la question ? Comme membre d'une association communautaire rivale ? La gardienne vigilante des souvenirs familiaux précieux des Geis ? Son crush virtuel, à qui il n'avait toujours pas révélé son identité ?

La dernière réflexion faillit lui faire perdre le sourire. Il lui dissimulait encore un lourd secret. Un secret qui lui pesait de plus en plus chaque semaine.-

Maintenant qu'il savait que son plan initial n'allait pas fonctionner, il n'avait plus aucune raison de lui cacher la vérité. Aucune raison, hormis la femme debout devant eux et qui, le nez froncé et le regard perçant, jugeait la tenue de Juliet avec dédain.

Lucas avait déjà perdu quelqu'un à cause de Plantsguy95. Avec le recul, et grâce aux nombreux conseils de ses cousines, il avait compris qu'il se portait bien mieux sans Audrey. Toutefois, Juliet était différente. La possibilité qu'elle le repousse ou qu'elle s'éloigne de lui à cause de son identité virtuelle lui brûlait douloureusement la poitrine.

Mais pour le moment, c'était une tout autre partie de son corps qui brûlait à cause du bras qu'elle avait passé autour de sa taille.

—J'ai vu un tableau qui pourrait t'intéresser.

Juliet se défit de son étreinte pour attraper sa main.

— C'était un plaisir de faire ta connaissance… ? demanda Juliet en souriant à son interlocutrice.

— Audrey.

— C'était un plaisir de faire ta connaissance, Andrée.

Lucas ne savait pas qui de lui ou d'Audrey était le plus abasourdi en entendant Juliet écorcher délibérément son prénom avec autant d'aplomb.

Après avoir traversé un dédale de salles, ils arrivèrent enfin dans une pièce vide et Juliet lâcha brusquement la main de Lucas comme si elle était bouillante.

— Désolée. Tu avais l'air d'avoir besoin d'aide. J'espère que je n'ai pas été trop intrusive et que tu ne voulais vraiment pas lui parler.

Il desserra le poing, son bras encore brûlant de la chaleur de son corps contre le sien.

— Tu as bien fait. Je ne voulais absolument pas lui parler. C'est mon ex.

Juliet haussa les sourcils, la curiosité clairement visible sur son visage. C'était compliqué d'en dire plus, bien que Juliet se soit beaucoup confiée sur sa vie amoureuse. Seulement, elle lui en avait parlé parce qu'il lui avait demandé pourquoi elle n'avait pas de voiture. Lui raconter sa rupture reviendrait à admettre qu'il souhaitait lui faire savoir qu'il était bel et bien célibataire, une question que Juliet ne lui avait jamais directement posée. Pourtant, il fallait bien qu'il dise quelque chose.

— Elle ne m'a pas quitté dans ma voiture ou quelque chose comme ça.

— Pas besoin d'être dans une voiture pour que ça fasse mal.

Lucas passa la main dans ses cheveux et jeta un regard alentour. Ils se trouvaient dans une des petites salles de réunion du Centre Social. Les tables et les chaises avaient été déplacées pour la soirée afin de mettre en valeur les œuvres accrochées aux murs. Pourtant, la seule chose que voyait Lucas, c'était Juliet.

— Elle n'aimait pas vraiment mon travail.

— Au magasin de bricolage ? demanda Juliet en se dirigeant

vers le croquis le plus proche pour l'examiner de ses yeux aiguisés. Pourquoi ?

Sans son regard posé sur lui et la salle toujours déserte, Lucas eut moins de mal à se confier. Il croisa les bras et regarda brièvement l'esquisse à côté de Juliet.

— À l'époque, je travaillais au supermarché. J'ai enchaîné plein de petits boulots, j'ai travaillé un peu partout en ville. Je fais aussi beaucoup d'aménagements paysagers pour des particuliers pendant l'été.

— Impressionnant.

— Vraiment ?

Elle se tourna vers lui et haussa les épaules.

— Oui. Tu connais tout le monde, tout le monde te connaît. Tu sais comment aider ceux qui en ont vraiment besoin.

Son souffle resta bloqué dans sa gorge. C'était précisément le but de sa démarche. En deux ans de relation, Audrey ne l'avait jamais compris, alors qu'il avait fallu seulement un mois à Juliet.

Bien que techniquement, elle le connaissait depuis bien plus longtemps. Elle ne s'en était simplement pas encore rendu compte.

Pétunia. Il fallait vraiment qu'il lui dise. Et vite.

— En fait, elle aimait les muscles que j'ai gagnés avec tout ce travail en plein air.

Il décroisa les bras et posa les mains sur les hanches, appréciant la manière dont les yeux de Juliet suivaient le mouvement.

— Mais elle voulait que je devienne manager ou que j'ouvre ma propre entreprise pour travailler à mon compte comme tu le fais, poursuivit-il.

Il se demanda si c'était le compliment à propos de son travail ou la remarque sur son physique qui la faisait rougir. Elle ramena les yeux vers le croquis suivant. En temps normal, il aurait pris un malin plaisir à la mettre mal à l'aise, mais ce soir, c'était différent. Elle avait volé à son secours, elle méritait donc un peu plus d'informations concernant Audrey.

— Elle était aussi très snob vis-à-vis de ma famille, même si tout le monde s'est montré plus qu'aimable avec elle.

Lucas n'était pas le seul à ne pas être assez bien pour Audrey, en fin de compte.

— Elle n'a pas supporté la vie chaotique et entremêlée des Geis.

— Je suis contente d'être intervenue, dans ce cas.

— Moi aussi. Tu as été incroyable.

— N'est-ce pas ?

Le compliment la fit sourire, et, prise d'un élan adorable de fierté mal placée, elle rejeta ses cheveux en arrière.

— C'est la première fois que je fais ça. On dirait que tout le temps que j'ai passé à être désagréable avec toi a enfin porté ses fruits. Je peux être impolie avec n'importe qui, maintenant. Sauf ta grand-mère, bien entendu.

Lucas éclata de rire et balaya la salle du regard. Elle abritait des dessins réalisés par les élèves débutants.

— Le tableau que tu voulais me montrer, il existe vraiment ? Je suis là pour ça, après tout.

— Vraiment ?

— Le club de jardinage en achète quelques-uns chaque année.

— Je croyais que Maude avait peint tous ceux qui sont chez elle. Je me demandais pourquoi tu n'as pas insisté pour les garder. Je comprends mieux, maintenant.

Il inclina la tête en regardant celui qui se trouvait devant eux.

— Il faut dire que c'est tout à fait… Original.

Ils échangèrent un regard avant d'éclater de rire. Juliet essuya une larme au coin de son œil et scanna la pièce du regard.

— Ils sont plus courageux que moi, c'est certain. Exposer son art de cette manière...

— Et quoi ? demanda-t-il. Risquer d'être la risée des experts en art de la ville ?

— Je suis sûre qu'ils sont tout bonnement scandalisés de voir que nous ne comprenons pas cette interprétation abstraite de…, hésita-t-elle en lisant le cartel. D'un concert de Britney Spears.

Elle écarquilla les yeux avant de reprendre :

— C'est à ça que ressemblent ses concerts ?!

— Peut-être pour cette personne.

Il laissa échapper un petit rire avant de contempler les dessins dans un silence agréable. Lucas finit par prendre une grande inspiration pour demander :

— Je te trouve plutôt courageuse, moi.

— Je ne fais que corriger le courage des autres, répondit-elle en balayant l'air de la main, les yeux toujours rivés sur les œuvres. C'est facile de dire aux gens ce qui ne fonctionne pas. Facile de repérer les erreurs quand ce n'est pas toi qui as versé ton sang, ta sueur et tes larmes sur la page.

Elle marqua une pause pour se déplacer jusqu'au tableau suivant. Un projecteur braqué sur les dessins amateurs accrochés aux murs éclaira ses cheveux, les rendant rouge feu pendant une fraction de seconde.

— C'est une sensation très gratifiante, néanmoins, de les aider à parfaire leur travail, reprit-elle. Même quand il ne s'agit que d'un manuel technique. Je m'assure qu'il n'y a aucune ambiguïté, et pas de ponctuation mal placée qui pourrait le rendre incompréhensible.

— Je ne savais pas que ton métier te passionnait autant, répondit Lucas en sentant une nouvelle vague de chaleur se diffuser dans sa poitrine.

Il n'était pas tellement surpris, mais l'enthousiasme de Juliet ne transparaissait pas autant sur ses réseaux sociaux. Elle restait toujours très professionnelle dans ses publications, surtout quand elle soulignait les avantages de travailler en collaboration avec un correcteur-relecteur et expliquait les différents services qu'elle proposait.

Elle détourna les yeux et replaça une mèche de cheveux derrière son oreille. Sans la lumière du projecteur, ils avaient retrouvé leur teinte auburn habituelle.

— Je ne le ferais pas depuis dix ans si je n'étais pas passionnée.

— La seule chose que j'ai poursuivie aussi longtemps, c'est de garder un bonsaï en vie.

Elle se tourna vers lui, une lueur espiègle dans les yeux.

— Ça mérite certainement un prix ou quelque chose, dit-elle.

— Tu dois avoir reçu des dizaines de récompenses pour ton travail.

Juliet se tut subitement, se renfermant plus étroitement qu'une tulipe à la nuit tombée.

Trop risqué, se dit-il. Il n'était pas censé en savoir autant sur son travail, pas hors ligne.

— Je figure parmi les finalistes pour un prix de correction, dit-elle.

Ses yeux restèrent rivés sur le tableau face à eux, mais ses joues prirent néanmoins une teinte rosée.

— Avec un dîner et une cérémonie, reprit-elle. Elle aura lieu la semaine prochaine lors de la conférence annuelle.

— C'est génial. Félicitations.

Il lui avait déjà écrit ces mots, mais les prononcer de vive voix, puis voir ses joues s'empourprer et ses yeux pétiller en entendant son compliment avait une saveur toute particulière.

— J'espère que la soirée sera au moins aussi amusante que celle-ci.

Sa tentative ratée de sarcasme avait peut-être réussi à masquer le manque de surprise dans sa voix, mais ne lui valut qu'un demi-sourire de la part de Juliet.

— Je ne compte pas y aller, répondit-elle.

— Pourquoi ?

Elle haussa les épaules. C'était peut-être trop personnel, que ce soit pour Plantsguy95 comme pour Lucas.

— Tu ne veux pas débattre avec plein d'autres correcteurs-relecteurs à propos des virgules ?

Un léger sourire apparut sur les lèvres de Juliet.

— J'ai une amie qui devait venir, mais son mari a un empêchement, et je ne veux pas y aller toute seule. Et puis, je ne…

Elle se mordit la lèvre pour taire le reste de sa phrase.

— Tu penses que tu ne vas pas gagner, c'est ça ?

— C'est à six heures de route, répondit-elle en lui jetant un regard.

— Oh.

Des feux d'artifice explosèrent dans son estomac, et remontèrent jusque dans sa poitrine et sa gorge. Ça, elle ne l'avait pas dit à Plantsguy95. Il aimait l'idée qu'elle puisse préférer le Lucas de la vraie vie à celui de leur monde virtuel, même si elle se confiait aussi à son double.

Ce fut la seule explication logique qu'il trouva pour justifier les mots qu'il s'entendit prononcer :

— Je peux t'emmener, si tu veux. Tu m'as aidé ce soir, après tout.

Juliet pivota alors complètement vers lui, les yeux écarquillés et les sourcils au milieu du front.

— On peut à peine passer plus de cinq minutes sans se disputer, et tu veux m'emmener à l'autre bout de l'État pour me remercier de t'avoir évité une conversation avec ton ex ?

— Honnêtement, je pense que ce sont plutôt les tableaux qui subissent nos piques ce soir.

Cette fois-ci, au lieu d'un demi-sourire, Lucas eut droit à des lèvres pincées et à un regard abattu de la part de Juliet.

— Pourquoi voudrais-tu m'aider ?

Parce que je me sens horriblement coupable de t'avoir autant menti, c'était ce qu'il voulait dire. Il fallait qu'il lui dise. Et vite. Peut-être même ce soir.

Flore et Pomme finiraient par le faire à sa place d'ici à quelques semaines, de toute façon, mais il savait que c'était à lui de s'en charger. Peut-être qu'en réalisant qu'elle le connaissait mieux qu'elle ne le croyait, Juliet l'apprécierait, elle l'apprécierait vraiment.

Ou bien elle le haïrait pour toujours.

Au lieu de lui répondre, Lucas choisit délibérément de l'agacer, et répondit à sa question par une autre question.

— Tu sais pourquoi je suis là ce soir ?

Juliet soupira et leva les yeux au ciel.

— Parce qu'il n'y a rien à planter et que tu t'ennuies ?

— Parce que Mamie et Maude ont aidé à fonder l'école d'art de la ville.

— Oh.

— Le club de jardinage a toujours aimé l'art botanique. Au départ, le club a simplement embauché un professeur de dessin, et les cours réservés au club sont très vite devenus des cours pour tout Greenhaven.

Elle reporta son attention vers le tableau et entortilla une mèche auburn autour de son doigt.

— C'est fascinant, dit-elle.

— Dans cette ville, tous les différents groupes s'entraident. Nous faisons des enchères sur leurs tableaux, et ils viennent à nos ventes de plantes.

Il lui donna un léger coup d'épaule pour attirer son attention avant de poursuivre :

— Tout le monde achète des livres après des Amis. D'où vient mon exemplaire d'*Orgueil et Préjugés* d'après toi ?

— On pourra écouter le livre audio dans la voiture, si tu veux.

— Rien que pour ça, je retire ma proposition.

Un rire s'échappa enfin de ses lèvres, et Lucas s'apaisa.

— Merci, c'est très généreux de ta part. Je vais y réfléchir.

— Tu m'as vraiment sauvé la mise avec Audrey, dit-il en s'éclaircissant la voix. J'aimerais trouver un moyen de te remercier.

— Il y a des moyens plus simples que de faire six heures de route, répondit-elle en fronçant les sourcils dans sa direction.

Cela aurait dû suffire pour clore la discussion, mais Lucas voulait s'assurer que Juliet soit présente à cet événement. Avant ce soir, elle ne lui avait jamais mentionné son travail. Peut-être qu'il dégageait quelque chose qui la mettait mal à l'aise et l'empêchait d'en parler. De la même manière qu'il se demandait parfois si Audrey n'avait pas eu raison en disant qu'il manquait d'ambition, ce qui n'était pas quelque chose qu'il était disposé à admettre à son entourage.

— Je trouve ça remarquable que tu sois à la tête de ta propre entreprise.

— Des tas de gens font la même chose, répliqua-t-elle en balayant son compliment d'un revers de la main.

— Peut-être, mais pas moi. J'ai essayé une fois, et j'ai échoué.

L'histoire était bien plus complexe, mais Lucas tenait à ce qu'elle soit fière de son travail. Il se racla la gorge avant de reprendre :

— Je sais à quel point c'est difficile. En plus, tu fais ça depuis des années, ce serait formidable de pouvoir montrer une récompense pareille à ta mère.

Encore trop risqué. Une alarme retentit dans sa cage thoracique. Il ferait mieux de juste le lui dire. De cette façon, il n'aurait plus à faire la différence entre ce qu'elle lui avait dit en face et ce qu'elle lui avait dit derrière un écran.

Juliet inspira profondément et leva les yeux vers lui.

— Tu auras fait tout ce chemin pour rien si je perds. Je ne veux pas te faire perdre ton temps.

— Ce ne sera jamais une perte de temps si c'est avec toi.

Juliet retint sa respiration et le fixa avec des yeux écarquillés.

— Tu penses vraiment ce que tu dis ?

Il fit un pas vers elle, sa paume brûlant d'envie de se poser sur son visage, sur son bras, n'importe où.

— Absolument.

Elle humecta ses lèvres et fit un pas vers lui…

— Des crevettes ?

Ils sursautèrent tous les deux et pivotèrent pour découvrir un serveur qui leur tendait un plateau de nourriture. Lorsqu'ils secouèrent la tête, le serveur quitta la pièce et les laissa seuls.

De nouveau face à face, Lucas avança vers Juliet, qui l'imita aussitôt. Leur bras et leurs épaules s'effleurèrent avec délicatesse. Ils laissèrent échapper un rire nerveux, mais ni l'un ni l'autre ne bougea. L'air était imprégné d'une douce odeur de peinture et d'encre, et seul le souffle court et haletant de Juliet venait rompre le silence.

En un instant, elle se hissa sur la pointe des pieds pour l'embrasser.

Ses lèvres chaudes lui envoyèrent une décharge électrique qui irradia sa bouche avant de rapidement consumer son corps tout entier. Il s'attendait à tout sauf à cela, mais il ne voulait plus jamais faire autre chose du reste de sa vie. Elle aventura sa main dans ses cheveux pour l'attirer contre elle, l'aspirant comme une bouffée d'oxygène, l'embrasant entièrement. Leurs bouches se rencontrèrent encore et encore, leurs langues dansèrent doucement avant de se transformer en une étreinte passionnée.

Sans le moindre effort, Juliet s'était immiscée dans son esprit, dans sa vie. Tout en elle était intrigant et exaspérant, rien n'était monotone ou prévisible. Tout en lui la réclamait, chaque partie de son corps.

C'est pourquoi, lorsqu'il leva les mains, il ne les passa pas autour de sa taille pour la serrer contre lui et ne jamais la laisser partir, mais il les posa sur ses épaules pour la repousser en douceur.

Elle ne savait pas qui il était. Pas entièrement.

Il devait lui révéler sa véritable identité. Il devait lui dire qu'elle le connaissait mieux qu'elle ne le pensait, qu'elle avait vu des facettes de lui qu'il n'avait jamais montrées à qui que ce soit. Qu'il savait parfaitement à quel point il l'avait agacée lors de leur première rencontre, et combien elle était drôle à la fois en ligne et en personne.

Il fit un pas en arrière, laissa retomber ses bras et chercha les mots justes.

Au moment où il s'apprêtait à ouvrir la bouche pour tout lui avouer, Juliet tourna les talons et quitta la pièce en courant.

Chapitre 18

La fraîcheur nocturne frappa Juliet de plein fouet, ajoutant à la fournaise qui s'était installée sur ses joues. Les seuls bruits dans la rue familière – et fort heureusement déserte – qu'elle parcourait au pas de course étaient le vrombissement lointain des voitures sur l'autoroute et les battements de son cœur qui résonnaient dans ses oreilles. Avec leurs fenêtres qui ressemblaient à des yeux rieurs, les maisons silencieuses se moquaient à présent d'elle, sans aucune retenue.

Comparé à se faire quitter au départ d'un trajet de quatre heures, quelqu'un qui lui refusait un baiser n'aurait pas dû être si grave. Surtout si elle n'appréciait pas beaucoup ce quelqu'un.

Sauf qu'elle aimait beaucoup Lucas. Assez du moins pour vouloir éviter une conversation qui s'annonçait gênante. Assez encore pour envisager d'affronter un long voyage en voiture en sa compagnie, alors même qu'elle détestait les trajets courts avec sa mère. Assez pour lui confier des choses qu'elle n'avait jamais avouées à qui que ce soit.

La douleur dans sa poitrine était si vive que Juliet dut interrompre sa course pour s'asseoir sur un banc et reprendre son souffle. Les yeux fermés, elle prit une grande inspiration. L'air frais envahit ses poumons et son rythme cardiaque ralentit.

Quand elle rouvrit les yeux, son cœur s'arrêta. Elle s'était assise sur le banc juste en face de la Maison Pervenche.

— Juliet.

Lucas, à bout de souffle, descendait la rue. En un éclair, la jeune femme se redressa et s'éloigna de lui.

— Juliet, s'il te plaît, attends.

Pas question. Cette fois, elle maîtriserait la situation : elle serait celle qui s'en irait.

— Je veux juste te parler.

— Je n'ai pas trop envie de parler.

— Alors j'attendrai jusqu'à ce que tu sois prête à discuter.

Elle jeta un regard par-dessus son épaule et se radoucit instantanément. Au lieu de son habituel sourire narquois et de ses yeux pétillants de malice, Lucas paraissait sincère. Pour une raison qui lui échappait, il souhaitait lui expliquer pourquoi il n'était pas intéressé.

Peut-être n'avait-il pas encore oublié Audrey, même si elle n'avait pas été très aimable envers sa famille. Ce serait compréhensible, Audrey était sublime. Juliet baissa les yeux sur le chemisier sobre et le pantalon noir qu'elle avait enfilés pour la vente aux enchères d'objets d'art. Elle avait toujours privilégié ce genre de tenue monotone, sûre et prévisible. Les mêmes que l'Ex avait mentionnées dans son interminable monologue sur les raisons qui faisaient de son ancienne amie un bien meilleur parti qu'elle.

Ce soir, elle était parvenue à ne pas y penser pendant quelques heures. Pour une fois, elle se réjouissait à l'idée de sortir et d'être sociable. Denise avait envoyé un e-mail un peu plus tôt dans la journée à tous les bénévoles des Amis pour leur rappeler le vernissage de ce soir. L'événement lui était apparu comme une bonne occasion de remercier Denise en personne de l'avoir autorisée à soumettre le travail qu'elle avait réalisé pour le magazine de littérature aux TMC, surtout après l'annonce des finalistes.

Juliet n'avait pas prévu de tomber sur Lucas ce soir. Ou de l'embrasser.

La chaleur irradia de nouveau sa peau. Elle pressa le pas, ne sachant toujours pas ce qui avait bien pu la pousser à agir de la sorte. Malgré tout, elle l'entendait derrière elle, son allure calquée sur la sienne.

Il resta silencieux et se contenta de la suivre à travers les rues sombres jusqu'à son appartement. Lorsqu'elle arriva au pied de son immeuble, il s'assit sur le banc du trottoir d'en face pendant qu'elle cherchait ses clés dans son sac. C'était le banc de l'arrêt de bus. Un bus qu'elle n'avait jamais pris à cause d'un homme cruel qui lui avait brisé le cœur à bord d'un véhicule en mouvement et qui lui avait fait détester la sensation d'être piégée à l'intérieur sans aucune échappatoire possible.

Ce n'est pas une déception amoureuse, se dit-elle en ouvrant la porte pour pénétrer dans le hall d'entrée. Il s'agissait juste d'un malentendu entre de vagues connaissances, qui se tapaient surtout sur les nerfs la plupart du temps. Et qui s'étaient aussi raconté beaucoup de choses personnelles pour des raisons qu'elle ne comprenait pas tout à fait.

C'était cette connexion mystérieuse qui lui avait fait perdre la tête pendant une minute et l'avait poussée à l'embrasser. La dernière fois que quelqu'un s'était ouvert à elle remontait à une éternité. Elle n'était pas en train de tomber amoureuse de lui, elle avait simplement perdu l'habitude de communiquer de vive voix et s'était laissée emporter.

Elle l'apercevait de sa fenêtre. Il n'était ni en train d'utiliser son téléphone ni en train de scruter les environs. Son regard était fixé sur la porte de l'immeuble, patient et empreint de remords. Même depuis l'autre côté de la rue, ses yeux parvenaient à lui exprimer avec clarté ses émotions.

Peut-être qu'il avait oublié Audrey, mais qu'il fréquentait quelqu'un d'autre… Dont il n'avait jamais parlé durant les longues heures qu'ils avaient passées à débarrasser la maison de Maude.

Ou alors, de façon plus réaliste, il ne savait pas comment lui dire gentiment qu'il ne partageait pas ses sentiments. Elle-même n'avait pas réalisé qu'il lui plaisait autant jusqu'au moment où il l'avait repoussée et qu'à la place d'une simple contrariété, elle avait éprouvé une douleur aiguë dans la poitrine.

En balayant le hall d'entrée et les boîtes aux lettres du regard, elle se dit qu'elle aurait aimé avoir quelqu'un à qui parler. Quand l'Ex l'avait quittée, il avait emporté sa meilleure amie avec lui. Meilleure amie qui avait utilisé les doutes et les plaintes de Juliet pour séduire ledit petit ami.

L'idée de parler de Lucas à Marigold lui traversa brièvement l'esprit. Mais ce genre de sujet dépassait le cadre de leur amitié naissante. Lui demander conseil paraissait presque déloyal, car si Juliet sollicitait sa cousine pour obtenir des informations sur lui, Lucas n'aurait, lui, aucun moyen d'en apprendre plus sur elle par des canaux officieux. Juliet s'empara de son téléphone et parcourut la très courte liste des personnes avec lesquelles elle était régulièrement en contact.

Sa mère n'était bien entendu pas une option. Sa sœur non plus. Pendant une seconde, elle pensa à son beau-frère, mais comme, depuis des années, la plupart de leurs conversations portaient sur ses triathlons, ils n'avaient pas un passif propice aux conseils fraternels.

Son doigt hésita au-dessus du nom de Plantsguy95. Bien que leur relation ait pris un tournant plus personnel ces derniers temps, sa situation actuelle était bien trop intime. Et pour des raisons qu'elle ne voulait pas chercher à comprendre pour le moment, elle préférait lui cacher qu'elle avait embrassé quelqu'un. Ce n'était pas une infidélité, c'était simplement… un détail qu'elle ne tenait pas à partager avec lui.

Le contact de Charlotte était le suivant sur sa liste. Elle dégageait quelque chose de rassurant. Elles avaient déjà abordé sa vie sentimentale − surtout Plantsguy95 − et Charlotte avait rencontré son mari au lycée. Même si elle n'en parlait pas souvent dans leurs conversations professionnelles, elle semblait épanouie chaque fois qu'elle le mentionnait. Malgré ses craintes de se sentir rejetée une deuxième fois au cours de la même soirée, Juliet ne voulait tout de même pas laisser Lucas dehors toute la nuit, sans savoir ce qu'il pensait d'elle et de leur baiser.

Juliet appuya sur le bouton d'appel.

— Juliet ! Qu'est-ce qui ne va pas ?

— Euh, salut, répondit-elle en inspirant profondément avant de s'adosser au mur du hall. Comment as-tu deviné que quelque chose n'allait pas ?

— Tu m'appelles seulement quand tu es inquiète à propos d'un client ou d'une échéance. Comment puis-je t'aider ?

Une agréable sensation de chaleur envahit la jeune femme. Charlotte n'avait même pas hésité une seconde. Elle changerait peut-être d'avis en écoutant ce qui tracassait Juliet, mais au moins, sa première réaction était positive.

— Ce n'est pas lié au travail, c'est personnel. Je sais que ce n'est pas ce dont nous parlons d'habitude…

— Tout va bien ? Est-il arrivé quelque chose dans ta famille ?

— Non, rien de tout ça. C'est… Disons que ça concerne un mec.

— Tu veux dire une histoire de cœur ? demanda Charlotte avec une certaine excitation dans la voix. Charlie, viens voir ! Juliet a un problème, et ça concerne un homme.

Tournant le dos à la rangée de boîtes aux lettres et à la fenêtre qui encadrait la silhouette assise de Lucas, Juliet sentit son pouls s'accélérer et gravit les marches jusqu'à son appartement. Ce n'était pas une conversation qu'elle souhaitait avoir là où un de ses voisins pourrait l'entendre. *Elle-même* n'était même pas certaine de vouloir entendre cette conversation.

— Ce n'est pas si important que ça, dit-elle en déverrouillant sa porte d'entrée avant de se diriger vers le salon en allumant les lumières sur son passage. Tu n'as pas besoin de déranger ton mari.

— Je suis peut-être très familière avec les codes typographiques du *Chicago Manual of Style*, mais ça fait presque vingt ans que je ne suis pas allée à un premier rendez-vous. Je n'ai aucune idée de la manière dont fonctionne le cerveau des hommes aujourd'hui.

— Qu'est-ce qui te fait penser que je suis au courant, moi ? intervint une voix grave appartenant probablement à Charlie.

Charlie et Charlotte. C'était tellement adorable que c'en était ridicule.

— Tu as des frères, tu as des amis. Tu les entends parler de femmes.

— Tu veux vraiment que je te répète ce qu'ils disent ? demanda-t-il d'un air horrifié.

— Non, je veux juste que tu écoutes le problème de Juliet et que tu lui donnes ton point de vue masculin.

Un long soupir de la part de Charlie semblait indiquer une réponse positive, et si elle n'avait pas été aussi stressée, Juliet aurait éclaté de rire. C'était rafraîchissant de découvrir une autre facette de Charlotte. Lire quelques lignes à propos de son mari n'avait rien à voir avec le fait de les entendre interagir de vive voix. Son cœur se serra en pensant qu'elle ne connaîtrait peut-être jamais cette vie-là, et qu'elle était si défectueuse qu'elle serait sans cesse rejetée. Elle se laissa tomber sur le canapé et tira une couverture sur ses genoux.

— Bon alors, qu'est-ce qui te tracasse ? demanda Charlotte.

— Il y a ce mec…

— Plantsguy95 ? s'écria son amie.

— Chérie, laisse-la parler.

— Désolée, c'est juste qu'elle discute par messages avec ce type depuis des mois et…

— Ce n'est pas lui, l'interrompit Juliet. C'est quelqu'un d'ici.

— Oh, c'est encore mieux.

— Pas vraiment. C'est une ville assez petite, donc je le croise partout, et nous avons été obligés de vider une maison tous les deux…

Juliet marqua une pause et secoua la tête, même si elle savait pertinemment que Charlotte et Charlie ne pouvaient pas la voir.

— Mais ce n'est pas le plus important. Le plus important, c'est que je l'ai embrassé ce soir, et qu'il m'a repoussée. Mais ensuite, il m'a couru après et à l'heure qu'il est, il est assis sur un banc devant mon immeuble et attend de me parler.

Charlie fut le premier à prendre la parole d'une voix sérieuse :

— Est-ce qu'il t'a poussée, genre brutalement ? Ou est-ce que c'était plutôt un geste doux ?

En bonne correctrice-relectrice, Charlotte ajouta :

— Le choix des mots est très important ici.

Sa main qui ne tenait pas le téléphone se referma sur la couverture posée sur ses genoux. Même si elle voulait de tout son être prétendre qu'il ne s'était rien passé, Juliet repensa à cet horrible instant qui remontait à moins d'une heure. Sa main sur son épaule, l'effervescence qui bouillonnait au creux de son ventre lorsqu'il l'avait touchée, puis… la déception écrasante.

— Il a posé les mains sur mes épaules, et je pensais qu'il allait m'enlacer, mais en fait, il m'a lâchée avant de… de reculer.

— Et ensuite ?

— Et ensuite, je suis partie en courant.

— Il n'a rien dit ?

— Je ne lui ai pas vraiment laissé l'occasion de dire quoi que ce soit.

À quoi bon lui laisser le temps de se justifier par un « *Je te vois plus comme une amie* » ou un « *J'ai une petite amie* » de toute manière ?

Charlotte semblait penser à la même chose :

— Est-ce qu'il est en couple ?

— Pas à ma connaissance. À vrai dire, je ne lui ai pas posé la question non plus.

— Où étiez-vous quand vous vous êtes embrassés ? demanda Charlie.

Juliet se laissa aller en arrière et posa la tête sur l'accoudoir du canapé.

— À un vernissage.

— C'est si romantique, soupira Charlotte.

— Il n'est pas en couple, trancha Charlie d'une voix forte et confiante. Il ne voulait juste pas t'embrasser en public.

Son argument semblait… raisonnable. Et Juliet aurait pu y

penser toute seule. Mais lorsqu'il s'agissait de Lucas, son cerveau fonctionnait à l'envers. Il se court-circuitait, l'incitait à dire et à agir de façon inhabituelle. Comme si le simple fait de le voir, de sentir son odeur et de percevoir sa présence dans une pièce suffisait à lui faire oublier tout le reste. Même à cet instant précis, elle pouvait le sentir encore assis dehors, se tortillant sur ce banc en bois inconfortable. Elle n'avait même pas besoin de regarder par la fenêtre pour vérifier, mais elle se leva tout de même pour jeter un coup d'œil, juste au cas où.

Il était toujours là, la tête dans les mains, l'air abattu.

— Il est toujours dehors.

— Est-il sur son téléphone ?

— Non.

— Aucun doute. Il est célibataire.

Charlie semblait plus confiant que Juliet lorsqu'elle expliquait à un client comment utiliser correctement les points-virgules.

— On est vendredi soir, il était à un vernissage. Si sa petite amie ne l'avait pas accompagné, il l'aurait rejointe juste après.

— Comme quand tu participais à ces compétitions sportives interminables à l'université, et qu'au lieu d'aller faire la fête avec tes amis après, tu venais me rejoindre dans ma chambre à l'université.

— Tu parles des matchs de football de Division I où j'étais *kicker* ?

— Oh, ils étaient tellement longs.

Juliet s'en voulait presque de les interrompre. Ses soirées *The Bachelor* hebdomadaires avaient développé son goût pour ce genre de mélodrame répétitif et scénarisé.

— Alors, pensez-vous que je devrais descendre pour lui parler ?

— Oui ! s'exclamèrent Charlotte et Charlie à l'unisson.

Elle n'aurait pas pu espérer de réponse plus claire.

Elle prit congé après leur avoir promis de les tenir au courant une fois que tout serait terminé.

Avant de sortir, Juliet prit le temps de se tresser les cheveux, de retirer ses lentilles de contact et enfin, de se brosser les dents. Si leur conversation tournait mal, elle ne voulait pas pleurer au fond de son lit sans veiller à son hygiène de base.

Elle s'arrêta à la porte de l'immeuble et prit une grande inspiration avant de s'aventurer dans la nuit.

À la seconde où elle traversa la rue, Lucas se leva, les mains en l'air, l'air désespéré.

— Je suis vraiment désolé de t'avoir blessée.

— Je te remercie.

Elle patienta. Il voulait discuter. Cela ne signifiait pas qu'elle devait dire quelque chose.

Un long silence s'installa, et Lucas passa la main sur son visage avant de prendre la parole :

— Je t'ai repoussée parce que… Tu ne sais pas vraiment qui je suis.

Elle ouvrit la bouche pour lui répondre que ce n'était pas vrai, mais se ravisa. Il avait raison. Ils n'avaient abordé que rarement des sujets plus profonds, et elle s'était bien plus confiée que lui. Un léger frisson d'inquiétude la traversa et elle fit un pas en arrière. L'unique lampadaire devant son immeuble semblait tout à coup inadapté à l'obscurité dense de la nuit.

— Es-tu en train de me dire que tu es en réalité un tueur en série et que je ferais mieux de garder mes distances ?

— Tu penses vraiment que je pourrais m'en tirer aussi facilement avec les cousines que j'ai ? demanda-t-il en haussant un sourcil.

Malgré tout ce qui s'était passé, Juliet sourit.

— Elles ne parlent pas de toi quand je suis là, tu sais. On ne parle que de *The Bachelor* quand je viens.

Il haussa son deuxième sourcil, incrédule.

— J'ai beaucoup de mal à y croire. Elles passent littéralement leur temps à parler dans le dos de tout le monde.

— Même à propos de moi ?

Un malaise s'installa dans sa poitrine. Était-elle en train de revivre l'histoire avec l'Ex et son ancienne meilleure amie, mais multipliée par huit, cette fois-ci ? Elle fit un autre pas en arrière. Elle était presque sur la route.

Lucas leva la main.

— Non, pas de cette façon, répondit-il en levant une main. Elles disent juste que tu es très sympathique.

— Donc, elles parlent de moi.

Ses yeux s'embuèrent. Après toutes les rumeurs dont elle avait fait l'objet dans sa ville natale suite à la rupture, c'était ce qu'elle redoutait le plus. Les ragots, les gens qui parlaient d'elle quand elle avait le dos tourné. Tout cela l'avait conduit à l'isolement, et pas le genre d'isolement que l'on choisit soi-même.

Avec un grognement frustré, Lucas planta ses deux mains dans ses cheveux et fit les cent pas autour du banc. Juliet prit soudain conscience de sa musculature, et combien sa carrure était imposante par rapport à la sienne. Elle passait ses journées, assise devant un ordinateur, et malgré tous ses trajets en ville et les sacs d'oranges qu'elle portait, elle ne pouvait pas rivaliser avec Lucas, qui sollicitait chacun de ses muscles au quotidien. Le corps auquel il avait fait allusion avec nonchalance pendant le vernissage était parfaitement dessiné sous son costume sombre et ajusté.

Au lieu d'être terrifiée à l'idée de se disputer avec un homme grand et musclé au beau milieu d'une rue mal éclairée, elle se concentra sur son corps et la fluidité avec laquelle il se mouvait en petits cercles autour du banc de l'arrêt de bus, en s'assurant de ne jamais s'approcher trop près d'elle. Juliet se sentait en sécurité. Il avait consacré sa vie entière à protéger et prendre soin des autres. Ses muscles n'étaient pas tendus, mais restaient en alerte, à l'affût du moindre danger qui pourrait menacer Juliet. À ce moment précis, le danger venait de sa propre incapacité à communiquer ce qu'il voulait exprimer, et l'hésitation qu'elle ressentait jusqu'à présent se dissipa.

Elle fit un pas vers lui.

— Pourquoi est-ce si important que je te connaisse avant de pouvoir t'embrasser ?

Il poussa un long soupir et la fixa avec des yeux empreints d'un regret qu'elle ne saisissait pas tout à fait.

— Parce que ce n'est pas juste, je connais beaucoup de choses sur toi.

— Souhaites-tu que j'apprenne à te connaître ?

— Plus que tout au monde.

L'intensité de son regard laissait présager bien plus qu'un simple baiser et fit naître une chaleur en elle.

Elle prit une inspiration tremblante pour apaiser son cœur qui battait la chamade et fit un autre pas vers lui.

— Alors, emmène-moi au gala des TMC.

Un voile de bonheur circonspect passa sur son visage.

— Vraiment ?

Juliet hocha la tête et déglutit avec difficulté. Son envie de passer du temps avec lui l'emportait sur la peur de la gêne et de l'inconfort que cela pourrait engendrer. Elle l'emportait de peu, mais c'était suffisant pour le moment.

— Nous aurons six heures de route pour faire connaissance. Tout y passera, même les goûts musicaux douteux.

— J'ai de très bons goûts musicaux.

— Ce n'est pas ce qu'a dit Pomme.

Il laissa échapper un cri de surprise et posa la main sur sa poitrine dans un grand geste théâtral.

— Tu as dit qu'elles ne parlaient pas de moi.

— Ça va, ce n'est pas comme si elles avaient sorti les albums photos de ton enfance. Mais j'entends des choses par-ci, par-là, répliqua-t-elle en rigolant.

— Si tu veux des photos de moi bébé, je verrai ce que je peux trouver avant le voyage.

L'atmosphère tendue qui pesait sur eux se dissipa, et ils retrouvèrent leurs plaisanteries légères et innocentes. Il ne s'attarda pas, mais resta juste assez longtemps pour fixer l'heure à laquelle il viendrait la chercher la semaine suivante.

Juste assez longtemps pour qu'une lueur d'espoir embrase le cœur de Juliet et la tienne éveillée jusque tard dans la nuit.

Chapitre 19

Bien qu'il ait près de cinquante ans, son pick-up sentait comme une voiture neuve. Lucas ne savait pas vraiment si cela aiderait à calmer les appréhensions de Juliet concernant les déplacements en voiture, mais ça ne pouvait pas faire de mal. Surtout parce que, jusqu'à présent, sa camionnette sentait la terre et l'engrais. Une odeur que Lucas affectionnait, qu'Audrey détestait et à laquelle le reste de son entourage semblait indifférent. Même si Juliet aimait les plantes, il n'était pas sûr qu'elle apprécierait de sentir le fumier de vache pendant six heures.

En arrivant devant son immeuble, il hésita entre descendre et frapper à la porte comme pour un rendez-vous, ou klaxonner comme un simple ami venu la chercher. Il se rappela ensuite qu'il était au vingt et unième siècle et sortit son téléphone pour lui envoyer un message, son cœur battant la chamade en voyant son nom sur son écran. Ils ne s'étaient pas parlé depuis le soir de l'exposition. Il n'avait pas non plus envoyé de message à JC, ayant décidé de ne plus lui écrire tant que Juliet ne connaîtrait pas la vérité. Ce qui serait très rapidement le cas.

Du coin de l'œil, il aperçut un rideau bouger.

Génial. Angela Relish, l'amie de Marigold, venait de le repérer. Il ferait tout aussi bien descendre de voiture. Le temps qu'il prenne la route, toutes ses cousines sauraient qu'il était venu ici.

Au moment où il ouvrit la portière, Juliet sortit de son immeuble. Elle tenait un petit sac de voyage dans une main et une robe encore emballée dans la housse en plastique du pressing dans l'autre.

Lucas pouvait presque sentir le regard perçant d'Angela depuis sa fenêtre du deuxième étage.

Comme il s'y attendait, son téléphone sonna. Un coup d'œil rapide lui indiqua qu'il s'agissait de Marigold. Une autre sonnerie, et le prénom de Flore apparut lui aussi sur son écran.

Il les ignora toutes les deux pour adresser un sourire à Juliet :

— Besoin d'aide ?

Elle secoua la tête et rougit. Évitant avec soin son regard, elle tendit la main pour attraper la poignée de la portière, mais il l'attrapa au même moment. Le contact de sa main contre la sienne lui envoya une décharge électrique, et ils retinrent tous les deux leur souffle. Leurs regards se croisèrent, et dans son ventre, le poids de ce voyage pesa des tonnes.

Juliet cligna des yeux et le charme fut rompu.

Il ouvrit la portière et elle s'éclaircit la voix avant de dire :

— Merci.

— Je suis à ton service, aujourd'hui. Tout ce dont tu as besoin pour rester calme avant ta grande soirée.

Il grimaça. C'était sans aucun doute la chose la plus ringarde qu'il n'ait jamais dite. Au moins, de là où elle se trouvait, Angela pouvait le voir, mais pas l'entendre.

Ringard ou pas, Juliet lui adressa un petit sourire triste en réponse :

— La seule façon de rester calme est de ne pas y aller.

Elle monta à bord du pick-up et Lucas referma la portière derrière elle, contourna le véhicule à grandes enjambées et se dépêcha d'y grimper aussi. Plus vite ils se mettraient en route, plus vite il aurait une excuse pour ne pas répondre à ses cousines.

Il s'installa derrière le volant, mais voulut tout de même s'assurer qu'elle était toujours partante :

— Si tu ne veux vraiment pas y aller, tu n'es pas obligée.

Juliet se tourna vers son appartement. Un dilemme semblait faire rage en elle, et elle se mordillait la lèvre inférieure si nerveusement qu'il eût peur qu'elle saigne.

Tu pourras toujours l'embrasser pour la réconforter.

Non, il n'avait pas proposé de l'emmener pour ça, mais pour l'aider, pour qu'elle apprenne à le connaître, rien de plus.

Après quelques instants, elle serra la mâchoire et se tourna vers lui.

— Je veux y aller. Je veux… hésita-t-elle en baissant la tête. Je veux que ma mère me voie là-bas. Même si je ne gagne pas, le simple fait de me voir à un gala… ça aura de l'importance à ses yeux.

Lucas faillit hocher la tête avant de réaliser que c'était la première fois que Juliet lui disait de vive voix qu'elle avait besoin de l'approbation de sa mère.

— Ça n'a pas d'importance à ses yeux que tu sois à la tête de ta propre entreprise ?

Juliet haussa les épaules, et il démarra.

— Ce n'est pas la même chose qu'être avocate comme ma sœur.

— Les rivalités entre sœurs, fredonna Lucas pensivement en mettant son clignotant pour prendre la route qui quittait la ville. Je te comprends. Ça vaut bien six heures de route avec quelqu'un que tu n'apprécies pas plus que ça pour prouver que tu es la meilleure de la fratrie.

Juliet éclata de rire et une partie de la tension contenue dans les épaules de Lucas se dissipa.

— Il est très charmant, ce pick-up vintage, mais es-tu sûr qu'il peut faire le voyage ?

Il sourit et secoua la tête. Ils étaient de retour dans la zone des railleries.

— On a pris la route depuis à peine deux minutes et tu insultes déjà ma bagnole ?

Une bosse sur la route fit vibrer l'intérieur des sièges.

— Il appartenait à mon grand-père.

— Oh, waouh, je ne savais pas.

Le cuir usé crissa quand elle changea de position avant de reprendre :

— Désolée.

Il la laissa mariner pendant encore une minute avant de pouffer de rire.

— Ce n'est rien. C'était une épave. Mon grand-père le détestait et il allait l'emmener à la casse avant que je le sauve.

— T'es vraiment un crétin, dit-elle en lui donnant un léger coup d'épaule.

— Comment s'est passée la soirée *The Bachelor* hier ?

— Flore et Marigold ne t'ont rien dit ?

— Dit quoi ?

C'est ainsi qu'elle se lança dans le récit détaillé d'une dispute houleuse entre Lily et Ivy. Apparemment, les jumelles avaient acheté la même tenue à leurs jumeaux respectifs, et elles refusaient toutes les deux de la retourner en magasin.

Il s'agissait de broutilles familiales sans importance, mais Juliet décrivait les faits avec autant d'intensité que l'émission de téléréalité qu'elle et ses cousines suivaient avec assiduité.

Lucas secoua la tête et se mit à rire.

— Elles seront passées à autre chose d'ici la semaine prochaine. C'est tout à fait leur style.

— Je ne suis pas sûre, elles avaient vraiment l'air en colère.

— Tu ne te disputes jamais avec ta sœur ?

— On ne se voit pas assez souvent pour avoir un sujet de dispute.

Une tristesse latente transparaissait dans ses paroles légères, mais Lucas préféra ne pas approfondir pour le moment. Ils avaient pris la route depuis à peine vingt minutes, ils auraient l'occasion d'y revenir plus tard.

— Pour tout te dire, personne ne m'en a parlé, dit-il en tournant la tête vers Juliet. Sans doute parce qu'elles pensaient que tu m'en parlerais aujourd'hui.

Un autre grincement du siège passager lui fit comprendre qu'elle était de nouveau mal à l'aise.

— Elles savent que tu m'accompagnes ?

— Pas vraiment.

Flore aurait été aux anges d'apprendre qu'il emmenait Juliet aussi loin. Ses cousines lui avaient déjà fait une place dans leur petit groupe, avec bien plus d'enthousiasme qu'elles n'en avaient montré vis-à-vis d'Audrey ou de ses autres petites amies.

Juliet n'en avait peut-être pas conscience, mais c'était très important. Elle ne semblait pas avoir beaucoup d'amis dans la vraie vie, et en gagner huit d'un seul coup serait sans doute étourdissant pour elle. Il valait mieux qu'elle pense qu'elles faisaient juste preuve de politesse.

— Elles savent juste que je te donne un coup de main pour quelque chose. C'est ta cérémonie. Si tu ne veux pas que j'en parle, je ne le ferai pas.

Il tourna la tête vers elle et elle lui adressa un petit sourire attendrissant.

— Merci. Je sais que ça doit être difficile de leur cacher quoi que ce soit. Vous êtes tous si soudés, vous partagez tant.

— Prendre un peu de distance, ce n'est pas une mauvaise chose, tu peux me croire.

À vrai dire, il y avait beaucoup réfléchi au cours des dernières semaines. Leurs vies étaient si entremêlées. Chacun donnait son avis si ouvertement sur les affaires des uns et des autres, que cela pouvait parfois devenir étouffant.

Quand Audrey lui avait fait la remarque, il avait coupé les ponts comme elle le lui avait demandé, mais il en avait été très malheureux. Elle n'avait jamais tenté de se mettre à sa place, partie du principe que sa façon de faire était la meilleure.

— C'est une bonne chose que vous passiez autant de temps ensemble et que vous vous souteniez les uns les autres, dit Juliet en se tournant vers l'extérieur pour regarder les arbres défiler au bord de la route. C'est ça, le rôle de la famille.

Lucas n'était pas certain que Mamie et Flore qualifieraient sa récente croisade au sujet des nouveaux quartiers du club de jardinage de « soutien ». Ils avaient loué un local pour se rassembler. Une salle de réunion terne et insipide dans un bâtiment municipal. Ce week-end, il était supposé trouver un moyen de renverser la donne et rédiger l'ébauche d'une nouvelle pétition à destination de la Maire Taylor.

Au lieu de cela, il était parti en road trip avec Juliet.

— Ta mère ne t'a pas soutenue après la rupture ? demanda-t-il en sentant son estomac se nouer. Désolé, c'est une question assez personnelle. Tu n'es pas obligée de répondre.

— N'est-ce pas la raison de notre voyage ? Faire connaissance ?

Elle garda les yeux rivés vers la fenêtre, et Lucas resta concentré sur la route.

— Elle m'a soutenue à sa manière. Mais ma sœur venait d'avoir son deuxième enfant, alors elle n'était pas très présente. Et les gens en ville étaient…

Juliet laissa sa phrase en suspens et Lucas tourna la tête pour la regarder. Elle fronça les sourcils et humecta ses lèvres avant de poursuivre :

— Tout le monde ne parlait que de ça. À chaque fois que quelqu'un m'arrêtait dans la rue, c'était pour me dire à quel point il était désolé. Mais ensuite, quand il repartait, je l'entendais dire qu'il avait toujours pensé que mon ex convenait mieux à mon amie qu'à moi.

Lucas prit une profonde inspiration et serra le volant si fort que les jointures de ses doigts devinrent blanches.

— C'est horrible. J'aimerais pouvoir te dire que personne n'est comme ça à Greenhaven, mais il y a des abrutis partout.

Et j'en fais partie.

— C'est très vite devenu le sujet de conversation numéro un en ville. Il y avait beaucoup de on-dit, beaucoup de mesquinerie.

J'ai vendu ma voiture et quand les gens ont remarqué que je ne conduisais plus, les ragots sont repartis de plus belle. Je ne pouvais plus rester là-bas.

— Donc tu as déménagé ici, où il y a tout autant de on-dit et de mesquinerie, en grande partie à cause de ma famille et de moi, ajouta-t-il sur le ton de la plaisanterie.

Elle éclata de rire, ce qui le rassura.

— Pourtant, ta famille est géniale. Vraiment.

Il détourna un instant les yeux de la route pour lui jeter un coup d'œil et s'assurer qu'elle était sincère.

Ses yeux l'étaient, mais elle esquissa ensuite un sourire en coin moqueur.

— Même si tes cousines ont bien trop de choses à dire sur la téléréalité.

Une chaleur agréable le parcourut.

Juliet affirmait ne pas vouloir vivre à proximité de sa propre famille, pourtant elle semblait envier la relation que Lucas entretenait avec la sienne. Il décelait en elle une attente, mais aussi une certaine réticence. Il aimait la voir s'ouvrir à de nouvelles personnes tout en préservant son jardin secret. Il aimait la voir plus audacieuse avec lui qu'avec les autres. Il aimait la voir prendre ses propres décisions tout en voulant toujours rendre fière sa mère.

Elle lui plaisait pour toutes ces raisons, et bien d'autres encore.

Avec un peu de chance, quand elle découvrirait qui il était et pourquoi il avait gardé le secret si longtemps, elle ne le détesterait peut-être pas entièrement.

— Bon, où est ce livre audio que tu m'as promis ?

Elle lança le roman en quelques clics sur son téléphone et sur le tableau de bord du pick-up. Lucas grogna en constatant la vitesse avec laquelle elle avait tout mis en place.

— Je n'arrive pas à croire que tu me forces à écouter ça alors que je l'ai fini il y a à peine deux semaines.

— Les livres de cette époque étaient faits pour être lus à haute voix. Exactement comme pour Shakespeare. Ce n'est pas la même chose si tu lis dans ta tête.

Lucas grommela en entendant un accent britannique arrogant résonner dans l'habitacle de son pick-up, mais se retrouva bientôt captivé par l'histoire comme il ne l'avait jamais été en la lisant de son côté. Les kilomètres défilèrent vite, malgré plusieurs arrêts pour grignoter quelque chose et des pauses dans leur écoute pour débattre de ce qu'ils auraient fait ou dit à la place des personnages.

Juliet se confia plus sur son aversion pour les voitures, synonymes de mauvais souvenirs plus qu'une véritable phobie. Le pick-up vintage de Lucas devait paraître assez différent d'une « vraie voiture » pour qu'elle ne se sente pas trop mal à l'aise.

Il ne laissa pas passer ce commentaire, ajoutant ainsi à ce qu'elle surnomma bientôt son *« snobisme Darcyesque »*.

À la moitié du livre et du chemin, Lucas se rendit compte qu'il passait un bon moment. Un vrai bon moment de détente, sans se soucier de qui pourrait se moquer de lui plus tard, ou rapporter à sa famille ce qu'ils avaient vu ou entendu. Cela faisait longtemps qu'il n'avait pas eu l'occasion d'être avec quelqu'un sans se sentir observé, sans avoir à subir les commentaires d'une douzaine de personnes.

C'était agréable d'avoir quelque chose rien qu'à lui. Il éprouvait la même chose avec le club et la maison. Ce qui expliquait pourquoi il s'était tant battu pour eux. Mais ces choses-là étaient aussi à sa famille, pas juste à lui. Les moments qu'il passait avec Juliet, eux, n'appartenaient qu'à lui. C'était d'ailleurs sans doute pour cette raison qu'il n'arrivait toujours pas à lui parler de Plantsguy95. Il n'aimait pas l'idée de la partager, même avec son autre lui.

Ça n'a aucun sens. Ils passèrent devant la cinquième ferme depuis le début du voyage et Juliet ferma les yeux pour mieux se concentrer sur le livre audio. *Tu n'as qu'à lui dire, tout simplement.*

Ses aveux se trouvaient là, sur le bout de sa langue, mais à chaque fois qu'il ouvrait la bouche pour se confesser, il pensait à ce que ce serait de terminer le voyage avec cette révélation qui pèserait entre eux. Il refusait de faire revivre à Juliet un trajet comme celui qu'elle avait subi avec son ex.

Ou bien, ce pourrait être une autre situation à la Audrey, et la relation qu'ils avaient construite en ligne n'avait aucune importance pour elle. Ce que pensait Juliet de Plantsguy95 n'était peut-être pas aussi positif qu'il le croyait. Il avait peut-être surestimé la place qu'il tenait dans sa vie.

Une autre heure de route et six chapitres plus tard, Lucas décida de lui avouer après la cérémonie, quand ils seraient rentrés à Greenhaven. Si elle remportait le prix, elle serait alors de bonne humeur, et même si elle était blessée, ses souvenirs du voyage n'en seraient pas complètement gâchés. Si elle perdait, lui dire n'aggraverait pas tant que ça la situation.

Il lui dirait une fois rentrés.

Chapitre 20

— Waouh, cet hôtel est magnifique.

Pour un groupe hôtelier quelconque en périphérie d'une ville perdue du Midwest, Juliet fut agréablement surprise par la beauté des lieux. Elle observa la végétation près de l'entrée sans s'approcher de trop près, mais Lucas se dirigea droit vers les jardinières, examinant avec minutie chacune d'entre elles comme s'il était chargé de contrôler leur état de santé.

— C'est un choix de pots très inhabituel.

Incapable de se retenir de rire, Juliet se couvrit la bouche pour tenter au moins de l'étouffer.

— C'est vraiment ce qui te frappe en premier ici ? Les plantes ?

Un voile de contrariété passa brièvement sur son visage, avant que n'apparaisse son sourire en coin.

— Ce n'est pas Pemberley, mais ça ira pour cette nuit.

Juliet grogna en entendant son horrible faux accent britannique.

— Je ne peux m'en prendre qu'à moi-même, n'est-ce pas ?

— Devrions-nous demander qu'un service à thé soit apporté dans nos appartements ?

Elle secoua la tête et se dirigea vers le hall pour se présenter à la réception, Lucas sur ses talons. Elle était étonnée de se sentir aussi à l'aise, même après un si long trajet en voiture en sa compagnie. Plus étonnant encore était le fait qu'elle voulait être près de lui.

La console centrale du pick-up avait fait office de barrière physique entre eux, mais il était maintenant là, juste derrière elle. Puis il se déplaça et se retrouva à son côté, son bras frôlant le sien. L'odeur de mousse et de terre dans sa voiture avait été en partie masquée par le désodorisant qu'il avait accroché au rétroviseur intérieur. Son pick-up sentait les feuilles, la terre, l'air frais et le soleil, exactement comme lui.

C'était à l'inverse de l'odeur des livres neufs que Juliet adorait, pourtant, avec son corps si près du sien, elle se surprit à se pencher légèrement vers lui pour inhaler son parfum.

— Je sais, j'ai vraiment besoin de prendre une douche après être resté en voiture si longtemps, dit-il.

Il se mit à rire, mais Juliet sentit ses joues virer au rouge en réalisant qu'il venait de la surprendre en train de le *renifler*.

— Tu sens très bon.

Sa bouche semblait déterminée à la trahir, encore et encore. Ils avaient tous deux fait leurs réservations quelques jours auparavant. L'hôtel étant complet pour la conférence de correction-relecture, leurs chambres se trouvaient donc à deux étages différents. C'était sans doute mieux ainsi. Une tension nerveuse agita Juliet quand elle pensa à quel point il était à la fois si proche et si loin.

— Tu es sûre que tu ne veux pas que je vienne ce soir ? demanda-t-il alors qu'ils se dirigeaient vers les ascenseurs.

Une fois à l'intérieur, sa présence satura le petit espace et accapara tous ses sens. Elle ne distinguait que son visage qui se reflétait sur les parois métalliques, et même s'il restait de la place derrière elle, il avait choisi de se tenir juste à côté d'elle.

Pourquoi ne pouvait-il pas venir ? Juliet cherchait désespérément la réponse, même après avoir passé ces derniers jours à épuiser toutes les raisons cohérentes.

La seule fois où l'Ex l'avait accompagnée à une conférence, il n'avait assisté qu'à une seule session, et avait ensuite passé le restant du séjour dans leur chambre à se plaindre du manque d'activités. Le dîner de la cérémonie s'annonçait particulièrement ennuyeux, sa table remplie d'autres relecteurs, bien plus expérimentés et reconnus qu'elle. Parfait pour souligner à quel point elle était insignifiante.

Certes, Lucas venait de passer six heures à discuter avec elle, une bonne partie à propos de littérature, et rien n'indiquait qu'il avait trouvé cela laborieux ou qu'elle était inintéressante.

Mais Juliet ne voulait pas tirer sur la corde.

Elle ne pouvait bien entendu pas tout lui expliquer, et opta alors pour une version qui se rapprochait à peu près de la vérité.

— Ce sera super monotone. Tu passeras une bien meilleure soirée en regardant des films ou en profitant de la piscine.

— Qui te prendra une photo quand tu gagneras ?

Son cœur rata un battement : il croyait en elle avec une telle force, c'était adorable.

— *Si* je gagne, le photographe s'en chargera.

L'ascenseur émit un signal sonore et s'ouvrit à son étage. Juliet se tourna vers Lucas pour lui sourire, et il tendit son bras dans l'ouverture pour éviter que les portes ne se referment sur elle.

— Quoi qu'il arrive, n'hésite pas à m'appeler après, d'accord ? Je serai quelques étages au-dessus.

Sa poitrine s'emballa plus fort encore tandis que l'ascenseur se refermait lentement sur son visage sincère et souriant.

Elle resta plantée là pendant près d'une minute avant de sortir de la léthargie provoquée par Lucas et de réussir à traverser le couloir jusqu'à sa chambre, aussi impressionnante que le reste de l'hôtel.

Après avoir suspendu sa robe dans le placard et posé sa petite trousse de toilette dans la salle de bain, Juliet s'allongea sur le lit et déverrouilla son téléphone. Naviguer sur les réseaux sociaux pendant quelques heures était exactement ce qu'il lui fallait.

Plantsguy95 n'avait pas donné signe de vie depuis quelques

jours, mais elle non plus. La plupart de ses messages étaient des échanges avec Charlotte pour trouver la tenue parfaite pour l'événement. Elle ne lui avait pas dit que Lucas l'accompagnait, Charlotte n'étant pas au courant de son souci avec les voitures, mais elle s'était confiée à son amie sur des sujets qu'elles n'avaient jamais abordés jusqu'alors : son stress vis-à-vis des TMC ; sa frustration de ne pas pouvoir compter sur le soutien de sa famille et la solitude qu'elle éprouvait parfois à Greenhaven. C'était comme si l'appel qu'elle avait passé à Charlotte le soir où elle avait embrassé Lucas avait débloqué quelque chose dans leur amitié.

C'était agréable d'avoir quelqu'un avec qui parler davantage de sa vie, surtout maintenant qu'elle avait des choses à dire.

Non pas qu'il y ait beaucoup à dévoiler sur Lucas pour l'instant. Il l'avait emmenée jusqu'ici, avait pris une chambre d'hôtel séparée et lui avait fait la promesse qu'il y resterait jusqu'à la fin du gala. Elle était déjà assez stressée, elle n'avait pas besoin de sentir son regard dans le public. Si elle perdait, elle ne voulait pas qu'il la voie pleurer devant tout le monde, ou qu'il tente de la consoler. Si elle l'emportait, célébrer sa victoire en le prenant dans ses bras et en l'embrassant lui paraissait un peu prématuré à ce stade de leur relation.

Une relation. Était-ce vraiment ce qu'ils avaient ?

Dans ce cas, quel était son lien avec Plantsguy95 ? Son doigt survola la plante verte qui lui servait de photo de profil. Il était un ami, tout comme Charlotte. À vrai dire, pas tout à fait comme Charlotte qu'elle avait rencontrée en personne. La tristesse s'abattit sur elle quand elle se rendit compte qu'elle ne rencontrerait probablement jamais son mystérieux gourou botanique en personne. À moins qu'elle ne prenne les devants et lui propose de se voir. Ce qu'elle ne ferait pas, à cause de Lucas, n'est-ce pas ?

Quelqu'un frappa à sa porte.

S'attendant à Lucas, Juliet rangea à la hâte son téléphone dans son sac à main et arrangea ses cheveux avant d'ouvrir la porte.

Elle resta bouche bée.

— Surprise ! s'exclama Charlotte avant de serrer Juliet dans ses bras.

— Qu'est-ce que tu fais là ? demanda celle-ci avant de faire un pas de côté pour la laisser entrer dans la chambre.

— Tu avais l'air tellement stressée, et je sais à quel point la dernière conférence a été compliquée pour toi, alors je voulais être là pour te soutenir.

— Mais je croyais que tu avais ce tournoi de football des anciens élèves de ton université avec ton mari.

— Nous y allons chaque année, répondit-elle en balayant l'air de la main. Et puis ça fait deux ans que je ne t'ai pas vue.

Des larmes brouillèrent la vision de Juliet et elle cligna des yeux pour les refouler. Même si elle minimisait l'importance de la situation, Charlotte avait fait l'impasse sur un week-end important pour l'aider. Jamais personne n'avait fait un tel sacrifice pour elle. Sauf peut-être Lucas qui avait conduit pendant six heures.

— Merci, dit-elle d'une voix émue et rauque.

Elle adressa un sourire à son amie pour adoucir le ton de ses paroles et reprit :

— Tu as pris une chambre ?

— Je peux voir s'il leur en reste une, mais sinon, qu'est-ce que tu dirais d'une soirée pyjama ? Je peux prendre le canapé.

Sans doute parce que le trajet avec Lucas avait été si agréable, Juliet se sentit enthousiaste à l'idée d'une pyjama party avec son amie. Ce serait la première depuis des décennies. Et même avant cela, elle n'en avait jamais fait beaucoup.

— Tu es venue en voiture ? Toute seule ?

— Pas exactement, répondit-elle.

Juliet s'assit sur le lit tandis que Charlotte s'installa sur le fauteuil juste en face.

— Lucas a conduit.

— Celui que tu as embrassé la semaine dernière ? demanda Charlotte en se trémoussant avec enthousiasme sur son siège. Tu ne m'as pas raconté en détail, d'ailleurs. Je n'ai eu droit qu'à un petit message pour me dire que tout allait bien.

Le corps de Juliet se crispa : même si elle savait que Charlotte n'utiliserait pas ses confidences contre elle, il existait néanmoins une différence entre se confier de vive voix et échanger par messages ou au téléphone. La barrière de la technologie instaurait une certaine distance entre Juliet et sa crainte incontrôlable d'être trahie, un sentiment qu'elle avait repoussé pendant longtemps.

— Tout s'est... se... tout va bien, dit Juliet en faisant mine d'ôter une peluche imaginaire de son chemisier. C'est lui qui a conduit pendant le trajet.

— Il est là ? demanda Charlotte en haussant un sourcil avant de balayer la chambre du regard.

— Non, il a sa propre chambre.

— J'ai hâte de le rencontrer ce soir.

— Je lui ai demandé de ne pas venir.

— Quoi ? Mais pourquoi ? demanda Charlotte en faisant la moue.

— Ce n'est pas mon petit ami. C'est juste un copain, un ami qui m'a amenée ici.

Maintenant qu'elle l'exprimait à haute voix, cela paraissait effectivement ridicule de ne pas l'avoir convié au dîner de ce soir.

Charlotte semblait être d'accord avec elle, même si elle secouait la tête.

— Il a fait tout ce chemin pour passer la soirée dans sa chambre à regarder un film pendant que tu profites du champagne gratuit et que tu manges du canard ?

— Je n'ai pas envie qu'il me voie si je perds.

Voilà, c'était la vérité sans trop entrer dans les détails. En entendant les trémolos dans sa voix, Charlotte dut comprendre qu'elle n'était pas en état d'en dire plus, car elle n'insista pas et se contenta de hocher la tête.

— D'accord, ce sera juste nous deux, dans ce cas. Que tu gagnes ou que tu perdes, je suis là pour toi.

— Merci.

Elles échangèrent un sourire, désolé pour Juliet et chaleureux pour Charlotte, qui battit des mains avec enthousiasme.

— Maintenant, fais-moi voir la robe que je t'ai convaincue de porter.

Quinze minutes plus tard, Juliet avait enfilé sa robe de cocktail violette, le compromis idéal entre confort et élégance. Évasée au niveau des hanches, la coupe épousait sa morphologie en A et restait fidèle au style vestimentaire habituel de Juliet. Elle n'avait pas l'impression d'être déguisée, contrairement à ce qu'elle ressentait en général lorsqu'elle portait des robes de soirée.

— Oh, Juliet, tu es superbe !

— Regarde, elle a même des poches.

Charlotte pouffa de rire et leva les yeux au ciel.

— Je parlais de toi, pas de la robe. Mais elle est très jolie. Et c'est bon à savoir pour les poches.

— Tu es sublime, répondit Juliet en rougissant.

La robe rose légère et vaporeuse que portait Charlotte correspondait parfaitement à sa personnalité. Elle était également assez éclatante pour attirer l'attention sur elle et non sur Juliet, ce qui lui convenait très bien.

— Merci, répondit Charlotte, rayonnante, avant de regarder sa montre. Tu es prête ? L'apéritif va bientôt commencer.

Son estomac se noua lorsqu'elle acquiesça. Elle ignorait si son agitation était liée à la perspective de l'emporter, de perdre ou simplement d'être entourée d'autant de monde.

— Tu devrais quand même aller frapper à la porte de Lucas avant de descendre, pour qu'il puisse te souhaiter bonne chance. Et le remercier d'avoir conduit.

Sans trop y réfléchir, Juliet hocha de nouveau la tête. Marcher l'aiderait peut-être à se détendre.

L'ascension jusqu'au septième étage fut rapide, mais le couloir qui menait à la chambre de Lucas lui sembla interminable. Toutes les raisons pour lesquelles elle avait refusé qu'il vienne ce soir paraissaient à présent ridicules. Était-il trop tard pour lui demander de l'accompagner ? Il n'avait probablement pas emporté des vêtements habillés.

Quand il ouvrit la porte, il ne portait presque pas de vêtement du tout.

— Salut à toi, tablette de chocolat.

Charlotte n'avait pas vraiment chuchoté, et à en juger par le grand sourire de Lucas, il l'avait sans doute entendue.

— Salut.

Il s'adossa contre l'encadrement de la porte, les bras croisés sur son torse nu. Il n'avait pour seule tenue qu'un maillot de bain.

— Tu es magnifique, Juliet.

Sa réponse resta coincée dans sa gorge, mais elle parvint à esquisser un sourire. Qui devait davantage ressembler à une grimace. Quelques secondes passèrent sans que son cerveau soit en mesure de former et de produire des mots.

Charlotte finit par lui donner un discret coup de coude dans le dos.

— Dis merci, Juliet.

— Merci, Juliet.

Oh, nom d'un oxymore. C'était encore pire que de rester sans voix. Son corps tout entier était consumé par un mélange de honte et d'attirance.

Pour sa défense, Lucas ne rit pas, mais son sourire prit une teinte plus malicieuse, presque machiavélique.

— Si j'avais su que c'était aussi facile de te déstabiliser, j'aurais débarrassé la maison de Maude dans cette tenue.

Sa provocation la réveilla de sa torpeur. Comme lors de leur première rencontre, elle répliqua sans hésiter ni filtrer les premiers mots impertinents qui lui vinrent à l'esprit :

— Tout ce que tu aurais réussi à faire, c'est mettre de la sueur sur ces vieilles factures du câble des années quatre-vingt que tu prenais pour des journaux intimes inestimables.

Elle releva fièrement le menton et entendit Charlotte ricaner derrière elle.

— Je voulais juste te dire que tu n'as pas besoin de t'inquiéter par rapport aux photos. Charlotte est venue, finalement.

— Ravi de te rencontrer, Charlotte, dit-il en reportant son attention sur son amie. Assure-toi de bien cadrer son visage quand elle gagnera.

— Tu n'as jamais lu un seul projet que j'ai corrigé.

— J'ai vu comment tu triais les livres et les documents qui ne t'appartiennent pas. Je sais que tu fais attention aux détails. Si c'est ce que récompense ce prix, alors il est à toi.

De nouveau sans voix, Juliet fit un pas en arrière et se heurta à Charlotte, qui posa la main sur son bras pour la stabiliser.

— C'est vraiment gentil, Lucas. Je prendrai plein de photos, ne t'en fais pas, dit-elle avant de regarder sa montre. Il ne faut pas que nous soyons en retard. Profite bien de ta soirée à la piscine.

Elle serra le bras de Juliet qui pivota pour la suivre dans le couloir. Son angoisse avait atteint son paroxysme et était davantage liée à son envie d'ôter sa robe pour rejoindre Lucas à la piscine qu'à la soirée à venir.

L'indécision devait se lire sur son visage, car une fois dans l'ascenseur pour descendre au rez-de-chaussée, Charlotte se mit à rire et secoua la tête.

— Ne t'inquiète pas, tu pourras le retrouver plus tard.

Juliet joua nerveusement avec la lanière de sa pochette qui ne contenait que la clé de sa chambre et son téléphone.

— Je n'ai pas envie de le déranger. Il en a déjà assez fait.

— Je ne pense pas que tu le dérangerais. Je connais très bien ce regard, je l'ai déjà vu sur le visage d'un homme. Tu lui plais, Juliet. Tu lui plais beaucoup. Même avant qu'il ne te voie dans cette robe.

À présent complètement bouleversée et à fleur de peau, Juliet pénétra avec son amie dans une pièce remplie d'inconnus. Elle prit une profonde inspiration et afficha un sourire de façade, alors qu'au même moment, Charlotte lui serrait le bras. Au moins, elle avait une amie à ses côtés.

Chapitre 21

— J'ai hâte de montrer la photo de toi à Lucas, hurla une Charlotte rayonnante et légèrement ivre à l'oreille de Juliet.

Serrant contre elle le morceau de verre en forme d'étoile gravé à son nom, Juliet s'adossa à la paroi de l'ascenseur et éclata de rire.

— Pas la première. J'avais quelque chose dans la bouche.

— Je ne crois pas que ça va changer ce qu'il ressent.

— Ce n'est pas une raison pour prendre le risque, répondit-elle en appuyant sur le bouton pour monter au troisième étage. D'ailleurs, laisse-moi faire un détour pour me brosser les dents rapidement.

— Une haleine fraîche est indispensable pour ce qui va suivre.

Charlotte gloussa et lui adressa un clin d'œil suggestif en lui donnant un léger coup de coude. Après avoir bu un verre pendant l'apéritif, elle avait continué de boire durant le dîner, qui avait duré bien plus longtemps que prévu. Juliet, elle, bien trop stressée, s'était abstenue de boire autre chose que de l'eau et était ravie d'avoir eu les idées claires au moment de recevoir son prix. Même si maintenant, elle aurait préféré être légèrement éméchée pour éviter de trop réfléchir à ce qu'elle dirait à Lucas lorsqu'elle frapperait à la porte de sa chambre d'hôtel à onze heures du soir.

— Il est sans doute déjà en train de dormir. La route a été longue.

— Il sera réveillé. Il veut savoir comment ça s'est passé.

— Il peut bien attendre que je me brosse les dents, dans ce cas.

Elles entrèrent dans leur chambre d'hôtel et découvrirent un bouquet de fleurs posé sur la table, accompagné d'un mot.

Quoi qu'il advienne, tu les mérites.

— Oh, c'est vraiment adorable, déclara Charlotte en se penchant pour respirer le parfum des lys rouges et orange.

Un frisson parcourut la peau de Juliet, étourdie par le parfum enivrant des lys. Tout allait trop vite, trop fort. Il lui plaisait, bien sûr qu'il lui plaisait, elle en avait conscience depuis un certain temps déjà. Pour être honnête, elle n'était plus certaine de l'avoir vraiment détesté.

Sa brosse à dents dans une main, elle attrapa son téléphone de l'autre. Chaque fois que la réalité devenait trop oppressante, le seul remède était de se vider l'esprit en scrollant les réseaux sociaux.

Avec une pointe de culpabilité, elle se rappela qu'il y avait quelqu'un d'autre à qui elle devait aussi annoncer sa grande victoire. Elle n'avait pas vraiment pensé à Plantsguy95 durant la soirée, car son esprit avait été bien trop accaparé par la remise du prix… et par Lucas.

C'était étonnant de voir comment, en si peu de temps, ses sentiments pour son ami virtuel s'étaient envolés. Elle se sentait un peu ridicule d'avoir ressenti quoi que ce soit pour Plantsguy95, maintenant que Lucas lui adressait des mots doux et lui envoyait des fleurs. Mais elle savait que même si son jardinier virtuel avait été silencieux la semaine dernière, il aimerait savoir qu'elle avait gagné.

Il ne lui avait toujours pas envoyé de message, mais il avait posté une nouvelle photo, sur laquelle elle tenta de ne pas trop s'attarder. La publication aurait pu être programmée à l'avance, comme elle le faisait parfois.

C'était une image intéressante qui montrait un énorme Monstera bigarré, ses feuilles perforées tachetées de blanc et de rose. C'était rare, et Plantsguy95 était si emballé qu'il en avait mal orthographié certains mots et fait quelques curieux choix de ponctuation. Elle était tellement concentrée sur la légende bâclée qu'il lui fallut une bonne minute avant de remarquer que le miroir derrière la plante était estampillé d'un logo et d'un nom écrit en dessous.

Le nom de cet hôtel.

Un gouffre s'ouvrit dans son ventre. Elle regarda la photo une deuxième fois pour en examiner chaque détail, juste pour s'assurer qu'elle n'était pas en train d'halluciner.

Lorsque Charlotte frappa à la porte de la salle de bains, l'expression sur le visage de Juliet devait être épouvantable, car elle s'assit immédiatement à côté d'elle.

— Qu'est-ce qui se passe ? Ta famille va bien ?

Juliet lui tendit son téléphone d'une main tremblante et secoua la tête.

— Ça te dit quelque chose ?

Charlotte se pencha en avant et fronça les sourcils.

— Ce ne sont pas les plantes bizarres en bas de l'hôtel ? C'est toi qui as posté ça ? Pas vraiment ton style.

— C'est Plantsguy95 qui l'a posté.

L'exclamation de surprise de Charlotte était digne d'une télé-réalité, mais Juliet était bien trop paniquée pour pleinement l'apprécier.

— Il est ici ?

— Je crois que c'est Lucas.

— Le mec de Greenhaven ? demanda Charlotte d'une voix qui devint stridente.

— Ça ne peut pas être une coïncidence.

— Il ne doit pas savoir qui tu es, dit son amie alors que ses yeux se mirent à pétiller. Il faut que tu lui dises. En même temps, si le gars n'a pas fait le rapprochement entre JCEdits et Juliet Chapman, qu'il vient d'accompagner lui-même à une cérémonie de remise de prix de correction, je ne suis pas certaine que cela soit une très bonne idée de fricoter avec un tel crétin.

Ce n'était pas tout à fait ça, cependant. Sa publication était trop spontanée, trop enthousiaste à propos de la plante rare. En outre, Lucas était suffisamment franc pour lui avouer une chose pareille sans détour, il ne chercherait pas à le faire d'une façon aussi mièvre.

Elle fit défiler les messages et regarda la date de ses derniers échanges avec Plantsguy95. Ils remontaient au soir du vernissage. Était-ce à ce moment-là qu'il avait compris ? Charlotte avait peut-être raison. Il essayait probablement de lui dire quelque chose à travers la photo.

Non, une intuition nichée au creux de son estomac agité lui suggérait que ce n'était pas aussi simple. Mais la partie d'elle qui avait été profondément blessée, qui n'accordait pas sa confiance au premier venu et qui avait appris à se méfier des choses trop belles pour être vraies, lui soufflait, quant à elle, qu'il savait depuis bien plus longtemps.

Orgueil et Préjugés. Il le lisait encore il y a quelques semaines. Et elle n'avait cessé d'en parler à Plantsguy95 depuis plus longtemps encore.

Une seule motivation pouvait expliquer pourquoi il ne lui avait pas dit à la seconde où il avait compris qui elle était. Il voulait la manipuler. Elle avait l'impression de replonger dans l'histoire avec l'Ex et son ancienne meilleure amie. Quelqu'un en qui elle avait confiance retournait ses propos contre elle.

Juliet s'était inquiétée de révéler sa vie trop en détail à Charlotte, mais pendant tout ce temps, c'était à quelqu'un qui voulait à tout prix saboter l'action d'une association qu'elle adorait, qu'elle avait offert trop de matière pour se défendre. Les Amis, un des seuls endroits en ville où elle se sentait vraiment elle-même, à sa place.

Le seul autre lieu où elle avait ressenti quelque chose de similaire ces derniers temps était chez les cousines de Lucas.

Un goût de bile lui monta à la gorge. Étaient-elles au courant depuis le début ? La famille Geis tout entière s'était-elle liguée contre elle ?

Elle consulta de nouveau son profil. La photo avait disparu.

— On dirait qu'il l'a supprimée, observa Charlotte en regardant son propre écran et en fronçant les sourcils.

Ce n'était pas bon signe. Malgré tout, une partie d'elle continuait d'espérer que ce n'était pas vrai. Il n'y avait qu'une seule façon d'en avoir le cœur net.

Elle ouvrit son répertoire et cliqua sur un nom.

— Salut Juliet, tout va bien ? Il est un peu tard, répondit Marigold d'une voix amicale avant de prendre un ton plus sérieux. Est-ce que Lucas va bien ?

— Euh, ouais, il va bien.

Juliet se sentit idiote, mais encouragée par les gestes insistants de Charlotte, elle reprit :

— Excuse-moi de t'appeler si tard. C'est juste que... est-ce que Lucas a un compte dédié aux plantes sur les réseaux sociaux ?

Une courte pause accueillit sa question, révélant à Juliet tout ce qu'elle avait besoin de savoir. Elle refoula ses larmes. Son sang battait contre ses tempes, et elle eut du mal à entendre quand Marigold lui donna enfin une réponse. Le premier mot était un juron.

— Nous aurions dû insister pour qu'il t'en parle plus tôt.

— Nous ? demanda-t-elle d'une voix chargée de larmes.

— Si tu savais comme je m'en veux, Juliet. C'était une idée tellement stupide, avec le recul. Je n'arrive pas à croire qu'il ait pu nous convaincre que ça fonctionnerait. Mais il voulait vraiment sauver la maison de Maude et...

— Merci pour ton honnêteté.

Juliet mit fin à l'appel et s'effondra sur le carrelage de la salle de bains avant d'éclater en sanglots.

Une fois de plus, elle passait pour une idiote. Elle était la cible de moqueries alors qu'elle menait sa vie sans se douter de quoi que ce soit, persuadée que tout allait pour le mieux. À merveille, même.

Les ragots, les secrets, tout cela était censé appartenir au passé. Greenhaven devait être un nouveau départ pour elle, sans les commérages des petites villes qui avaient autrefois gâché sa vie. Et pourtant, à cause d'une stupide maison sur laquelle ni elle ni Lucas n'avaient autorité, il avait décrété que c'était une bonne idée de la duper et de lui mentir pendant des semaines. De la rendre à nouveau vulnérable, de la faire à nouveau espérer, dans l'unique but de lui briser le cœur juste au moment où elle pensait qu'il allait lui arriver quelque chose de bien.

Tandis que Juliet pleurait, Charlotte se blottit contre elle et la serra dans ses bras.

Ses sanglots ne durèrent pas longtemps, à vrai dire, mais avant même qu'ils ne cessent, elle raconta. L'histoire de son ex, de sa meilleure amie qui l'avait utilisée pour le lui voler, le trajet désastreux en voiture, tout. Elle n'avait rien révélé à Charlotte pendant des années, et malgré le risque que celle-ci puisse utiliser ses confidences contre elle, Juliet était trop inconsolable pour s'en soucier. Son amie lui offrait exactement ce dont elle avait besoin : un soutien implicite et des caresses réconfortantes dans le dos tandis que Juliet pleurait ses dernières larmes.

Ce ne fut qu'au moment où elle essaya de se relever que Charlotte prit finalement la parole :

— Ne bouge surtout pas. Je m'occupe de tout, ne t'en fais pas.

FLORE

Qu'est-ce que tu fais à Springfield ?

Après avoir ignoré les textos de ses cousines toute la journée, Lucas décida qu'il était grand temps de répondre à quelques-uns. Les premiers, arrivés ce matin, concernaient le nouveau local et la préparation de leur première réunion prévue la semaine prochaine. Il savait que les membres du club s'attendaient à une rafale de commentaires au vitriol de sa part, mais toute l'énergie qu'il y avait consacrée était maintenant concentrée sur l'aveu imminent qu'il comptait faire à Juliet. Même après des dizaines de longueurs dans la piscine, il n'avait toujours pas trouvé une solution pour ne pas tout gâcher.

Tandis qu'il faisait défiler ses messages pour choisir à qui répondre en premier, un nouveau SMS de Flore apparut.

LUCAS

Comment tu sais que je suis à Springfield ?

FLORE

Ton dernier post. Le Monstera est magnifique, et c'est un très bel hôtel.

Tu as vraiment sorti le grand jeu pour impressionner Juliet, hein ?

Lucas regarda avec horreur l'image qui s'affichait sur son écran. Il avait pris la photo si vite et avec tant d'enthousiasme qu'il avait complètement négligé le logo de l'hôtel qui était visible sur le miroir derrière la plante. Le logo était accompagné non seulement du nom de l'hôtel, mais aussi celui de la ville dans laquelle il se trouvait.

La panique s'installa dans sa poitrine et il vérifia qui avait déjà vu sa publication. Une vague de terreur déferla dans son abdomen. Juliet l'avait vue.

Il supprima le post et sentit son souffle s'accélérer. Il se mit ensuite à faire les cent pas dans la chambre, mais ses déambulations combinées à sa respiration laborieuse l'épuisèrent. Il s'écroula sur le lit et fixa le plafond, impuissant face à la panique qui courait dans ses veines.

Après s'être laissé quelques minutes pour succomber à l'angoisse, il prit une profonde inspiration et tenta de mettre de l'ordre dans ses pensées. Elle avait pu voir la photo sans nécessairement deviner son identité. Elle avait très bien pu la survoler sans faire attention aux détails. Lui-même n'avait pas remarqué le logo en la mettant en ligne, peut-être qu'elle non plus.

Bon sang de Bonsaï, il n'y avait aucune chance qu'il puisse s'en tirer aussi facilement. Il jouait avec le feu depuis des semaines. Il aurait dû lui en parler il y a longtemps, et il se retrouvait maintenant embourbé dans ce problème qu'il avait lui-même créé.

Au moins, Flore ne savait pas la véritable raison de sa présence ici, car autrement, elle n'aurait pas perdu une seule seconde pour lui balancer un « Je te l'avais bien dit » en pleine figure. C'était son seul lot de consolation – minuscule lot – mais il s'en contenterait pour le moment.

Son téléphone sonna, et il baissa les yeux pour découvrir un message de Marigold.

MARIGOLD

Espèce d'imbécile.

Un bloc de glace se forma dans sa poitrine. Juliet était au courant. Avant même d'avoir eu le temps de chercher les mots justes pour tout arranger, quelqu'un frappa à sa porte.

Il l'ouvrit à la volée, se confondant immédiatement en excuses.

— Juliet, je suis désolé, je…

— Elle n'est pas là.

C'était Charlotte, son amie, qui avait l'air furieuse.

— Je tenais juste à te dire que je vais me charger de la ramener chez elle demain. Non pas que tu aies l'air de t'en soucier…

— Bien sûr que j'en ai quelque chose à faire, je tiens tellement à elle, je…

Il s'interrompit pour respirer profondément, ses mains cramponnées au cadre de la porte.

— Je suis en train de tomber amoureux d'elle, reprit-il. Je comptais tout lui avouer une fois, rentrés. Je te le jure. Je me déteste pour lui avoir caché un secret pareil.

Charlotte le toisa de la tête aux pieds, observa ses cheveux ébouriffés et son t-shirt élimé. Il avait probablement bien fait de ne pas les accompagner en bas. Même sur son trente-et-un, il ne pouvait pas rivaliser avec l'élégance de Juliet et de ses pairs. Audrey lui avait toujours dit qu'il manquait de classe. Juliet, elle, n'aurait jamais osé juger quelqu'un de cette manière.

Et à présent, il l'avait sans doute perdue pour toujours.

— Pourrais-tu lui transmettre un message de ma part ?

— Ça dépend ce que c'est, répondit Charlotte en lui adressant un regard noir qui rivalisait avec ceux des femmes de sa famille.

— Dis-lui juste que je n'ai jamais voulu lui faire de mal. Je voulais juste qu'elle voie le club de jardinage sous un meilleur jour et qu'elle comprenne à quel point la maison comptait pour nous.

— Tu ne pensais pas qu'elle était capable d'arriver à cette conclusion par elle-même ? lui demanda-t-elle.

Elle secoua la tête, soupira puis reprit :

— Tout dans les abdos et les cheveux en bataille, mais rien dans le cerveau. Exactement comme son ex.

Aïe. La comparaison faisait mal, mais il lui avait bel et bien menti, tout comme le salaud qui l'avait quittée dans sa propre voiture.

— Je suis désolé. Dis-lui ça, je t'en supplie.

Charlotte pinça les lèvres et inclina la tête. La lumière du couloir se refléta sur ses boucles d'oreilles.

— Je veux bien lui dire si tu réponds à une question.

— Demande-moi ce que tu veux.

— Que signifie le 95 ?

— Quoi ?

Pour la première fois, Charlotte parut hésitante.

— Dans ton pseudo. Je pensais que c'était une année de naissance, et que le mec avec qui elle parlait en ligne avait tout juste la vingtaine.

Une douleur déchirante lui transperça la poitrine. Juliet avait cherché à découvrir qui était Plantsguy95. Elle avait parlé de lui à son amie la plus proche. S'il lui avait dit la vérité à la seconde où il avait compris qui elle était, cela aurait créé un embarras éphémère, mais cela se serait probablement bien terminé. Pas comme ce soir.

— C'est le numéro de rue de ma maison.

— Depuis combien de temps habites-tu là-bas ? demanda Charlotte en haussant un sourcil.

— Depuis toujours, répondit-il en haussant les épaules.

Il rougit en voyant son sourire en coin. Il avait dit la vérité, mais il avait pourtant l'impression que c'était la mauvaise réponse.

— Intéressant. Tu t'identifies plus à ta maison qu'à ton année de naissance.

Sur cette remarque énigmatique, elle tourna les talons et s'en alla retrouver Juliet pour réparer les dégâts que Lucas avait causés.

Chapitre 22

Durant l'événement annuel de vente de livres et de dégustation de bières organisé par les Amis de la Bibliothèque, Juliet tenta de se cacher au fond de la salle, près des stands de nourriture. La soirée se déroulait dans la salle du Grappuccino, et même si la plupart des visages qu'elle croisait lui étaient familiers, elle les remarqua à peine.

À peine trois jours s'étaient écoulés depuis le long et silencieux trajet de retour de la conférence sur la correction-relecture avec Charlotte. Elle ne serait jamais en mesure de rembourser la voiture que Charlotte avait louée. Son amie l'avait rassurée en lui disant qu'elle la ferait passer en note de frais et avait même proposé de rester à Greenhaven pendant quelques jours, mais Juliet l'avait déjà suffisamment accaparée : Charlotte avait une vie à reprendre et un mari à retrouver.

À cet instant précis, Juliet regrettait pourtant de ne pas avoir accepté sa proposition, ne serait-ce que pour que Charlotte lui serve une fois encore de rempart émotionnel. Juliet n'était pas vraiment d'humeur mondaine, mais elle s'était engagée à aider pour cet événement il y a des mois de cela et ne voulait pas laisser tomber Denise. La présidente des Amis n'était en rien responsable de sa peine de cœur.

Juliet trouvait cela ironique de songer au fait que rien de tout cela ne serait arrivé si, plusieurs semaines auparavant, elle avait simplement refusé d'aider à débarrasser la Maison Pervenche.

Derrière sa table recouverte de livres d'occasion à vendre, alors qu'elle adressait un sourire de façade à des personnes qu'elle avait déjà croisées plusieurs fois ou qu'elle reconnaissait de vue, la jeune femme se rendit compte qu'elle n'aurait pas pu éviter ce qui s'était passé avec Lucas. Greenhaven était une grande ville, mais pas immense. Tôt ou tard, l'un d'entre eux aurait fini par faire allusion à leur lieu de résidence dans leurs échanges en ligne ou publier quelque chose de familier. Qu'aurait-elle ressenti si elle avait découvert que Lucas était Plantguy95 si elle n'avait pas d'abord fait sa connaissance en vrai ?

Mais ces réflexions ne menaient à rien. Avec une douleur lancinante dans la poitrine, elle feuilleta l'un des deux exemplaires d'*Orgueil et Préjugés* en vente ce soir. Elle avait appris à connaître Lucas, et même à l'apprécier − bien plus que son cœur meurtri n'était disposé à l'admettre pour le moment − et au lieu de se réjouir de découvrir que son coup de cœur virtuel était tout près de chez elle, elle était horrifiée par une telle duperie.

Elle reposa le *Austen* et effleura du bout des doigts le dos des livres disposés sur les longues tables alignées contre le mur du fond. Juliet respira profondément et tenta de se calmer avec l'odeur des vieux livres. Au lieu de cela, elle eut un haut-le-cœur en estomac en sentant l'humidité et la fermentation de la bière qui saturait l'air. C'était un bar, après tout. L'établissement, qui mêlait à la fois un café et une brasserie, était généralement l'un de ses endroits préférés, avec sa cour ensoleillée qui séparait les deux sections, mais ce soir, Juliet attendait avec impatience de quitter les lieux.

Quelqu'un se racla la gorge et Juliet se retourna en demandant d'un ton en demi-teinte :

— En quoi puis-je vous aider ?

— Salut, Juliet.

Marigold. Incapable de bouger, le corps de Juliet se tendit.

Elle se sentait tout autant trahie par Lucas que par ses cousines. Peut-être même davantage, puisque les huit femmes avaient gardé le secret de son identité, ce qui prouvait qu'elle restait une étrangère pour elles.

Les épaules crispées jusqu'aux oreilles, Juliet fit volte-face, non sans avoir d'abord remarqué l'homme charmant et élancé qui se tenait derrière Marigold et qui la regardait comme un homme perdu dans le désert regarderait un verre d'eau. Juliet sentit son estomac se nouer. Ils étaient sortis boire un verre, comme un couple ordinaire, et Marigold avait dû apercevoir Juliet et les livres.

— Écoute, je suis vraiment désolée, dit la cousine de Lucas en contournant la table pour faire face à Juliet. Nous sommes toutes désolées.

Évitant toujours son regard, Juliet se mordit la lèvre pour se retenir de pleurer, mais elle ne put empêcher sa voix de trembler lorsqu'elle lui répondit :

— Je n'attends plus grand-chose des hommes à ce stade, ce sont tous des abrutis, mais je pensais que nous étions a... amies.

À sa décharge, Marigold ne regarda pas une seule fois son petit ami, et n'essaya pas non plus de nuancer les propos de Juliet ou de dire que certains hommes faisaient exception.

— Nous sommes tes amies, et nous sommes à cent pour cent de ton côté dans cette histoire.

Juliet n'en était pas du tout convaincue.

— Mais il fait partie de ta famille, dit-elle.

— Et il a été un complet idiot. Nous l'avons tous été, nous aussi, en soutenant son idée ridicule, mais aucune de nous ne pensait que ça blesserait qui que ce soit. Ça n'a jamais été notre intention. Il faut que tu nous croies.

Juliet voulait bien la croire, mais cela ne changeait rien au fait que quelqu'un *avait* été blessé.

Comme par miracle, Denise fit irruption et lui évita de devoir répondre.

— Juliet, vous voilà. Je tenais à vous féliciter en personne pour votre récompense.

La femme plus âgée tendit les bras, et Juliet se retrouva prise dans une étreinte. Une étreinte brève dont elle ressortit déconcertée, mais aussi étrangement réconfortée.

— Quelle récompense ? demanda Marigold.

Elle tourna la tête et adressa un sourire chaleureux et avenant à Denise, dont le comportement changea du tout au tout.

Touché coulé. Une rencontre entre deux extraverties. Juliet aurait probablement ri si elle n'était pas aussi malheureuse.

— Juliet est une correctrice-relectrice indépendante, et sa contribution au dernier numéro du magazine littéraire de la bibliothèque lui a valu un prix de la plus prestigieuse association de correcteurs du pays.

Une chaleur agréable se répandit sur ses joues, son visage, son cou, un peu partout, tandis que les yeux de Marigold s'illuminaient.

— C'est fantastique.

— Mon grand-père a lancé le magazine quand il a fondé les Amis et pour être honnête, il a été beaucoup aidé par…

Quelqu'un interpella Denise, et elle s'éclipsa rapidement en s'excusant.

Le murmure des conversations résonnait dans le bar bondé, et Juliet respira profondément le parfum âcre de la bière. Mari s'éclaircit la voix avant de dire :

— Ça a tout l'air d'être important. Tu dois être très fière.

— Tu n'étais pas déjà au courant ?

— Lucas ne nous a pas dit où vous étiez la semaine dernière, répondit Marigold en secouant la tête.

Pour une raison qui lui échappait, cette information réchauffa le cœur de Juliet plus que le reste. Il ne faisait aucun doute que Lucas avait demandé de l'aide à ses cousines. Il aurait pu tout leur dire : où ils étaient allés, pourquoi il avait fait un si long trajet… Pourtant, il avait gardé tout cela pour lui comme promis.

— Pourquoi tu n'as rien posté sur les réseaux sociaux ? C'est une excellente nouvelle.

— Tu me suis ?

— On te suit toutes, à vrai dire, balbutia Marigold d'un air embarrassé.

Elle s'empara d'un livre – le même exemplaire d'*Orgueil et Préjugés* que Juliet avait parcouru un peu plus tôt – et feuilleta les pages.

— Depuis qu'il a commencé à nous parler de son amie virtuelle cet hiver, poursuivit la jeune femme.

— Mais vous ne saviez pas qui j'étais, à l'époque.

Marigold haussa les épaules, referma le livre, mais le garda en main avant de répondre :

— Suivre quelqu'un, c'est un moyen facile de montrer son soutien. Son amie comptait manifestement pour lui, alors on l'a toutes fait.

Les larmes lui montèrent aux yeux en constatant à quel point les Geis étaient loyaux et soudés entre eux. Sa propre mère et sa sœur n'étaient pas abonnées à son compte. C'est d'ailleurs pourquoi elle n'avait pas encore pris le temps de publier quoi que ce soit.

Bon, pour cette raison, mais aussi parce qu'elle était au plus bas depuis que Charlotte l'avait déposée chez elle.

— Ce n'est pas grand-chose. Ce n'est pas comme si la récompense avait de la valeur aux yeux de ceux qui ne font pas partie du métier.

— Ça a de la valeur pour toi. Tu devrais fêter ça.

— C'est mon maximum, répondit Juliet en désignant le bar d'un geste de main. De la bière et des livres.

— Laisse-nous t'offrir un verre, alors, dit Marigold en levant les yeux vers son petit ami avant de lui sourire.

— Je ne devrais pas. Il faut que je garde un œil sur la caisse.

Boire un verre en compagnie d'un couple dégoulinant de romantisme n'était pas tout à fait l'idée qu'elle se faisait d'une soirée agréable.

Marigold se balança d'un pied sur l'autre.

— Tu pourrais venir à la soirée *The Bachelor* cette semaine, dans ce cas ? On pourrait en profiter pour fêter ton prix.

L'hésitation devait se lire sur le visage de Juliet, car Marigold ajouta :

— On ne parlera ni de Lucas ni d'aucun autre mec. Je te le promets. Les soirées *Bachelor* ne sont consacrées qu'à une seule chose.

Juliet sourit. Elles observaient toujours leur règlement à la lettre.

— Nous aimons beaucoup te compter parmi nous. Mais si tu veux prendre tes distances avec les Geis pendant un temps, c'est parfaitement compréhensible.

— Je vais y réfléchir.

C'était tout ce qu'elle pouvait promettre et Marigold semblait comprendre. Avec un dernier sourire, elle glissa quelques billets dans la boîte à dons et s'éloigna au bras de son petit ami avec l'exemplaire d'*Orgueil et Préjugés* qu'elle avait feuilleté un peu plus tôt.

En fin de compte, Juliet avait bien pris un verre, mais seule, avec un livre pour lui tenir compagnie, dans un coin à l'écart du reste du bar. La conversation qu'elle avait eue avec Marigold tout à l'heure résonnait toujours dans son esprit, et elle se trouvait à présent dans un étrange entre-deux où elle n'avait pas envie de parler à qui que ce soit, mais elle n'avait pas non plus envie de rester seule dans son appartement. Lire dans un bar semblait être la solution idéale.

Jusqu'à ce que Stephen apparaisse à sa table, le visage fermé et une bière à la main.

— Puis-je me joindre à vous ?

— Euh, bien sûr, répondit Juliet en clignant des yeux.

Il s'assit – avec lenteur, remarqua-t-elle – et but une gorgée de son verre avant de le poster sur la table.

— Les passionnés de plantes sont fascinants.

— Pardon ?

— Je vous ai vue parler avec une des Geis tout à l'heure.

Quand Juliet fronça les sourcils de confusion, Stephen ajouta :

— Mon mari faisait partie du club de jardinage.

— Je l'ignorais.

— Comment auriez-vous pu le savoir ? Je ne vous en ai jamais parlé.

Très juste. Juliet passait la plupart de son temps à se sentir coupable ou angoissée à l'idée de ne pas être au courant de choses qu'elle n'était pas censée savoir. Pourtant, cela n'empêchait pas ses larmes de monter ou son cœur de s'emballer lorsqu'elle était confrontée à ce cas de figure. Que Stephen la rassure soulevait un poids de ses épaules.

Elle but une gorgée pour que la moindre rougeur sur son visage puisse être mise sur le compte de l'alcool.

— Quand mon état de santé m'a contraint à arrêter de travailler, il n'avait plus vraiment le temps d'être un membre actif. Et puis il a découvert le pickleball et c'est tout ce qu'il fait de ses journées maintenant, dit Stephen en s'enfonçant dans sa banquette avant de croiser les bras. Mais ça ne nous empêche pas d'avoir encore environ huit cents plantes à la maison.

Juliet ne s'attendait pas à ce que Stephen soit si loquace en la rejoignant à sa table, et elle ne comprenait pas bien pourquoi il se livrait autant.

— Vous vous êtes rencontrés à un concours de mangeur de tartes, c'est bien ça ?

— C'est ce que nous disons aux gens. En vérité, nous nous sommes rencontrés sur internet.

Ce n'était pas la réponse que Juliet attendait.

— Mais vous avez eu toute une conversation avec ma mère, dit-elle.

Son cœur se serra dans sa poitrine. Combien d'autres menteurs cette ville abritait-elle ?

— Techniquement parlant, nous nous sommes effectivement

rencontrés là-bas pour la première fois… en personne, répondit Stephen en se penchant en avant et en baissant la voix. Mais quelques mois plus tôt, nous nous étions rencontrés sur un tchat en ligne.

Juliet faillit éclater de rire en entendant son aveu à demi-mot.

— Je m'en souviens. Internet était si chaotique au début. Ma mère avait instauré des règles très strictes pour ma sœur et moi.

La transition progressive d'une méfiance généralisée envers les inconnus sur internet vers une vie intégralement connectée ne concernait pas que Juliet, mais elle appartenait à cette génération singulière qui avait passé la majorité de son enfance sans ordinateur. Une différence supplémentaire qui la distinguait des personnes avec qui elle interagissait, qu'ils soient des lycéens qui faisaient du bénévolat auprès des Amis ou des quinquagénaires comme Denise et Stephen.

Lucas était dans ce même entre-deux générationnel, lui aussi, mais elle ne pensait pas à lui pour le moment.

— Vous comprenez donc pourquoi nous ne disons pas aux gens au-dessus d'un certain âge comment nous nous sommes rencontrés ?

Juliet hocha la tête puis demanda :

— Comment réagiriez-vous si vous rencontriez quelqu'un sur Internet, puis en personne, mais qu'il vous cachait sa véritable identité pendant des semaines ?

— J'ai l'impression que vous ne me dites pas toute l'histoire.

Juliet pinça les lèvres avant de porter son verre à sa bouche.

Stephen prit lui aussi une gorgée, et ses yeux fixèrent les siens au-dessus du bord de leurs verres.

— Avec les informations à ma disposition, tout ce que je peux dire, c'est que plus on vieillit, moins les détails de la première rencontre importent. Ce qui compte le plus, c'est la façon dont cette personne se comporte avec vous quand vous êtes ensemble.

— Il m'a caché la vérité pendant tout le temps que nous avons passé ensemble.

— Je pense qu'il se mentait avant tout à lui-même.

Juliet avait pensé la même chose plus d'une fois, mais n'était pas encore prête à le dire à haute voix.

— C'est également valable pour les amis, reprit-il.

Cela faisait de toute évidence référence à Marigold.

La fin de la batterie sociale de Juliet s'épuisa d'un seul coup. Elle reposa son verre vide sur la table d'un geste sec.

— Il faut que je rentre chez moi.

Craignant que le moindre mot supplémentaire ne fasse couler les larmes qu'elle avait retenues toute la soirée, Juliet partit sans un regard pour Stephen, ni même sans lui dire au revoir.

Chapitre 23

— Tu es le plus gros imbécile du monde.

La tête entre ses mains, Lucas ne pouvait pas voir laquelle de ses cousines venait de dire ça, mais il pariait sur Violet.

La plus discrète de ses cousines ne parlait pas beaucoup, mais quand elle ouvrait la bouche, chaque mot était aussi percutant qu'un coup de poing.

— Je suis au courant. Est-ce que l'une d'entre vous a une solution ?

— As-tu essayé de l'appeler ou de lui envoyer un message ? demanda une voix qui ressemblait à celle de Marigold.

— Ça fait presque une semaine, qu'est-ce que tu crois ? Est-ce que j'ai l'air d'un idiot ?

Il écarta les doigts pour apercevoir les regards désappointés de ses huit cousines qui semblaient hurler « absolument ».

Elles avaient ignoré ses appels et ses messages toute la semaine. Il était passé chez elles, mais elles avaient toutes prétendu être occupées. Comme si elles s'étaient mises d'accord pour le snober par solidarité envers Juliet. Après s'être plaint à de nombreuses reprises de leurs intrusions dans sa vie privée, être mis à l'écart de cette manière apparaissait comme une punition ironique.

Ne sachant plus quoi faire, il était venu à la soirée *Bachelor* avec une énorme boîte de chocolats et une bouteille de vin que Kirk, le caviste, lui avait vendu comme la meilleure, malgré son prix raisonnable. Même si Lucas voulait bien entendu apaiser les tensions avec ses cousines, une petite partie de lui espérait aussi que Juliet soit là comme elle l'avait été depuis quelques semaines.

Sans surprise, elle n'était pas venue, car, sans surprise, elle était également en colère contre ses cousines. Après tout, elles étaient au courant de toute cette histoire, même si Lucas en avait endossé l'entière responsabilité. Il n'avait jamais vraiment eu besoin de leur approbation, seulement de leur promesse de ne rien lui dire, ce qu'elles avaient fait par loyauté familiale envers lui. La même loyauté familiale que Juliet avait encensée pendant leur road trip et qui était désormais la raison pour laquelle elle en voulait à ses seules amies en ville.

Au moins, ladite loyauté familiale lui dispensait enfin des conseils plus que bienvenus après être restée silencieuse à manger des chocolats pendant toute l'émission. Flore avait caché le vin pour « une occasion plus festive ».

Leurs conseils, cependant, étaient loin d'être utiles.

— Je lui ai envoyé des dizaines de messages. Elle les a tous lus, mais je n'ai toujours pas de réponse.

— Alors, ne lui parle pas pendant quelque temps, répondit Pomme en haussant les épaules comme si c'était une évidence. Donne-lui un peu d'espace.

— Je ne peux pas rester là sans rien faire.

Il avait un problème et Lucas comptait bien le régler. C'est ce qu'il faisait avec ses proches, peu importe qui était en tort. Bien que cette fois-ci, il ne faisait aucun doute qu'il était à l'origine de la peine de Juliet.

— Pour une fois dans ta vie, ton entêtement ne te servira à rien, déclara Marigold en gloussant. À vrai dire, j'ai du mal à me souvenir d'une seule fois où ça t'a aidé…

— Si, le vieux bâtiment derrière l'épicerie où les gamins allaient pour vendre de la drogue.

— Il allait être démoli de toute façon, répondit Flore en balayant l'air de la main.

— La plaque en hommage aux anciens combattants sur la place du centre-ville, rétorqua-t-il.

— La maire l'a juste fait pour être réélue, intervint Marigold en enfournant un autre chocolat dans sa bouche.

— Le boycott de l'équipe de football quand Antonio a plaqué Flore, répliqua Lucas.

— Le lycée a perdu une tonne de financements à cause de ça, et le principal était furieux, répliqua Violet.

Il se redressa en levant les mains.

—J'ai compris, ce que je fais ne change jamais rien, c'est ça ?

En voyant son expression féroce, elles se refermèrent comme des huîtres et le laissèrent fulminer.

— Peu importe ce que je fais, ce n'est jamais assez bien. Je donne tout pour ceux que j'aime, et ça ne change absolument rien. Vous n'imaginez pas la pression que je subis pour protéger tout le monde. Personne d'autre ne le fera à ma place. Vous avez encore Tante Louise et Oncle Henry, mais moi, qui est-ce que j'ai ? La seule fois où je tente de prendre mes propres décisions, de faire quelque chose rien que pour moi, ça m'a d'abord coûté une petite amie, qui, certes, n'était pas parfaite, mais que j'aimais, et maintenant, ce même compte ridicule m'a aussi fait perdre quelqu'un que je…

Lucas s'interrompit et passa les mains dans ses cheveux. S'il devait prononcer ces mots, ce ne serait pas pour ses cousines.

— J'aurais supprimé le compte depuis longtemps si je n'aidais pas tous ces gens, si je ne m'étais pas fait tous ces amis en ligne, s'il n'y avait pas autant de monde qui venait me demander conseil. Entre ça, cette famille, le club, cette ville… Je suis juste en train de tout gâcher. Qu'attendez-vous de moi, au juste ?

Il manqua complètement le canapé et s'effondra au sol.

Des bras l'enlacèrent de chaque côté, et quelqu'un passa ses doigts dans ses cheveux. Ce devait être Lily qui lui massait la tête, ce qui lui rappela qu'il n'était pas allé la voir à son salon de coiffure depuis une éternité. Il avait repoussé l'échéance depuis qu'il avait remarqué comment Juliet le regardait chaque fois qu'il passait les mains dans ses cheveux.

— Nous n'attendons rien de toi, andouille.

— Nous voulons juste que tu sois heureux.

— Sois juste toi-même. C'est bien assez.

— Laisse l'une d'entre nous t'aider avec ton compte si tu as besoin de faire une pause. On ne savait pas que ça te stressait autant.

— On peut également s'investir davantage auprès du club. Personne n'a dit que tu devais t'occuper de tout.

— Ouais, cette nouvelle salle de réunion est d'un ennui mortel. Et qu'est-ce que c'est que cette règle bizarre qui interdit les plantes dans l'enceinte du bâtiment ? Je vais appeler la maire Taylor pour m'en plaindre, ne t'en fais pas.

Pendant les cinq minutes qui suivirent, il se laissa choyer par sa famille, par celles qui l'accompagnaient depuis toujours et qui étaient là, malgré ses erreurs.

Même enveloppé de tout cet amour familial, ses pensées se tournèrent vers Juliet. Il se demanda à qui elle avait pu se confier, sur qui elle pouvait compter. Il y a encore une semaine, il aurait été présent pour elle, que ce soit en personne ou en ligne.

C'était son plus grand regret. Non pas que les mensonges soient insignifiants, mais pour quelqu'un qui avait consacré sa vie à aider les autres, savoir qu'à cause de lui, Juliet avait un soutien de moins semblait être le pire tort qu'il pouvait lui infliger.

— As-tu dit tout cela à Juliet ?

La voix de Flore s'éleva par-dessus celle des autres, et pendant un instant, Lucas crut que sa cousine avait réellement lu dans ses pensées.

— Lui as-tu parlé de toute la pression que tu ressens ? reprit-elle. Lui as-tu parlé d'Audrey ? De tes parents ?

Son silence lui donna la réponse qu'elle attendait. Elle soupira avant de dire :

— Oh, Lucas. Pourquoi caches-tu autant de choses ?

— Je ne vous cache rien. Je vous ai exposé l'intégralité de mon plan stupide.

— Je ne parle pas de nous cacher des choses à nous, répondit-elle en secouant la tête.

— Oh.

Comme pour s'assurer qu'il avait bien compris où Flore voulait en venir, Marigold prit la parole depuis le centre du cercle que formaient ses cousines autour de lui :

— J'ai l'impression que tu confonds apprendre à te connaître avec apprendre à connaître ta famille, dit-elle en croisant son regard par-dessus les autres têtes brunes.

— Que veux-tu dire par là ?

Il aurait dû se relever, mais leur étreinte était bien trop réconfortante. C'était une preuve physique qu'elles seraient toujours à ses côtés.

— Ce n'est pas parce que nous savons tout sur toi et que nous côtoyons quelqu'un que tu apprécies que cette personne te connaîtra mieux, poursuivit Marigold avant de s'interrompre et de prendre un air pensif pendant quelques secondes. Bon, elle te connaîtra peut-être un peu mieux, d'une certaine manière, mais ça ne fera que confirmer ce qu'elle ressentait pour toi jusque-là.

Sa confusion devait être visible sur son visage, car Marigold laissa échapper un soupir. Les autres, elles, levèrent les yeux au ciel devant son manque de perspicacité.

— Si vous vous étiez retrouvés coincés dans cet ascenseur avec mon petit ami à ma place, reprit-elle, les yeux scintillants comme c'était le cas chaque fois qu'elle parlait de lui, il aurait pu se faire une idée de qui je suis, et il aurait probablement accepté un rendez-vous avec moi. Mais je ne pense pas qu'il serait tombé amoureux de la même manière. C'est moi qui ai fait naître ses sentiments, en me confiant moi-même à lui, même si c'était la chose la plus effrayante que j'aie jamais faite. Tu comprends ?

— Pas vraiment.

Pourtant, au fond de lui, Lucas comprenait ce qu'elle disait et ce qu'il devait faire. Mais ça ne rendait pas sa tâche plus facile à mettre en œuvre pour autant.

Chapitre 24

Depuis les profondeurs de son nid de couvertures, Juliet entendit la sonnette de l'entrée. Elle poussa un grognement étouffé, puis, après avoir décrété que ce n'était pas important que la personne derrière la porte entende sa souffrance, elle grogna encore plus fort.

La sonnette retentit de nouveau.

Elle poussa un juron et s'extirpa hors du lit pour se traîner péniblement dans le couloir et atteindre la porte d'entrée. Le corridor n'était pas long, mais aujourd'hui, congestionnée et épuisée par un rhume en mesure d'éradiquer tous les autres virus, elle eut l'impression de faire un marathon.

Le marathon lui fit penser à Tony, son beau-frère, qui lui fit penser à sa sœur, qui lui fit penser à sa mère.

— Maman ? demanda-t-elle en répondant à l'interphone à côté de la porte.

— Non, lui répondit une voix masculine.

Juliet soupira. Sa mère lui avait probablement encore fait livrer un repas. Elle allait maintenant devoir l'appeler pour la remercier, mais Juliet était bien trop fatiguée aujourd'hui. Qui plus est, elle n'avait même pas si faim.

— Vous pouvez laisser le sac devant la porte, merci.

Un de ses voisins le prendrait ou jetterait le sac une fois qu'il aurait passé toute une journée devant l'immeuble.

— Juliet, est-ce que je peux monter, s'il te plaît ?

Son estomac se noua. Déjà nauséeuse à cause de son rhume, elle posa la main sur le mur pour garder l'équilibre.

— Lucas ?

— Je veux juste te parler.

— Je ne pense pas que ce soit une bonne idée, je suis vraiment très malade.

Elle n'eut pas de réponse, mais entendit des pas dans l'escalier. Un des résidents avait dû lui ouvrir la porte en rentrant chez lui. Elle supposa que c'était ce qu'elle méritait après avoir laissé pourrir autant de nourriture dans le hall d'entrée.

La panique s'installa au creux de son ventre et elle balaya son appartement du regard. C'était un véritable capharnaüm, pire que pendant ses périodes les plus ardues de relecture. Elle avait été malade une bonne partie de la semaine. Des boîtes de Kleenex vides jonchaient chaque surface disponible, et même si la plupart des mouchoirs avaient fini à la poubelle, il en restait encore une bonne partie entassée dans les mugs qui parsemaient les meubles du salon comme des champignons après la pluie. La pile de livres à côté du canapé était si haute qu'elle menaçait de s'écrouler. Et elle *s'écroula* en fracas au moment même où elle se précipita pour les ranger. Ce fut bien évidemment à ce moment précis que Lucas frappa à la porte.

— Une minute, cria-t-elle.

Elle empila le tout à la hâte sur un fauteuil et le recouvrit d'une couverture. Ce n'était pas parfait, mais c'était légèrement plus présentable qu'auparavant. À présent, on aurait pu croire qu'elle n'était malade que depuis un jour ou deux, et qu'il suffisait d'un coup d'aspirateur pour tout remettre en ordre.

Enfin, elle attrapa la première veste qu'elle trouva dans le placard de l'entrée et l'enfila par-dessus son pyjama orné de livres : quand elle était malade, elle avait besoin de réconfort, et les livres étaient ce qu'il lui fallait, qu'elle les lise ou qu'elle les porte.

Lorsqu'elle lui ouvrit, Lucas se tenait sur le paillasson, une plante en pot dans une main, un Tupperware dans l'autre.

— Salut.

— Salut, dit-elle.

Elle renifla, mais au lieu d'avoir l'air contrariée, elle paraissait juste malade.

— Qu'est-ce que tu fais ici ?

— Je peux entrer ?

— Je suis malade.

— Je sais. C'est pour ça que je suis là.

Sa réponse la surprit assez pour qu'elle se décale et le laisse entrer dans son appartement.

Alors qu'il se tournait lentement pour balayer le petit espace du regard, elle réalisa que c'était la première fois qu'il venait ici. À quoi pensait-il ? Apercevait-il tous les mouchoirs qui s'étaient échappés de leurs mugs, ou jugeait-il les livres restés par terre ?

Elle se rappela alors qu'elle s'en moquait, car Lucas était un menteur éhonté qui se souciait plus d'une stupide maison que d'elle.

— Je t'offrirais bien quelque chose à boire, mais je n'ai pas envie.

Elle n'avait rien à lui proposer, mais ça, elle n'allait certaine-ment pas l'admettre.

— Je l'ai bien mérité, dit-il en lui tendant la plante et le Tupperware. C'est pour toi.

Elle s'en empara, en comprenant que plus vite il aurait terminé sa livraison, plus vite il s'en irait, et les posa sur la table basse. Elle remarqua que les cookies dans le Tupperware étaient au gingembre, ses préférés. Cela aurait pu être une pure coïnci-dence, mais ils avaient longuement débattu durant leur voyage en voiture des thés et des biscuits favoris de Jane Austen. L'attention l'adoucit pendant un instant, jusqu'à ce qu'elle se souvienne avec un haut-le-cœur qu'elle avait également discuté de cookies avec Plantsguy95.

— Comment savais-tu que j'étais malade ?

— Tu n'es pas venue à la soirée *Bachelor* cette semaine.

— Une de tes cousines te l'a dit ?

Les soupçons qui s'étaient presque dissipés ces dernières semaines refirent surface. La soirée *Bachelor* de la semaine dernière était un test, en quelque sorte. Comme le lui avait promis Marigold, Lucas n'avait pas été mentionné une seule fois, et les seules conversations avaient tourné autour de l'émission.

Mais elles ne lui avaient jamais promis de ne pas parler d'elle à Lucas.

— Elles n'ont pas parlé dans ton dos. Elles me l'ont seulement avoué parce que je leur ai posé la question environ cinq cents fois et qu'elles ont fini par céder.

Il esquissa un sourire en coin et Juliet réprima l'envie irrépressible de l'imiter.

— Pourquoi posais-tu des questions sur moi ?

Au lieu de répondre, Lucas posa sur elle un regard profond et chaleureux, d'une intensité inédite.

— Oh.

Un silence pesant s'installa et s'étira. C'était au tour de Lucas de dire quelque chose, mais il ne semblait pas en avoir conscience.

— Merci pour les cookies, dit-elle en rentrant les mains à l'intérieur des manches de sa veste.

— Ils sont au gingembre.

— Mes préférés.

— Je sais. Tu me l'as dit sur la route.

Son cœur avait envie de croire qu'il ne l'avait appris que de cette manière, mais sa raison lui conseilla de rester sur ses gardes.

C'était profondément injuste. Lucas la connaissait bien, mais il ne lui avait parlé de guère plus que de son ex qui n'appréciait pas sa famille et de sa fascination étrange pour M. Collins qu'elle n'avait pas réussi à faire disparaître pendant leur trajet. Le reste, elle pouvait le compter sur les doigts d'une seule main, et avait glané toutes ses informations au fil de conversations ici et là. Il avait été recueilli par ses parents adoptifs, qui étaient décédés il y a une dizaine d'années, et il travaillait au magasin de bricolage, qu'elle évitait comme la peste malgré trois ampoules grillées et un évier qui fuyait.

En comparaison avec ce qu'il savait d'elle, Lucas était presque un parfait inconnu.

— Merci pour la plante.

— C'est une orchidée. Dans un pot hydroponique.

— Hydro quoi ? Comment ça marche ?

Il lui expliqua brièvement le principe.

Sans raison apparente, c'est ce qui finit par la faire pleurer.

— Tu aurais pu parler de ces pots il y a des mois et rien de tout cela ne serait arrivé.

Il fronça les sourcils et répondit :

— Je suis vraiment désolé. J'ai besoin que tu le saches. Je n'ai jamais cherché à te priver de quelqu'un sur qui tu pouvais compter.

La dernière partie de sa phrase n'avait pas beaucoup de sens pour son esprit embrumé et congestionné. Elle avait encore plus de mal à comprendre pourquoi il préférait garder ses poings serrés le long du corps plutôt que de l'enlacer. Elle se dirigea vers le canapé et s'y pelotonna pour pleurer, se fichant désormais qu'il puisse la voir. Cela faisait toujours aussi mal et elle ne savait pas si elle était capable d'en parler, si elle était assez forte pour l'entendre.

— Pourquoi était-ce si facile ?

Elle ne le voyait pas, car il était derrière elle, encore planté maladroitement dans la cuisine, mais elle entendit le bruissement de ses vêtements lorsqu'il se balança d'une jambe à l'autre.

— Qu'est-ce qui était si facile ?

— Me mentir.

Le souffle léger de sa respiration était trop éloigné pour qu'elle le ressente, mais sa peau fut néanmoins parcourue de frissons.

— C'était la chose la plus difficile que j'aie jamais faite.

— Tu exagères un peu.

— Non, c'est vrai, dit-il d'une voix ferme. C'est pour cette raison que je t'ai repoussée le soir où tu m'as embrassé. Je détestais avoir le sentiment de te connaître si bien tout en te cachant la vérité.

Juliet se massa les tempes. Repenser à cette soirée était la dernière chose qu'elle désirait pour le moment. Elle était malade, et fatiguée, et vêtue d'un pyjama orné de livres et d'une veste à carreaux par-dessus, et elle n'avait pas lavé ses cheveux depuis près d'une semaine. Le souvenir de ses lèvres sur les siennes et ses mains qui l'enlaçaient était trop douloureux.

— Il y a d'autres choses que je n'ai pas réussi à te dire, et ce n'est pas équitable étant donné tout ce que tu as partagé avec moi. Je veux te parler de choses qui me sont arrivées, concernant le compte, concernant ma vie. Ça n'excuse rien, mais…

— Arrête… juste… arrête.

Elle voyait qu'il se préparait à un grand moment d'émotion et de confession, à lui faire des révélations dramatiques à la M. Darcy, dans l'espoir de la faire changer d'avis à son sujet et sur ce qu'elle ressentait.

Elle n'avait tout simplement pas l'énergie nécessaire.

— Je suis trop malade pour parler de ça.

Lucas changea de position, l'incertitude se lisant sur son visage. Il ouvrit la bouche et se ravisa à plusieurs reprises avant de baisser les yeux pour regarder ses pieds.

— Tu veux que je m'en aille ?

— Ça vaudrait mieux, je pense.

— Pourrais-je revenir ?

— Je ne sais pas, mais… je ne crois pas.

C'était tout simplement trop difficile.

Elle entendit ses pas lents se diriger vers l'entrée, puis la porte s'ouvrir.

— Je suis là si jamais tu as besoin de moi.

La porte claqua.

Avant de s'effondrer sur le canapé dans un brouillard de larmes et de mouchoirs, elle garda à l'esprit que Lucas était la dernière personne dont elle avait besoin pour le moment.

Chapitre 25

La pièce était beige, les chaises étaient beiges et les tables étaient beiges. Il n'y avait pas la moindre touche de couleur, mis à part sur les tenues des membres du club de jardinage.

C'était leur première réunion dans le nouveau local, et l'atmosphère de la pièce s'accordait parfaitement à l'état d'esprit de Lucas : épuisé, triste, abattu. Personne n'était satisfait de ce nouvel espace, lui encore moins.

Mamie était la seule qui paraissait ravie malgré leur environnement. Elle passa en revue l'ordre du jour avec son habituelle efficacité joyeuse, et appela quelques membres à présenter divers sujets.

Une nouvelle adhérente décrivit ses expériences pour faire pousser des plantes dans des bocaux en verre en utilisant seulement de l'eau. Une ancienne du club présenta ses tulipes printanières tardives et rappela à tout le monde l'échange de bulbes prévu un peu plus tard pendant l'été. Le trésorier répéta ce que Flore lui avait déjà dit, à savoir que leur dernière vente de plantes et leur stand à la foire de la ville avaient rapporté largement assez pour leur permettre de louer cet endroit pendant plusieurs années.

Lucas aurait dû se sentir soulagé. Le club se portait bien. Ils avaient un toit au-dessus de leur tête. Mais cet endroit était tout sauf une maison.

L'espace de son cerveau non occupé par le sort du club de jardinage était entièrement accaparé par Juliet. Sa visite impromptue avec les cookies avait été un fiasco total. Et pourtant, d'après Flore, cela aurait dû être le plan parfait : il lui aurait expliqué combien sa rupture avec Audrey l'avait affecté et comment sa position d'aîné au sein de sa si grande famille lui donnait le sentiment de devoir gérer tout pour tout le monde, surtout depuis le décès de ses parents. Le cœur du problème était que Juliet ne le connaissait pas assez bien : il était prêt à lui ouvrir son cœur et à lui dire tout ce qu'elle désirerait savoir. Déverser sur elle un torrent d'informations dignes de M. Darcy aurait dû la faire radicalement changer d'avis.

Mais elle ne l'avait même pas laissé parler.

Ce rejet restait toujours aussi douloureux, même plusieurs jours plus tard. Alors que les réunions du club de jardinage lui remontaient en général le moral, celle d'aujourd'hui ne faisait qu'empirer son état.

Il leva brusquement la tête en entendant son prénom.

— Nous pouvons remercier Lucas pour cela, dit Mamie.

Tout le monde souriait et l'applaudissait, mais il ne savait pas du tout pour quelle raison. Il lança un regard interrogateur à Marigold, assise à l'autre bout de la pièce, mais elle se contenta de hausser un sourcil en voyant son expression perplexe. Comme elles l'avaient promis après l'avoir vu s'effondrer la semaine dernière, ses cousines s'étaient toutes impliquées davantage dans le club pour le soulager un peu.

— Ton travail avec… les Amis nous a permis de conserver les souvenirs les plus précieux du club. Merci à toi, mon chéri.

L'hésitation de Mamie sur sa formulation lui fit l'effet d'un coup de poing dans le ventre. Elle avait pensé mentionner Juliet, mais avait supposé que Lucas ne voudrait pas entendre son prénom. Pourtant, c'était grâce à Juliet que tant de choses avaient été conservées. Avec son regard acéré et sa sensibilité, tout ce qui comptait vraiment se trouvait maintenant dans des cartons dans le garage de Mamie.

Juliet avait fait tout son possible pour aider à la fois les Amis et le club de jardinage, tandis que Lucas avait passé son temps à ne servir que ses propres intérêts. Il avait toujours agi ainsi, comprit-il. Il y avait certaines causes et certaines personnes qui lui tenaient à cœur, et on était soit de son côté, soit contre lui. Tous ses mensonges concernant Plantsguy95 avaient servi la vendetta personnelle que Lucas avait créée sans aucune raison valable, et qui avait fini par l'éloigner d'une personne à laquelle il tenait de tout son cœur.

Dès le départ, Juliet l'avait perturbé et frustré parce qu'elle se situait parfaitement entre les deux camps. Elle aimait les plantes, mais également les livres. Elle appartenait à cette ville, mais ne connaissait pas grand monde. Elle était sienne, sans l'être totalement.

Il se tortilla sur sa chaise, la culpabilité lui nouant l'estomac, alors que toute l'assemblée lui offrait des sourires reconnaissants.

Que diraient-ils s'ils savaient ce qu'il avait fait ? Rien de tout cela ne serait arrivé s'il avait simplement affiché son visage ou son nom sur son profil. Pourquoi avait-il si peur que quelqu'un sache ce qu'il faisait ? Était-ce parce qu'Audrey s'était moquée de lui, il y a deux ans ?

Cela ressemblait à une excuse bancale après toute la pagaille qu'il avait semée. Oui, il avait mal vécu le fait que son compte ne rencontre pas le succès qu'elle espérait, mais il se rendait compte à présent qu'elle aurait de toute manière trouvé une autre raison de le quitter.

Mamie avait repris la parole, et Lucas se concentra pour l'écouter :

— Je sais que chacun a ses propres souvenirs de Maude, mais j'ai apporté quelques cartons pour que tout le monde puisse y jeter un œil et emporter quelque chose.

Lucas n'avait pas été mis au courant. Il se redressa, ne comprenant pas comment elle avait fait pour apporter tous les cartons ici par ses propres moyens, et se leva, le cœur battant la chamade. Mamie lui adressa un signe de main pour le rassurer.

— Tout est sous contrôle, Lucas chéri, ne t'inquiète pas.

Parfois, il avait l'impression de s'être inquiété toute sa vie. La conversation qu'il avait eue avec ses cousines tournait en boucle dans sa tête depuis une semaine. Elles avaient offert de l'aider sur les réseaux sociaux, car Plantsguy95 était une véritable source de stress, mais cette éventualité ne lui avait jamais traversé l'esprit une seule seconde auparavant.

Ces dernières années, il avait éprouvé de la joie et de la satisfaction en rencontrant des gens sur internet, en partageant ses connaissances et en apprenant des choses sur les plantes. C'était quelque chose qui n'incluait ni sa famille ni le club et qui ne les aidait pas directement, et il comprenait à présent qu'il se sentait coupable. Comme s'il n'avait pas le droit d'avoir quelque chose rien qu'à lui. Comme s'il devait consacrer tout son temps aux autres, sous peine de ne pas leur suffire.

Qui aurait cru que tant d'émotions pouvaient être liées à son petit profil sur les réseaux sociaux ?

Quelqu'un frappa à la porte et Denise passa la tête à l'intérieur de la pièce.

— Vous êtes prêts pour les cartons ?

Lucas fronça les sourcils. Un regard vers Marigold lui indiqua qu'elle était autant déconcertée que lui. Mamie et Denise avaient de toute évidence échangé au sujet de la maison, mais maintenant que cette dernière était débarrassée, les deux groupes n'avaient plus aucune raison de collaborer.

C'est typiquement ce genre de raisonnement qui t'a causé tous tes problèmes.

Un cortège de lycéennes entra dans la pièce pour empiler une dizaine de cartons aux pieds de Mamie, à l'avant de la salle.

— Merci Denise et merci à vous, Mesdemoiselles.

Elles quittèrent les lieux et la vingtaine de membres du club de jardinage se tourna vers Mamie avec incompréhension. Elle les incita à se rapprocher :

— Allez, ne soyez pas timides. Prenez un carton et jetez-y un coup d'œil.

Alors que tout le monde se levait de sa chaise, Lucas resta assis. L'urgence qu'il avait ressentie au moment où il avait rempli ces cartons avait disparu. À présent, chacun d'entre eux contenait non seulement des souvenirs de Maude, mais aussi de Juliet et du temps qu'il avait perdu avec elle. Au lieu de la taquiner bêtement, il aurait pu s'ouvrir davantage à elle et tenter de coopérer, comme Mamie l'avait fait avec Denise.

Durant les jours qu'ils avaient passés ensemble, elle s'était montrée ouverte et volontaire, quand il avait tout gardé pour lui. Et pas seulement l'histoire de Plantsguy95. Il ne lui avait rien dit de son passé, d'Audrey ou de sa famille. Il avait son cercle d'intimes, de proches à qui il faisait confiance, et n'avait laissé personne d'autre y entrer depuis une éternité.

Pourquoi avait-il si peur de lui parler de ces choses-là ? Craignait-il qu'elle n'aime pas ce qu'elle entendrait ? Il était déjà trop tard, de toute façon.

Dans un bruit sourd, Marigold laissa tomber un carton à côté de lui, le tirant de ses pensées.

— Tu fais peine à voir. Comme si tu n'avais pas reçu la dernière rose et que tu étais condamné à retrouver l'anonymat après avoir été éliminé de *Bachelorette*.

— Est-elle revenue aux soirées *Bachelor* ? demanda-t-il en se frottant la nuque.

Il savait qu'elle ne lui dirait rien, mais il ne pouvait pas s'empêcher de poser la question.

— Je ne te donnerai aucune information, répondit Marigold en secouant la tête. Le clan Geis s'est déjà suffisamment impliqué. Nous avons décidé de ne plus jamais recommencer.

Il haussa un sourcil et elle se mit à rire.

— Bon, d'accord, peut-être pas pour toujours, mais nous n'allons clairement plus nous mêler de cette histoire, dit-elle avant de pousser le carton avec le pied. Tiens, un peu de distraction. Celui-là ne vient pas de la maison. Ce sont des choses qu'elle a léguées à Mamie.

— Elle ne veut pas le garder ?

— Elle voulait qu'on vérifie si quelque chose là-dedans pourrait être utile au club, répondit Marigold en haussant les épaules. Je crois que ce sont surtout des documents et des carnets, autrement dit, des choses qui doivent être d'abord consultées par la famille.

Ils prirent chacun une pile et commencèrent à fouiller. Il y avait des photos d'événements organisés par le club, de voyages de Maude, de fêtes d'anniversaire avec les cousines Geis. Un homme au visage sombre que Lucas ne reconnaissait pas figurait sur plusieurs clichés aux côtés d'une Maude très jeune et plus souriante que d'habitude. Il montra l'un d'entre eux à Marigold et demanda :

— Qui est-ce à côté de Maude ? Elle a la même tête que toi quand tu parles de ton petit-ami.

Marigold leva les yeux au ciel, mais il la vit quand même rougir avant de sentir son estomac se nouer. Taquiner sa cousine lui sapait encore plus le moral. Il plongea de nouveau la main dans le carton et en sortit une pile de carnets. Les journaux dataient de 1955, 1963 et 2007, ce qui semblait curieux. Mais si Maude les avait laissés à Mamie, c'est qu'ils devaient être importants.

Néanmoins, en se rappelant comment la maison était rangée, une telle sélection aurait très bien pu être complètement aléatoire. Une douleur vive et familière lui traversa de nouveau la poitrine quand il repensa à la maison et à Juliet.

Il grogna et enfouit la tête dans ses mains.

— J'ai vraiment tout gâché. Aide-moi, dis-moi comment est-ce que je peux arranger les choses ?

— Même pas en rêve.

Le nez plongé dans un des carnets, Marigold fit exprès d'appuyer chaque syllabe. Soudain, elle releva les yeux et lui agrippa le bras.

— Lucas, regarde ça.

Elle lui tendit le carnet. L'écriture fine et délicate étant un peu difficile à déchiffrer, il lui fallut plusieurs minutes pour bien comprendre ce qui était inscrit sur la page. Quand il se redressa pour regarder Marigold, ses yeux scintillaient.

— Tu penses que Mamie était au courant ?

— Il n'y a qu'une seule façon de le savoir. Il faut qu'on lui pose la question.

Ils se frayèrent un chemin à travers le labyrinthe de chaises et de membres du club penchés sur les cartons pour rejoindre leur grand-mère assise à l'autre bout de la pièce. Un frisson d'excitation le parcourait tout entier, première émotion positive qu'il éprouvait depuis des jours.

Cela ne l'aiderait pas à résoudre son problème avec Juliet, mais ce petit éclat de lumière qui perçait à travers la grisaille de ces dernières semaines suffit à faire naître un sourire sur le visage de Lucas. Mamie le lui rendit quand Marigold et lui s'approchèrent.

Alors que les deux cousins débattaient avec la doyenne de la famille concernant la marche à suivre, une lueur d'espoir envahit la poitrine de Lucas. Il y avait encore beaucoup de travail, de discussions à mener, et de longues journées en perspective. Cela impliquerait également de travailler davantage avec Denise, ce qui préoccupait Lucas, car il n'était probablement pas dans ses bonnes grâces, mais c'était une réponse possible à beaucoup de problèmes.

Si tout cela pouvait fonctionner, alors il y avait encore une chance pour Juliet et lui. Il devait simplement poursuivre ses efforts et chercher une solution.

Chapitre 26

La tension était à son comble, et huit regards étaient braqués sur Juliet.

— Alors, à qui penses-tu ?

Juliet se tortilla sur le canapé, ne sachant pas vraiment qui sélectionner parmi les bachelorettes encore en lice. Elle était agitée d'une angoisse inhabituelle pour une décision qui semblait pourtant simple. Mais c'était tout sauf facile, encore moins lorsque les votes étaient à égalité et que Juliet était la seule qui pouvait les départager.

— Euh… Ashley, je suppose ?

— Tu supposes ? s'écria Lily avant que sa sœur jumelle ne l'imite.

Au même moment, Violet sourit de toutes ses dents :

— Elle a fait son choix. La candidate discrète gagne.

— Elle n'a pas encore gagné, répliqua Lily avant de se laisser retomber sur le canapé, une moue boudeuse sur le visage.

— Elle s'en remettra, murmura Marigold à l'oreille de Juliet. Nous avons prédit les gagnantes des cinq dernières saisons.

L'anxiété s'effaça une fois que Juliet comprit qu'il s'agissait d'une tradition familiale dans laquelle les Geis l'incluaient petit à petit. Une tradition qui n'avait rien à voir avec Lucas.

Lily se redressa, une main levée :

— Nous attendons encore le vote de Lucas.

Elle laissa échapper un petit cri étranglé et se tourna vers Juliet avant de s'empresser d'ajouter :

— Je n'ai rien dit.

C'était la première fois que l'une d'entre elles mentionnait Lucas depuis le retour de Juliet aux soirées *The Bachelor*. Même si elle était revenue avec plaisir et que les filles bavardaient davantage sur l'émission que sur leur vie personnelle, elle avait malgré tout l'impression que le clan Geis marchait sur des œufs avec elle. Maintenant que Lily avait ouvert les vannes, une cascade de commentaires déferla :

— On ne lui parle plus en ce moment.

— Bon, sauf quand on a besoin d'aide avec nos plantes.

— Ou quand on a besoin qu'il récupère quelque chose dans son pick-up.

— Ou la semaine dernière quand j'avais oublié mon téléphone au travail et qu'il est allé le chercher.

— Mais malgré tout, nous sommes toutes furieuses.

— Et surtout, sincèrement désolées de ne pas t'avoir parlé de son terrible projet plus tôt.

Juliet ne put s'en empêcher. Elle éclata de rire. C'était touchant de les voir essayer de se ranger de son côté. Mais elles étaient aussi de son côté à lui, et ne savaient pas comment faire autrement.

— Ne vous en faites pas, vraiment. Je suis passée à autre chose. Je ne pense plus à lui.

Flore et Pomme échangèrent un regard avec Marigold.

— Vraiment ? demanda Pomme. Tu ne penses plus à lui ? Du tout, du tout ?

— Non.

Son estomac se noua. Allaient-elles arrêter de passer du temps avec elle dorénavant ?

— C'est un problème ?

— Oh, absolument pas, s'empressa de répondre Flore avant

que ses cousines ne hochent la tête en guise d'approbation. Ça veut dire moins de tensions entre le club de jardinage et les Amis, c'est un véritable soulagement.

— Pourquoi y aurait-il encore des tensions ?

Soudain, plus personne n'osa la regarder.

— Il n'est tout de même pas encore en train de chercher un moyen pour récupérer la maison, n'est-ce pas ? demanda-t-elle.

— Je ne crois pas, poursuivit Flore en lançant un regard furtif à Marigold. Lui et Mamie voient régulièrement Denise, mais ça pourrait très bien concerner l'entretien des plantes de Maude. Et puis, vu que tu ne penses plus à lui, ça n'est pas vraiment important, non ?

Denise ne lui avait rien dit, mais il y avait beaucoup d'autres bénévoles parmi les Amis. L'un d'entre eux était sûrement chargé des plantes. Stephen, ou peut-être même son mari. Juliet n'avait plus aucune raison d'être impliquée. Surtout après s'être ridiculisée avec ses pancartes puériles à la Foire de Greenhaven.

— S'il faisait quoi que ce soit pour saboter les Amis, vous me le diriez, n'est-ce pas ?

— Absolument.

Il n'y avait pas l'ombre d'une hésitation dans les paroles de Flore. Les épaules de Juliet se détendirent.

— Désolée, je ne veux pas vous forcer à choisir un camp.

— Il n'y a pas de camp, répondit Marigold avant de couler un regard vers la télévision et de sourire. Enfin… sauf pour *The Bachelor*.

— Nous ne sommes pas dans *West Side Story*, ajouta Pomme. Les gens ont le droit d'être amis avec qui ils veulent, d'être fidèles à plusieurs personnes, plusieurs familles, plusieurs organisations, plusieurs villes et même plusieurs pays. L'amour n'est pas un gâteau avec un nombre de parts limité.

Juliet rougit en entendant le mot « amour ». Elle ne l'utilisait jamais dans un contexte amical, mais savait qu'elle aimait ces femmes autrement que, disons, l'utilisation correcte des apostrophes. Ou autrement que lorsqu'elle avait cru être amoureuse de Lucas pendant à peu près une heure.

— C'est ce que je me tue à dire à Lucas depuis toujours, intervint Flore en secouant la tête. Mais une fois que quelque chose fait partie de lui, il a tendance à s'investir complètement, et refuse de s'en détacher.

Juliet se rendit compte soudain que c'était ce qu'elle appréciait le plus chez lui. Avec un pincement au cœur, elle se souvint de ce que ça faisait de réaliser qu'elle ne comptait pas autant à ses yeux, et combien elle aurait aimé faire partie de lui.

Les autres approuvèrent d'un signe de tête et dirent en chœur :

— L'entêtement congénital.

La discussion fut coupée court à la fin de la coupure publicitaire, et la reprise de l'émission donna à Juliet beaucoup de temps pour réfléchir. Comme les filles l'avaient prédit, Ashley fut en effet sélectionnée pour la finale, et tout le monde hurla de joie, à l'exception de Lily qui se contenta de quelques applaudissements.

— Il m'a apporté des cookies quand j'étais malade la semaine dernière.

Les mots franchirent les lèvres de Juliet avant qu'elle ne puisse les retenir. Huit têtes se tournèrent vers elle.

— Il a voulu me parler de… je ne sais pas trop, de sa vie, je suppose. Je ne l'ai pas laissé faire, poursuivit-elle.

S'ensuivit alors un long silence quelque peu gênant. Lorsqu'aucune voix ne s'éleva dans ce groupe d'ordinaire si bavard, le cœur de Juliet s'emballa et ses mots continuèrent de fuser :

— C'était sans doute malpoli, non ? Je veux dire, il est venu jusque chez moi avec des cookies et une plante. J'ai oublié de parler de la plante, n'est-ce pas ? Il m'a aussi apporté une plante, voilà.

Avec l'assemblée toujours silencieuse et la télévision en sourdine qui diffusait le générique du *Bachelor* comme à chaque fin d'épisode, Juliet se détendit légèrement. Elles faisaient la seule chose dont elle avait besoin, la seule chose qu'elle n'avait pas été capable de faire pour Lucas.

L'écouter.

Alors, elle continua de parler :

— Bref, je m'en veux un peu, avec le recul, parce qu'il n'a pas pu me dire ce qu'il avait sur le cœur. Je ne suis pas sûre qu'il tentera une nouvelle fois sa chance. Mais maintenant, je me demande : que voulait-il me dire ? Étant donné que je suis passée à autre chose et que ça n'a plus vraiment d'importance à présent, je pourrais au moins être polie et écouter ce qu'il a à dire, n'est-ce pas ?

Cela faisait bien longtemps que Juliet n'avait pas prononcé une si longue tirade face à un groupe. C'était libérateur, et lui procurait une sensation de délivrance bien différente de celle qu'elle avait ressentie en pleurant dans les bras de Charlotte. L'approbation silencieuse des Geis était réconfortante, et elle inspira pour calmer ses nerfs encore agités.

— C'est juste que… Flore, tu as dit qu'il ne laisse jamais tomber les choses auxquelles il tient, et j'ai l'impression qu'il m'a laissée tomber, moi.

Des larmes embuèrent sa vision, ce qui était ridicule puisqu'elle était passée à autre chose.

— Je pense que j'ai raté ma chance l'autre jour, et que j'ai tout gâché, comme d'habitude.

— Tu n'as rien gâché du tout, dit Marigold.

La bienveillance dans son regard était encore plus apaisante que le silence de l'assemblée.

— La situation était particulière dès le départ, poursuivit-elle. On n'est pas dans un scénario classique où le garçon rencontre une fille, puis l'insulte dans son dos pour ensuite lui faire la pire des demandes en mariage et finalement la perdre.

Juliet esquissa un sourire avant de demander à Marigold :

— Tu as lu *Orgueil et Préjugés* ?

— Après l'avoir entendu se plaindre de combien c'était ennuyeux, et avoir vu le film avec lui, oui, j'ai décidé de le lire à mon tour, répondit-elle avant de regarder ses cousines. On l'a toutes lu.

— Je l'avais déjà lu, intervint Violet depuis le coin de la pièce. Plusieurs fois.

— Vantarde, grommela quelqu'un.

La plus discrète des cousines essuya alors quelques yeux levés au ciel et des hochements de tête approbateurs.

Flore prit ensuite la parole en utilisant son ton que Juliet avait fini par connaître et qui disait « Je suis l'aînée, écoutez-moi. » :

— Tout ce que je veux dire, c'est que si, d'habitude, nous avons beaucoup de choses à dire sur… à peu près tout, pour être honnête, cette fois-ci, c'est une première dans l'histoire des mélodrames de la famille Geis.

Juliet ne ressentit pas du soulagement, mais de la peine.

— Vous ne savez donc pas si Lucas va essayer de nouveau ?

— Tu aimerais qu'il en réessaie ? demanda Flore. Après tout, si tu ne penses plus à lui, qu'il retente ou pas sa chance, quelle différence ça ferait ?

— C'est vrai, répondit Juliet en secouant la tête. Tu as raison. Dites-lui juste que je ne voulais pas paraître désagréable. J'étais vraiment très malade quand il est passé chez moi. J'espère que je ne l'ai pas trop vexé.

— Nous lui dirons, accepta Marigold avec un sourire bienveillant.

Au moment de prendre congé un peu plus tard dans la soirée, tout le monde serra Juliet dans ses bras, ce à quoi elle ne s'attendait pas. Elles se contentèrent d'un au revoir, mais cette petite attention supplémentaire lui réchauffa le cœur, et vint colmater les brèches qui s'étaient formées dans son cœur au cours de ces dernières semaines.

Juliet ignorait ce dont elle avait besoin pour guérir complètement, mais se souvenir qu'elle pouvait toujours compter sur quelques amies à Greenhaven était un bon début.

Chapitre 27

— J'ai hâte de travailler avec toi, dit Lucas en serrant la main de Denise avant de sortir de la maison de Maude.

Il n'arriverait jamais à voir cet endroit comme la propriété des Amis, même si c'était techniquement le cas désormais.

Au moins, il reverrait un peu plus la maison qu'il ne l'avait espéré il y a encore quelques semaines. Il restait encore quelques détails à régler, mais il comptait laisser Mamie s'en charger.

Comme il aurait probablement dû le faire depuis le départ.

Se sentant léger et heureux, il sauta à bord de son pick-up pour aller au travail.

Son trajet à travers Greenhaven l'amena assez près de l'appartement de Juliet pour qu'il puisse y faire un détour de quelques minutes. Il résista cependant à l'envie de s'y arrêter, conscient du malaise que cela pourrait causer. Débarquer à l'improviste une fois avait quelque chose de dramatique, peut-être même romantique. Débarquer une deuxième fois était à la limite du désespoir.

Pourtant, le message que Marigold lui avait transmis laissait croire qu'il avait encore une chance. Tout ce que sa cousine avait bien voulu lui dire durant leur déjeuner hebdomadaire, c'était : « Juliet s'excuse si elle t'a vexé ». Ce qui impliquait qu'elle tenait à lui, et qu'elle pensait encore à sa visite.

Il avait réfléchi un bon moment à comment faire évoluer les choses avec Juliet. Décidé à se passer de l'aide de ses cousines : ce qui présageait certainement que son plan serait mauvais.

Ne consulter personne et concrétiser seul son idée s'avéra plus terrifiant qu'il ne l'avait imaginé. Le plan en lui-même ne serait pas non plus une promenade de santé.

Il stationna sur le parking du magasin de bricolage et laissa échapper un long soupir. Il ne lui restait plus qu'une seule chose à faire, un seul moyen de lui prouver que ses mensonges étaient davantage liés à ses propres peurs qu'à la maison de Maude.

Pas une seule de ses connaissances ne pouvait l'accuser d'être timide, mais il se cachait derrière son anonymat virtuel depuis bien trop longtemps. La peur du rejet, la peur de contrarier certaines personnes en ville et la peur que quelqu'un lui fasse les mêmes commentaires qu'Audrey se dressaient toutes au-dessus de sa tête comme les feuilles de palmiers qui cachaient le soleil dans son jardin.

Toutefois, la peur de perdre Juliet à jamais l'emportait sur toutes les autres, et c'est ce qui le motiva à sortir de son pick-up pour aller travailler. Son plan comprenait plusieurs étapes, et la première consistait à demander un énorme service à Henry. Un service qui impliquerait très probablement de faire la fermeture du magasin pendant les prochaines semaines, mais qui, avec un peu de chance, en vaudrait la peine.

Il y avait déjà énormément de plantes dans son jardin, mais Lucas voulait que le décor soit totalement luxuriant. Il ne voulait pas laisser planer le moindre doute sur son identité virtuelle. En faire des tonnes en rajoutant des jardinières et des palmiers verdoyants était la première étape. Grâce à Henry, Lucas avait pu en emprunter assez pour transformer son jardin en une véritable jungle.

Henry se révélait être un grand sentimental, surtout quand on lui offrait des dizaines de cookies préparés par Mamie. Du moment que Lucas promettait de remettre les plantes à leur place avant l'ouverture du magasin – et de ne pas en toucher un mot à son père – il pouvait en prendre autant qu'il voulait, aussi souvent qu'il le souhaitait.

Lucas installa tout, s'assit devant la fougère la plus feuillue, inspira profondément et appuya sur le bouton d'enregistrement de son téléphone.

— Bonjour à tous, je voulais juste prendre quelques minutes pour saluer tout le monde. Je sais que ce compte a toujours été entièrement dédié aux plantes, mais je me suis dit qu'il était temps de montrer le visage qui se cache derrière la photosynthèse.

Il parvint à garder le sourire malgré son jeu de mots affligeant. Il en avait d'autres en réserve, ses abonnés devaient se tenir prêts.

Il ne lui fallut que quelques minutes supplémentaires pour arriver à la conclusion de sa première vidéo. Il la mit en ligne en quelques clics, et la première étape de son plan était donc terminée. Il poussa un profond soupir. Pour le meilleur et pour le pire, son visage et son nom étaient désormais sur internet. Même si Juliet ne voyait pas sa vidéo, il y avait de grandes chances pour que des habitants de Greenhaven tombent dessus. La nouvelle circulerait, et ce qui devrait arriver, arriverait.

Alors, ce serait le moment d'entamer la deuxième étape.

Martin le *Maranta leuconeura* dépérissait de nouveau.

Après avoir été malade pendant toute une semaine, une sollicitation de dernière minute de la part d'un client régulier avait empêché Juliet de suivre son emploi du temps habituel. Le seul moment de répit qu'elle s'était accordé était la soirée *Bachelor* de la semaine dernière, et seulement parce que Marigold lui avait envoyé un message pour le lui rappeler juste au moment où Juliet faisait une courte pause.

Elle avait placé son TMC sur l'étagère, juste à côté de Martin. Il étincelait dans la lumière déclinante de l'après-midi, tandis que

Martin était terne et tombant. Le contraste entre les deux lui rappelait cruellement qu'elle ne pouvait pas tout avoir.

La faculté de ne garder que le meilleur ne pouvait s'appliquer qu'à un seul aspect de sa vie à la fois. Si elle n'avait pas été aussi concentrée sur son travail et sur l'obtention de son trophée, elle aurait peut-être démasqué la supercherie de Lucas plus tôt.

Elle devait accepter qu'elle pouvait être épanouie en amitié, dans son job ou en amour, mais pas dans les trois en même temps. Deux semblaient être sa limite, et l'amour était de toute évidence inenvisageable pour le moment. L'amitié était déjà bien assez. Les Geis étaient formidables.

Mais étaient-elles en mesure de l'aider avec Martin ?

Elle pouvait toujours poser la question à Marigold, à Flore ou à un autre membre du club de jardinage. À moins que, à court de solutions, ils ne demandent conseil à Lucas. Il n'aurait pas besoin qu'on lui précise pour qui c'était pour qu'il le devine. Il la connaissait suffisamment. Au contraire, elle savait qu'il lui restait beaucoup à apprendre sur lui.

Elle ne voulait pas qu'il sache qu'elle avait échoué sur le plan botanique. Comme si tuer Martin une nouvelle fois symbolisait la mort de ce qu'il y avait eu entre eux.

Bien sûr, elle pourrait toujours chercher quelqu'un d'autre sur les réseaux sociaux, mais elle n'aurait aucun moyen de s'assurer que les conseils étaient fiables.

En proie au désespoir, elle se rendit sur son profil. Non pas pour lui envoyer un message, mais juste pour… regarder.

Elle avait masqué son compte depuis le soir de la cérémonie. C'était plus discret que de se désabonner. En outre, il l'aurait remarqué, et elle ne voulait pas qu'il la remarque du tout. Elle était passée à autre chose, comme elle l'avait dit aux cousines de Lucas. Par conséquent, rien ne l'empêchait de consulter son profil, simplement pour glaner quelques conseils pour aider Martin.

C'était la première fois qu'elle visitait sa page depuis plusieurs semaines, et elle fut surprise de découvrir beaucoup de nouvelles publications. Plus surprenant encore était le fait qu'il montrait son visage dans la plupart d'entre elles. En vidéo, qui plus est.

Son cœur tambourina dans sa poitrine lorsqu'elle s'interrogea sur les raisons d'un tel changement. Il était resté anonyme pendant des années, et dévoiler aussi subitement son identité… Juliet frissonna. Elle ne serait jamais capable de faire une chose pareille.

Il lui suffit d'un clic sur son écran pour lancer la première vidéo. La voix de Lucas rompit le silence de son bureau, une tonalité réconfortante que son cœur reconnut tout de suite. Ses épaules se détendirent, et elle se concentra sur ce petit extrait de lui, sans réaliser à quel point ses mots lui avaient fait défaut.

Il n'y avait rien de choquant ou de surprenant dans ses paroles, même si ses jeux de mots botaniques étaient ringards. Un sourire se dessina sur ses lèvres, et elle regarda une deuxième vidéo, puis une troisième.

Elles étaient courtes, et le montraient en train de s'adresser à la caméra à propos de ses plantes, de son travail ou du club de jardinage. Certaines montraient des endroits dans Greenhaven où le club de jardinage avait installé des bancs ou des parterres de fleurs, d'autres étaient des tutoriels dans lesquels il finissait généralement par faire tomber son téléphone ou se renverser de la terre ou de l'eau dessus.

Il commençait toujours par : *« Salut à tous, c'est Lucas alias Plantsguy95. »*

Elle tomba ensuite sur une autre série de vidéos sans voix off, seulement du texte accompagné de photos de plantes et de musique. Celles-ci étaient plus sérieuses. Il révélait qu'il avait créé son compte pour impressionner sa petite amie, mais qu'elle l'avait quitté malgré tout. Il expliquait qu'avoir perdu ses parents si jeune l'avait amené à se replier sur un cercle rapproché composé de sa famille et de ses amis, et qu'il n'arrivait pas à y laisser entrer de nouvelles personnes. Comment cela l'avait conduit à protéger ce cercle coûte que coûte, mais par-dessus tout, à protéger son propre cœur.

Elle se leva du canapé où elle s'était blottie, après avoir passé près d'une heure à le regarder sans bouger.

Était-ce ce qu'il avait cherché à lui dire ? Il s'agissait d'une manière si publique de dévoiler des détails aussi intimes de sa vie, détails sur lesquels elle se posait des questions depuis des semaines. Ses joues s'empourprèrent, bien qu'elle soit seule chez elle.

Il était ridicule de croire qu'il ferait tout cela juste pour elle. Il avait des dizaines de milliers d'abonnés, et il avait peut-être simplement décidé qu'il était temps d'évoluer, d'essayer la stratégie marketing galvaudée de l'influenceur vulnérable et authentique. Il se mettrait bientôt à vendre des produits, en utilisant son histoire personnelle comme argument de vente pour attirer des clients, et transformerait un simple hobby en une entreprise.

Elle regarda alors de nouveau toutes les vidéos une par une et prêta une attention particulière à la musique. La première était rythmée par la chanson « *Hey Juliet* », dont le titre écrit en petit figurait dans le coin supérieur gauche de son écran. Son cœur se mit à battre la chamade. Cela aurait pu être une simple coïncidence. La mélodie était entraînante et correspondait à ses multiples maladresses de cadrage et les jardinières.

Elle retint son souffle lorsqu'elle vit la chanson « *Sorry* » figurer dans la vidéo suivante.

Celles qui suivaient étaient toutes accompagnées de versions instrumentales, que Juliet reconnut aussitôt comme étant la bande originale de l'adaptation d'*Orgueil et Préjugés*.

Elle laissa tomber son téléphone.

Tous les reels lui étaient adressés.

Elle récupéra son portable coincé entre les coussins du canapé et envoya un message à Charlotte, car elle savait qu'elle serait en ligne. Elle eut l'impression de patienter une éternité avant que son mobile ne se mette à vibrer pour indiquer une réponse de son amie.

EDITSALOTTIE

Je me demandais quand tu allais enfin les voir, ces vidéos.

JCEDITS

Qu'est-ce que je dois faire ?

EDITSALOTTIE

Qu'est-ce que tu veux faire ?

JCEDITS

Je ne sais pas ! Il n'a pas fait tout ça uniquement pour moi, n'est-ce pas ?

EDITSALOTTIE

Il a perdu plus de 8000 abonnés la semaine dernière. Il ne fait clairement pas ça pour les vues.

JCEDITS

Je m'en veux, maintenant.

J'aurais dû l'écouter quand il est venu chez moi.

Il n'aurait pas eu besoin de raconter au monde entier ce qui s'est passé avec Audrey et ses parents.

EDITSALOTTIE

Peut-être qu'il sentait qu'il devait le faire d'une manière plus symbolique.

Pas seulement pour toi, mais aussi pour lui.

Du moins, c'est ce que Charlie a dit.

JCEDITS

Qu'est-ce que Charlie a dit d'autre ?

EDITSALOTTIE

Il a dit que si je me moquais de lui comme l'a apparemment fait l'ex de Lucas, il n'oserait plus jamais se montrer sur internet.

L'ego blessé, c'est dur de s'en remettre. Tu peux demander à Charlie et à ses anciens coéquipiers de football.

Il pense que c'est à la fois une manière pour Lucas de montrer à son ex qu'il n'en a plus rien à faire de son avis, et à la fois une façon de te faire passer un message.

Juliet aurait personnellement opté pour une autre méthode, mais elle trouvait une certaine logique à son raisonnement. Les cicatrices des relations passées se manifestaient de manière différente d'une personne à l'autre, tout comme le processus de guérison. Elle était montée dans une voiture pour la première fois depuis plus d'un an, tout cela grâce à Lucas. À présent, il dévoilait son identité au monde entier et se réappropriait son compte alors qu'on lui avait répété qu'il n'était pas à la hauteur, qu'il était persuadé que sa famille et la communauté tout entière le surveillaient de près et scrutaient la moindre défaillance.

Tout cela grâce à Juliet.

Un tel acte de courage ne pouvait pas rester inaperçu. Elle prit une profonde inspiration et appuya rapidement sur l'icône en forme de cœur sous chacune de ses vidéos. Il devait avoir reçu des centaines de notifications de la part de ses milliers d'abonnés, mais avec un peu de chance, son pseudo attirerait son attention, et lui ferait comprendre qu'elle l'avait vu. Elle l'avait vu et elle était disposée à l'écouter de nouveau.

Chapitre 28

— Elle ne viendra pas, dit Lucas en regardant sa montre pour la cinquième fois en cinq secondes.

— Si elle ne vient pas, tant pis, répondit Pomme en haussant les épaules. Tu ne peux rien y faire.

Après des heures et des heures de discussions avec Denise, Mamie et la maire Taylor – à qui Lucas avait juré de ne plus la contacter pendant au moins deux ans – la Maison Pervenche était à présent une annexe du Centre Social. Elle appartenait toujours aux Amis, qui occupaient la plupart des pièces à l'étage pour stocker leurs livres et organiser leurs activités. Le reste de l'édifice était à la disposition des autres associations de Greenhaven en fonction de leurs besoins. Le club de jardinage pourrait continuer à y tenir ses réunions, tout comme d'autres associations, et la maison se remplirait de nouveaux souvenirs heureux pour les années à venir.

C'était ce que Maude avait convenu avec George Thomas, le fondateur des Amis, en 1963. Ses journaux datant de cette année-là contenaient des descriptions détaillées de leurs projets conjoints, comme celui d'intégrer les dessins botaniques au magazine littéraire de la bibliothèque. Mais il était décédé subitement cet été-là et Maude n'avait plus jamais parlé de lui. Pas même à Mamie.

Cela avait amené Lucas et ses cousines à se demander si George n'avait pas été plus qu'un ami pour Maude, ce qu'ils ne sauraient jamais. Tout ce qu'ils pouvaient affirmer avec certitude, c'était que la mention *« au service de la communauté de Greenhaven »* qui figurait dans le testament de Maude signifiait que le legs de la maison aux Amis était une façon d'honorer la mémoire de George, et qu'elle n'avait sans doute jamais envisagé que les lieux ne soient exclusivement utilisés que par les Amis.

Lucas avait donc présenté son projet de Centre Social élargi à toutes les personnes concernées. Il avait travaillé pendant des semaines pour finaliser tous les détails avec eux, et l'inauguration avait lieu aujourd'hui.

Il avait fait tout ce qui était en son pouvoir pour s'assurer que Juliet soit au courant. Il l'avait écrit dans chacun de ses posts, en avait parlé à ses cousines, et les Amis étaient naturellement tenus au courant par l'intermédiaire de Denise.

Mais ça ne voulait pas dire qu'elle viendrait pour autant.

Deux semaines s'étaient écoulées depuis qu'elle avait bombardé ses vidéos de « j'aime », et il savait qu'elle avait vu celles qu'il avait sorties depuis. Il s'était néanmoins retenu de la contacter, juste au cas où elle n'aurait pas voulu dire ce qu'il espérait.

Elle s'était contentée de liker ses posts, mais cela signifiait sans doute qu'elle n'était plus en colère et que s'ils venaient à se croiser dans la rue, elle ne changerait pas de trottoir.

Sauf qu'il ne l'avait pas croisée en ville, pas même au Grappuccino Café le mercredi après-midi, là où il avait pris, comme par hasard, l'habitude de prendre un café avant le travail. Et après le travail. Et pendant ses pauses.

Il passa les mains dans ses cheveux. Ne plus être en colère ne voulait pas dire pour autant qu'elle désirait être avec lui.

— Va te chercher à manger, tu me stresses à tourner en rond comme ça.

Flore apparut à ses côtés avec une assiette de fromage et de légumes à la main. Quand il déclina son offre, elle laissa échapper un long soupir.

— Oh, pour l'amour des fougères, elle va venir. Elle a été prise par son travail, espèce d'andouille, voilà pourquoi elle ne t'a pas écrit.

— Pardon ?

Il se retourna si rapidement qu'il fit tomber l'assiette de sa cousine par terre. Flore lui lança un regard meurtrier. Sans qu'elle ait besoin de lui demander, Lucas s'empressa de tout ramasser et d'aller lui chercher une nouvelle assiette dans la cuisine, le cœur battant à tout rompre. Elle allait venir. Pourquoi ne lui avait-on rien dit ? Probablement pour le torturer. Ou peut-être essayaient-elles réellement de ne pas se mêler de sa vie privée, comme elles le lui avaient promis.

Quand il sortit de la cuisine avec une nouvelle assiette pour Flore, il faillit à nouveau la faire tomber. Juliet avait rejoint ses cousines et bavardait avec elles. Il entendit les mots *« dernière rose »* et déduisit qu'elles parlaient de la finale de *The Bachelor* diffusée quelques jours auparavant.

Ses cheveux couleur terracotta brillaient d'un rouge flamboyant à la lumière du soleil qui filtrait à travers les grandes baies vitrées du salon. Même de loin, il apercevait l'éclat de ses yeux verts et la joie qui les animait quand elle parlait avec ses amies. Avec sa famille à lui.

Il prit une grande inspiration, se rappelant de garder son sang-froid, qu'elle l'ignore ou non, puis s'approcha du petit groupe en tendant l'assiette.

— Tiens, Flore.

Sa cousine s'empara de l'assiette, mais fronça les sourcils :

— Tu as oublié les crackers.

Il s'apprêtait à tourner les talons, mais elle leva la main avant de poursuivre :

— Ne t'en fais pas. Je vais aller les chercher. Pomme, tu viens m'aider ?

— T'aider à aller chercher des crackers ? demanda la benjamine des Geis en battant des cils à plusieurs reprises avant que Flore ne hausse un sourcil entendu. Oh. Oui, je vais t'aider, par là-bas, dans l'autre pièce.

Lucas ferma les yeux et se répéta silencieusement qu'il aimait sa famille, même s'il lui arrivait de ne pas la supporter.

— Il doit y avoir une grande variété de crackers, là-bas.

Il ouvrit les yeux et croisa le regard de Juliet, un léger sourire amusé aux lèvres.

— Flore est assez pointilleuse sur les glucides qui accompagnent son fromage.

— Oui, j'ai remarqué ça pendant nos soirées *Bachelor*.

C'était presque comme avant, comme leurs échanges de plaisanteries, mais ce n'était pas tout à fait pareil. Un mur invisible les séparait, mais Lucas ignorait s'il était dressé du côté de Juliet ou du sien. Peut-être des deux.

Le silence perdura, les nombreux non-dits virevoltant dans l'air qui les entourait comme du pollen dans un rayon de soleil.

— Si tu es encore en colère contre moi, tu n'as qu'un mot à dire et j'arrête tout, laissa-t-il échapper. Tu peux me bloquer, c'est à toi de décider.

Il la vit baisser les yeux et mordiller sa lèvre inférieure.

— Marigold m'a dit que tu n'as parlé à personne de ce que tu comptais faire. Avec les vidéos.

— Elles auraient sans doute cherché à me dissuader de le faire.

— Les aurais-tu écoutées ? demanda-t-elle.

— Probablement pas. J'avais besoin de faire les choses à ma manière. De prendre mes propres décisions.

Elle leva de nouveau les yeux vers lui, le regard inquisiteur.

— C'est ma vie, pas la leur. Et la tienne, si tu veux en faire partie.

— Et si je n'en ai pas envie ?

Son cœur se pétrifia, mais il soutint tout de même son regard intense.

— Mes affections n'ont point changé, mais un mot de vous les forcera pour jamais au silence.

Juliet plissa les yeux avant de demander :

— C'est une citation d'*Orgueil et Préjugés*, non ?

— Ça dépend. Est-ce que ça t'a plu ?

Elle fit un pas vers lui en prenant une profonde inspiration. L'odeur qui flottait dans la maison — une alliance de plantes et de livres que Lucas avait toujours adorée — devait lui plaire, car un grand sourire illumina son visage.

— Je pense que tu ressembles bien plus à M. Collins, dit-elle.

— Pardon ? s'indigna-t-il en posant les mains sur les hanches avant de la dévisager.

— Bon, tu ressemblais, nuança-t-elle.

Juliet se mit à rire, et chaque muscle que Lucas avait malgré lui contracté se détendit.

— Tu te souciais beaucoup de l'avis des autres.

— C'est toujours le cas.

Elle haussa un sourcil en guise de réponse.

— Je veux être entièrement honnête avec toi, poursuivit-il en réduisant la distance qui les séparait. Et je le serai pour toujours, si tu me le permets.

Nom d'un Navet, c'était encore plus ringard que les jeux de mots botaniques dans ses vidéos, mais cela sembla fonctionner. Elle leva les bras pour les passer autour de son cou. Des étincelles lumineuses explosèrent dans sa poitrine, et seul le poids de ses mains sur ses épaules l'empêchait de s'envoler.

— Je crois que ça pourrait m'intéresser.

La pièce était déserte, mais rien ne garantissait qu'elle le resterait encore longtemps. Lucas saisit sa chance et se pencha vers Juliet pour effleurer ses lèvres en ne cherchant qu'à lui donner un baiser furtif. Il voulait qu'il soit la promesse de quelque chose de plus grand, la promesse d'une infinité d'autres étreintes à venir.

Cependant, à la seconde où leurs bouches se rencontrèrent, son corps fut traversé par la même décharge électrique que lors de leur premier baiser. Les bras de Juliet se resserrèrent autour de son cou, et cette fois-ci, Lucas l'enlaça fermement comme il avait voulu le faire plusieurs semaines auparavant.

Elle savait maintenant qui il était, et elle restait malgré tout. Il n'existait pas de meilleure sensation.

Même si leur étreinte se classait très haut, elle aussi.

Le grincement d'une chaise dans une pièce voisine les ramena à la réalité, coupant court à ce qui s'apprêtait à devenir une démonstration d'affection plus qu'inappropriée pour un rendez-vous communautaire. Et la maire venait tout juste de pardonner Lucas pour ce qui s'était passé avec sa pancarte.

Il garda malgré tout ses bras autour de sa taille, même quand quelques personnes s'aventurèrent dans la pièce, des verres et des assiettes à la main.

Il baissa la tête pour lui sourire :

— Alors comme ça, tu as parlé de moi à mes cousines ? demanda-t-il.

— Nous vivons dans une petite ville, Lucas. La seule chose à faire, c'est de se retrouver pour parler dans le dos des gens, répon-dit-elle avec un regard espiègle. Penses-tu qu'on devrait donner un peu de matière aux commères ?

Elle se hissa sur la pointe des pieds pour l'embrasser une nouvelle fois, et le monde s'évanouit autour d'eux. Il en entendrait parler via ses cousines, Mamie ou même la maire. Mais tout cela était sans importance. Ce qui comptait le plus, c'était ce qu'il voulait pour lui, et par un miracle de la technologie, il l'avait trouvé en Juliet.

Et il n'avait pas l'intention de la laisser partir.

Épilogue

— Bonjour, Juliet, la salua Patrice.

Il lui adressa un signe de main depuis son rocking-chair sur le porche, une couverture recouvrant ses jambes.

Elle trébucha sur les marches qui menaient à la Maison Pervenche. Si elle ne tomba pas, c'était uniquement parce que Lucas lui tenait la main.

— Ça va ? lui demanda-t-il d'une voix basse et grave à l'oreille.

Elle hocha la tête, se sentant encore un peu déstabilisée, et adressa à son tour un geste de la main à Patrice. Être reconnue par certains habitants ne devrait pas autant la réjouir, mais elle ne s'en lassait pas. Elle ne s'y habituerait peut-être jamais.

Lucas lâcha sa main pour passer son bras autour de ses épaules et la serrer contre lui.

Même après plusieurs mois, elle ne s'était décidément pas habituée à *ça*.

Ils s'apprêtaient à participer à la première réunion pour organiser une vente conjointe de livres et de plantes. L'événement du printemps avait été une telle réussite pour les deux associations que Denise et Mme Geis avaient souhaité renouveler l'expérience.

Lorsqu'elle entra dans la pièce, Juliet se sentit à sa place d'une manière qu'elle n'aurait jamais crue possible. Même dans sa ville natale, elle avait toujours eu le sentiment d'être en marge, de grandir dans l'ombre d'une grande sœur remarquable.

À Greenhaven, Juliet pouvait être elle-même sans se sentir gênée et elle avait trouvé ici des gens comme elle. Enfin, pas exactement comme elle, mais tous bizarres à leur manière.

La réunion fut de courte durée, mais ils restèrent sur place un long moment pour discuter avec Stephen et son mari, avec les cousines Geis, ainsi qu'avec d'autres membres des deux groupes qui se réjouissaient de cette collaboration.

En retrouvant l'extérieur et l'air frais de cet après-midi de janvier, Lucas l'attira vers lui pour l'embrasser et une douce chaleur familière se diffusa dans ses membres et les transforma en coton. Alors que ses genoux vacillaient, elle se cramponna à ses bras musclés pour garder l'équilibre. Il mit fin à leur étreinte et brandit son téléphone pour immortaliser furtivement son regard amoureux.

— Ne t'avise même pas de poster ça, dit-elle.

Elle se précipita pour attraper le téléphone, mais Lucas leva le bras et garda l'appareil hors de sa portée.

— Bien sûr que non. C'est pour ma collection personnelle. Un souvenir de toi quand tu disparais pendant des jours pour travailler.

Elle avait appris à mieux gérer son temps de travail, et ses sessions de travail intensives se faisaient donc de plus en plus rares, même s'il ne se plaignait jamais lorsqu'il y en avait. Il venait simplement chez elle pour arroser ses plantes et la nourrir, si sa mère ne s'en était pas déjà chargée.

— Et qu'est-ce que j'ai comme souvenir de toi quand tu travailles au magasin ?

— Tu as Plantsguy95, répondit-il en lui offrant un sourire malicieux.

Après une baisse initiale de son nombre d'abonnés, son compte était plus populaire que jamais, grâce à un savant mélange de plantes et de son penchant pour les chemises à manches courtes qui révélaient ses tatouages et ses muscles pendant qu'il expliquait l'importance d'un bon drainage.

Son compte faisait partie de lui, mais Lucas était bien plus que ça. Juliet était la seule à le connaître entièrement.

— Je préfère Lucas, quand même.

— Vraiment ?

Encore aujourd'hui, une touche d'incertitude persistait dans sa voix. Peut-être n'était-il toujours pas habitué à recevoir l'amour de Juliet, lui non plus.

Ne voulant rien laisser en suspens entre eux, elle se haussa sur la pointe des pieds pour effleurer son nez froid contre le sien.

— Oui, vraiment. Je t'aime.

— Moi aussi, je t'aime.

Main dans la main, ils traversèrent de nouveau la ville pour rentrer à la maison.

Note de l'Auteure

À chaque fois que je lis une romance, je m'interroge toujours sur ce qui est réel et ce qui ne l'est pas.

Oui, je suis parfaitement consciente qu'une œuvre de fiction est par essence une invention. Cependant, il y a toujours des éléments de la vraie vie, comme des lieux, des personnes ou des événements qui se glissent dans les répliques fictives des personnages mystérieusement parfaits.

Au cas où quelqu'un serait aussi curieux que moi, voici une liste très courte incomplète de ce qui est réel et de ce qui ne l'est pas dans ce livre :

• Les **Trophées des Meilleurs Correcteurs (TMC)** n'existent pas. Si c'était le cas, je nommerais sans hésiter ma correctrice Elle, qui, entre autres choses, m'a fait remarquer que les correcteurs professionnels se spécialisent généralement dans un domaine, et que Juliet n'aurait probablement pas travaillé sur un si grand éventail de textes à ce stade de sa carrière. J'ai choisi de ne pas en tenir compte, car Elle est une correctrice très douée qui ne manque jamais de me rappeler que c'est mon livre et que je peux en faire ce que je veux. En revanche, les relecteurs-correcteurs indépendants sont bel et bien réels, très estimés par tous les auteurs avisés (même s'il nous arrive parfois de les négliger).

• **La peur de conduire**, ou amaxophobie, est une réalité, mais ce n'est pas dont souffrait Juliet. Ce qu'elle avait ressemblait plus à une forme de superstition, comme éviter le restaurant où notre petit ami du lycée nous a quittées une semaine avant le bal de fin d'année (ça, c'est fictif… Du moins, la partie au restaurant). Pour Juliet, la voiture est l'équivalent du restaurant.

• **Les Amis de la Bibliothèque** existent, et plutôt deux fois qu'une ! Il y a probablement une association similaire dans votre ville ou dans la ville voisine. Elles organisent sûrement des bourses aux livres où vous pouvez dénicher des ouvrages d'occasion à prix cassés ET soutenir la bibliothèque ! Ils proposent sans doute d'autres activités très sympas. Je vous invite à faire une recherche Google pour en savoir plus.

• **Greenhaven** n'existe pas, mais est inspirée par plusieurs villes que j'ai visitées ou dans lesquelles j'ai vécu.

• **Les Clubs de Jardinage** existent eux aussi ! Je parie que votre ville en a un. Je parie également que si les ventes de plantes tombent le même jour que les bourses aux livres, vous pourriez entendre des gens se plaindre. C'est ce qui a donné naissance à ce livre.

• **Entretenir des amitiés uniquement virtuelles**, ça existe, du moins pour moi et tous mes amis (virtuels, cela va de soi) écrivains. Je les aime tous autant qu'ils sont et à ce stade, je ne me rappelle même plus qui a lu des extraits de ce livre et qui m'a simplement encouragée quand je perdais espoir en l'écrivant. Un immense MERCI à toutes les personnes avec lesquelles je suis actuellement en contact. VOUS ÊTES LES MEILLEURS.

• **Le hashtag #SOSplantesvertes** n'existe pas, malheureusement, même si j'en aurais bien besoin. Si vous le lancez, faites-le-moi savoir et je vous enverrai des photos de toutes mes plantes à l'agonie.

• ***The Bachelor*** est diffusé dans de nombreux pays. Petite confidence : je n'ai jamais regardé un seul épisode, mais j'adore voir les gens en parler pendant des heures sur les réseaux sociaux. Les cousines Geis sont un hommage à tous ceux qui assument leur passion pour la téléréalité, parce que j'aimerais pouvoir en faire autant.

À propos de l'Auteure

Daphne James Huff écrit des romances pour adultes et jeunes adultes depuis qu'elle est elle-même jeune adulte. Ses récits préférés mettent en avant un personnage principal persuadé d'avoir tout compris, jusqu'au moment où quelqu'un débarque dans sa vie et la bouleverse complètement. Elle ne refuse jamais un peu de gâteau ou de fromage, et peut généralement être aperçue en train de manger l'un ou l'autre pour rester éveillée après avoir passé la nuit à lire.

Retrouvez-la sur Instagram **@daphnejameshuff**